Елена Чижова

ПЛАНЕТА ГРИБОВ

Елена
ЧИЖОВА

ПЛАНЕТА ГРИБОВ

Роман

АСТ
МОСКВА

УДК 821.161.1-31
ББК 84(2Рос=Рус)6-44
Ч-59

Художник *Ирина Сальникова*

*В оформлении переплета использованы фрагменты триптиха
Иеронима Босха «Сад земных наслаждений»*

Чижова, Елена Семеновна

Ч-59   Планета грибов : роман / Елена Чижова. — Москва : АСТ : Редакция Елены Шубиной, 2014. — 348, [4] с. — (Проза Елены Чижовой).

ISBN 978-5-17-084440-1

Елена Чижова — автор романов «Время женщин», премия «РУССКИЙ БУКЕР», «Орест и сын», «Терракотовая старуха», «Лавра», «Крошки Цахес», «Полукровка».

Как гриб не растет без грибницы, так и человек вырастает из прошлого: страны, города, семьи. Но что делать, если связь с родительским домом принимает болезненные формы? Не лучше ли ее разорвать, тем самым изменив свою жизнь?

В новой книге «Планета грибов» главные герои — он и она, мужчина и женщина. Переводчик, погрязший в рутинной работе, и удачливая бизнес-леди. Он интеллигент, для которого сломанный замок — чудовищная проблема. Она с пятнадцати лет привыкла все решать сама. Казалось бы, существа с разных планет. Но так ли они отличаются друг от друга?

УДК 821.161.1-31
ББК 84(2Рос=Рус)6-44

ISBN 978-5-17-084440-1

ОГЛАВЛЕНИЕ

СВЕТ И ТЬМА
(понедельник)

Первое чувство — растерянность. Он стоял на крыльце, затаив дыхание, пытаясь вспомнить и оправдаться: «Подпирал, конечно, подпирал». Вчера, прежде чем уйти в дом, сложил в миску посуду, оставшуюся после ужина, залил водой сковородку, выключил свет... «Господи... или не выключил?.. Конечно, выключил! — ответил решительно, понимая, что никак не грешит против истины: в темноте, заливавшей ближайшие окрестности, горящий свет невозможно не заметить. — Вышел и подпер черенком».

Мысленно восстановив последовательность действий, доказывающих его относительную непричастность к досадному происшествию, перевел дыхание.

Но дверь открыта. — Ему показалось, он слышит голос, тихий, но не принимающий никаких оправданий, когда дело касается природных стихий:

СВЕТ
ГАЗ
ВОДА.

В городе этот список висел на входной двери: отец, начинавший свою жизнь чертежником, выполнил аккуратно, плакатными перьями. Прежде чем выйти из квартиры, полагалось тщательно проверить. Ритуал сложился давно, во всяком случае, не на его памяти. Мать надевала пальто, зимнее или осеннее — в зависимости от сезона; повязывалась головным платком — шелковым или шерстяным (в его раннем детстве еще не носили вязаных шапочек — мохеровых, в одну нитку); дальше следовало взять в руку сумку и только потом, босиком, сбросив тапочки, обойти помещения: обе комнаты, кухню, туалет, ванную, — коротко, экономными жестами, подкручивая закрытые краны, пробегая пальцами по выключателям. В эти минуты мать действовала как слепая, доверяя не глазам, а подушечкам пальцев. Сосредоточившись на самом главном, уйдя в себя.

В такие минуты он переживал острое чувство одиночества, словно мать находилась не рядом, а где-то далеко, в ином пространстве, куда ему нет доступа. Уже одетый для улицы, он стоял под дверью, дожидаясь, когда она, наконец, вернется. *Свет... газ... вода...* — эти слова она проборматывала, не обращая внимания на сына. Прислушиваясь к ее голосу, он смотрел на черные буквы. Однажды звуки и буквы волшебно совпали, навсегда определив его дальнейшую жизнь. Тогда, в свои четыре года, еще не осознавая, что случилось, он понял: это и есть ключик от тайной двери, за которой лежит иное, материнское, пространство. Теперь он может туда проникнуть.

Напоследок оглядев прихожую, мать надевала уличную обувь. Ее рука шарила в сумке, ощупывая содержимое, проверяя, все ли на месте: кошелек, авоська, ключи. Стоя на лестничной площадке, он следил за ее манипуляциями: заперев входную дверь и пару раз дернув для верности, она возвращалась к материнским обязанностям — кивала сыну. Спускаясь по лестнице, всякий раз чувствовал облегчение, словно слепые материнские пальцы в который раз защитили его от самого страшного — гнева разбушевавшихся стихий.

8

На даче рукотворного списка не было. Но, конечно, он был. В дачных условиях опасность принимала куда более изощренные формы: электроплитка — уходя даже на самое короткое время, надо выдергивать вилку из розетки; газовый баллон — проверять, надежно ли закрыт клапан; печная вьюшка — если задвинуть раньше времени, можно умереть, надышавшись угарным газом; входной водопроводный кран — не закроешь на зиму, прорвет трубы; времянка — на ночь полагается запирать.

Лет пять, пока дом прорастал из ямы, которую вырыли под фундамент, в этой времянке они жили, спали на раскладушках. Потом здесь оборудовали кухню.

Замок сломался в прошлое воскресенье. «Неделю, — шевельнул губами. — Неделю назад». Тогда, в первый раз не сумев запереть дверь как следует, подпер черенком сломанной лопаты. Понимая, что сам собой замок не исправится, с этим придется что-то делать. Рано или поздно, но не сейчас.

Надо было пошевелиться. Принять меры.

Он кивнул, признавая родительскую правоту.

Неделя — достаточный срок, чтобы принять решительные меры. Богу понадобилось меньше: Автор этого мира шевелился шесть дней. За это время успел создать свет и тьму, твердь неба, сушу и траву, солнце и луну, рыб, птиц и пресмыкающихся, зверей и человека. И на седьмой — отдохнуть.

И правда, достаточный, — за спиной материнского стоял голос отца.

На этот раз он почувствовал раздражение. Глухое, которое привычно подавил. Но оно не исчезало, ворочалось, пытаясь примоститься, как побитый пес: «Да, виноват. Не сообразил вовремя. Но теперь-то что делать?»

Пойти и проверить, — голос матери продолжил тихо, но настойчиво.

Наверняка соседский кот, — ее поддержал отцовский голос.

Или соседская собака. —

Даже выдвигая разные версии, родители выступали заодно.

Их сын вздохнул и двинулся вниз по ступенькам. «Бесстрашно», — сказал про себя, слегка иронизируя над родительскими поучениями, но все-таки надеясь, что они не уловят иронии. Они и не уловили, потому что смолкли, положившись на своего отпрыска и единственного наследника, который нежданно-негаданно оказался в двусмысленной ситуации: там, за открытой дверью, его могло ожидать что угодно — от рассыпанной по полу гречки до злоумышленника, по-хозяйски расположившегося за столом.

Ступая на цыпочках, уговаривал себя: а даже если вор? Вор не самое страшное. А что — самое? На этот вопрос он ответил бы, не задумываясь: страшное — огонь.

«Но вон же времянка, стоит... Целая и невредимая».

Родители молчали, хотя он-то отлично знал, что они могут ответить:

Сегодня стоит. А завтра загорится. Огонь — не вода, может перекинуться на дом.

Деревянный дом выгорает минут за сорок. Остается фундамент, кирпичная труба и отчаяние: где найти силы, чтобы отстроиться заново?.. Такие случаи в поселке бывали. Уезжая с дачи, умные хозяева оставляют бутылку водки и дешевые консервы — задобрить непрошеных гостей: лишь бы не разозлились, не кинули горящую спичку.

«Лето. Ну какие теперь воры!.. В сезон не шарят. Вот осенью... Или зимой... — одновременно пытаясь построить вескую фразу, которая должна напугать вора: — Вон! Сию же минуту — вон! В противном случае я вызову милицию!»

Ишь ты! В противном... Ну и где ты ее возьмешь, свою сраную милицию? — злоумышленник (он представил себе наглого мордоворота в засаленном ватнике) ответил репликой, которая в дачных условиях звучала вполне резонно.

«И правда, где?.. В городе — 02. А здесь?.. Пока дозвонюсь, пока приедут... Ближайшее отделение в райцентре — километров десять. В лучшем случае успеет скрыться. А в худшем?..» — заглянул осторожно.

Стол, покрытый клетчатой клеенкой — красные клетки давно истерлись. Мать собиралась, но так и не успела поменять — привезти старую, с городской кухни. Ведро с железной крышкой. Темная электрическая плитка. Рядом другая, газовая, на две конфорки. Под ее бочком притулился красный баллон.

«Вот... Ничего страшного».

За стеклами, с тыльной стороны, поднимались вековые ели. Где-то высоко, в утреннем небе, еще не затвердевшем, стояло солнце, не различимое из-за крон. Пробиваясь сквозь густые лапы, солнечные лучи теряли силу. На поверхностях, никем не потревоженных, лежали холодноватые отсветы. По утрам во времянке всегда прохладно.

Ну и слава богу! — родительские голоса, слившиеся в прощальном восклицании, отлетели к своим теперешним берегам.

Преодолевая смущение, их сын распахнул холодильник, прозябавший в углу. Мотор, отработавший все мыслимые земные сроки, взвыл как оглашенный. На решетках, изъеденных ржавчиной, сиротливо жались продукты.

Теперь, когда непосредственная опасность миновала, он воспрянул духом.

Достал два яйца, пакет молока с обрезанным уголком, початый брикетик сливочного масла и включил электрическую плитку. Одновременно, словно плитка и совесть соединялись невидимыми проводками, включилось чувство вины: в пространстве, обустроенном родителями, готовить полагалось на газе. Электричество — подспорье на случай, если газ неожиданно закончится. При жизни родителей этого никогда не случалось. Остаток жидкого топлива отец определял на слух: прикладывал ухо, постукивал костяшками пальцев, будто ожидал, что на его стук кто-то откликнется — какой-нибудь джинн, только живущий не в кувшине, как старик Хоттабыч, и не в волшебной лампе, как в сказке про Аладдина, а в красном газовом баллоне.

Покосившись на пустой баллон — в родительские времена его заправляли раза два за лето, а то и чаще, — он разбил два яйца — стукнул о край миски, и склонился к ведру. Под железной крышкой, для верности прижатой камнем, недостижимые для алчных зубов мышей-полевок, хранились сыпучие продукты: крупы, сахар, мука.

Из мучного пакета торчала алюминиевая ложка. Зачерпнул: первую с горкой, вторую — без горки, сбросив лишек свободным пальцем. Добавил щепотку мокроватой соли. В кухне-времянке, даже в самый жаркий сезон, соль напитывается влагой, идущей от земли.

12

Сковородка уже шипела сердито. Он взялся за железный венчик. Все: и шипение, и венчик — входило в ежеутренний ритуал. Сегодня он придерживался его особенно тщательно, словно успокаивая родителей: с замком вышла неувязка, но все остальное под контролем.

Венчик, мерно ходивший в пальцах, разбивал последние комки. Он вылил на сковородку желтоватое месиво и покрыл крышкой: «Теперь поставить чай».

Воду держали в другом ведре, эмалированном. Ковшик чиркнул по дну, вспугнув осевшие мусорные былинки.

«У меня была ... семья». Фразе, сложившейся в голове, недоставало прилагательного.

Намазывая хлеб маслом, он попытался заполнить лакуну: «...крепкая, — откусил осторожно, избегая прямого контакта мякиша с передними зубами, которые слегка покачивались, словно раздумывали, стоит ли держаться за слабые десны. — Мой дом — моя крепость».

В его случае английская пословица звучала особенно нелепо. «Крепости складывают из камней, или из кирпича, или...» — он затруднился продолжить перечень прочных материалов, пригодных для строительства крепостей. Дача сбита из досок. Сорок лет назад здесь стоял лес. Военкомат Октябрьского района выделял землю под строительство. Называлось: кооператив «Октябрь». Конечно, совпадение, но смотреть приехали в октябре. Шли от станции, сверяясь с планом. По углам участка кто-то вбил колышки, обозначающие границы. До сих пор он помнит деревья: ели, сосны, березы, осины. Их вырубили в первое лето. Потом, до самой осени, родители корчевали пни.

В дело шли любые обрезки. Помойки в окрестностях городской квартиры отец обходил с ножовкой в руке. Распиливал, увязывал. Кряхтя, закидывал на спину, становясь похожим на сказочного лесника. С той только разницей, что в сказках лесники носили не обрезки досок, а охапки хвороста.

Он жевал, не чувствуя вкуса, словно утреннее происшествие притупило вкусовые рецепторы.

Остаток жизни положили на то, чтобы создать свой мир, ограниченный высоким забором. Их жизнь — иллюстрация пословицы о сыне, дереве и доме. Хотя подлинным сыном был не он, а этот дом. Точнее, все, что построено на участке: дощатое двухэтажное строение, кухня-времянка, сарай, набитый дровами, туалет, торчащий внизу на отшибе, грядки, парник, плодовые деревья. В основе лежал великий замысел:

ДОСТАТЬ и ДОСТАВИТЬ.

Впору выбить на семейном гербе. Простота воплощения подточила бы его изнутри. Как древесный жучок. Как мышь-полевка — если б сдвинула камень.

Из года в год, на случайных машинах, на своих плечах, на самодельных тележках, груженных так, что колесный след оставался даже на гравии, — все отходы долгого советского века: от металлических кроватей с шариками-набалдашниками до плоских чугунных сковородок.

Сгодится, конечно, сгодится, — сколько раз в жизни он слышал материнский голос, в котором пела радость бесплатного обретения.

В мире, где вещи служили многим поколениям, выносить на помойку — грех. Отдать в хорошие руки, как щенка или котенка. Как живую бессловесную душу.

Он помнит, как родители выбросили диван: в то время еще не начали строить дачу. На помойке он простоял две недели. Теперь утащили бы бомжи, но в те годы никаких бомжей не было. За этим строго следили. Это сейчас что хочешь, то и делай: милиции плевать. Возвращаясь с работы, специально делали крюк. Мать страдала: «Бедный... Все еще стоит», — горестно, будто о дальнем родственнике, который мается от неизлечимой болезни. Про таких говорили: господь не может прибрать.

«У советских вещей — мафусаилов век. С этой точки зрения дача — тупик. Своего рода тот свет, откуда ничто не возвращается: ни стулья, ни кровати, ни сковородки. Вот только что они все-таки построили: рай или ад?» — Жестом матери смахнул в ладонь хлебные крошки. Жестом отца оперся о край стола. За этим столом родители обсуждали самое насущное: строили планы. Он чувствовал себя лишним. Всегда в стороне.

Мир как *их* воля и *их* представление: если верить философу, сила, не вполне тождественная разуму. Мир, который они создали, достался ему, перешел в пользование. Даже про себя он не рискнул бы сказать: безраздельное.

Подбирая хлебной коркой остатки растопленного масла, думал: семья создается общим делом. Проглотив помягчевшую корку, встал и бросил взгляд на дверь.

«Вызвать... Кого-нибудь... Пусть придут и починят...» — возвратившаяся мысль была *крайне* тревожной. Рождала вопросы: вызвать, но — кого? В городе можно позвонить в ЖЭК, оставить заявку. Дня через два явится слесарь. Исправит или врежет новый.

«Ладно. Сперва выпью чаю».

Ковшик томился на плите. Пузырьки, мелкие, как прыщи на щеках его юности, окидали дно. В городе давно бы вспенились струйками. На дачной электрической плитке кипяток, вопреки законам физики, никогда не добирал градусов, словно действие разворачивалось не в равнинной Ленинградской области, а на каком-нибудь высокогорном плато. Впрочем, чай все равно заваривался отлично — какие-то особые соли в местной воде.

Допил и отставил чашку: «Ничего... Как-нибудь. Не боги горшки обжигали...»

Кажется, этот замок называется *ригельным*. Слово пришло из родительского мира, в котором они не обжигали горшков, но во всем остальном были истинными богами, сотворившими свой особый мир. Он подошел к двери, повторяя странное слово, застрявшее в памяти, как будто правильное слово могло стать не знанием, а умением.

Из двух штырей, призванных входить в отверстия косяка, работал только один.

Нахмурился, собираясь с мыслями. *Этот случай — самый опасный*, — сама собой сложилась фраза, которую не раз слышал от отца. В ней отразился всеобъемлющий родительский опыт — в чистом виде, безо всяких расслабляющих душу примесей. Ма́ксима дачной жизни. Той ее части, где собиралось знание о замках.

Запереть на один штырь — больше не откроется. Потом только ломать, — веский голос отца звучал в памяти, словно память, перешедшая по наследству, была неотъемлемой частью дачного пространства, своего рода самостоятельной стихией, в которой его отец действовал свободно, с легкостью посрамляя физические законы бытия...

«Я не отец. Мне не справиться... — вышел и сел на скамейку. — Запереть и уехать?.. Собраться, увязать книги. До вечера уйма времени. На сборы уйдет часа полтора... Уехать и больше не возвращаться».

Сложил мгновенно вспотевшие руки. План бегства — утопия. Во-первых, придется оттаивать холодильник, досуха вытирать тряпками — иначе совсем заржавеет. Сливать бак и вычерпывать воду. Если не дочерпать, за зиму прорвет. Но главное — потом: как ему жить дальше, зная, что он не справился? Спасовал перед трудностями. И *они* знают об этом...

Затекшими пальцами впился в ребро скамейки, чувствуя себя мальчиком из советской книжки, которую читал и перечитывал в раннем детстве, представляя себя пионером-героем: дал слово — стой! Пока тебя не сменят.

«Господи, кто?.. Кто может меня сменить?.. — усмехнулся, понимая, что родители все равно не ответят. Абстрактные вопросы — не их стихия. — Меры. Придется принимать меры. Идти. Но — куда?..»

Из мира, где теперь пребывали родители, поступил мгновенный ответ: *в ДЭК*.

Борясь с подступающей тоской, вернулся в дом, надел приличную рубашку. Проверил: деньги, ключи, паспорт. Документы на дачу. Это очень важно. Вдруг они спросят: а вы, собственно, кто? Так-то каждый придет, скажет: у меня сломался замок... Тут он и предъявит: кооперативную книжку с погодовой оплатой, бланки оплаты электричества. Розовую квитанцию, удостоверяющую право собственности...

Запер дверь. Потоптался у калитки, оглядываясь напоследок: «Кажется, всё... Господи, а времянка?..»

Стоял, не зная, каким образом разрешить эту проблему, не имеющую решения: как уйти, оставив времянку незапертой? А если не уходить, кто починит замок?

Все-таки вернулся, покачал мертвый штырь, втайне надеясь, что в последний момент замок возьмет да исправится. Потоптавшись у двери, вспомнил: плитка, выдернуть вилку из розетки.

Прежде чем вы́ти за калитку, оглянулся на черенок, заступивший на пост: «Я ненадолго. Ничего».

Ни криков детей, ни голосов их родителей: слишком ранний час. До поворота, где поперечная улица упиралась в главную, он шел краем леса, радуясь тишине и безлюдью. В обыкновенные годы по утрам тянуло прохладой, но это лето выдалось на удивление засушливым: последние дожди выпали в июне. Кусты, высаженные вдоль заборов, обрамляющих чужие владения, покрывала густая пыль. Цветы иван-чая привяли, едва успев распуститься. Он свернул и, привычно держась обочины, обошел вымоину. В дождливый сезон на этом месте стоит глубокая лужа. Теперь лежали высохшие доски, подгнившие, будто обгрызенные со всех сторон.

Тропинка, отходившая от дороги, уводила вниз, под горку: здесь начинался кусочек нетронутого леса. Отсюда до нижнего колодца надо было идти, внимательно глядя под ноги: сплетшиеся корни сосен дыбились, выбиваясь из земли. Мощные, как змеи, посланные языческими богами.

Песчаная дорога постепенно выравнивалась. Даже в самую дождливую осень на этом отрезке пути не бывало луж. *А, представь-ка, глина!* — обратился к себе словами матери и ответил словами отца: — *Глина — да-а-а... Вот бы не пройти, не проехать...*

Миновав раскидистую сосну, дошел до ближнего забора, за которым маячила старуха.

Уголки платка, крепким узлом стянувшего затылок, опадали плюшевыми ушами. Из-под юбки — темно-синей, кримпленовой — торчали линялые треники: складками набегали на голенища, срезанные коротко и косо. Сквозь прорехи в гнилом штакетнике проглядывало образцовое хозяйство: цветник, обло-

женный битым кирпичом, грядки, по периметру под-
битые досками.

— Доброе утро, — поравнявшись, он поздоровал-
ся, мельком оглядывая дом, покрытый сизым железом:
слегка покосившийся, словно доживающий последние
сроки.

Поливальный шланг, огибая пожарную бочку, давным-давно изъеденную ржавчиной, вился тощей зме-
ей. Вода выбивалась немощной струйкой. Зажав от-
верстие пальцем, старуха пустила воду широким веером — над головами испуганно зашумевших цветов.

Он остановился у забора. Старуха молчала. Видимо,
недослышала. Снисходя к ее немощи, он повторил при-
ветствие в расширенном варианте:

— Доброе утро, Бог в помощь!

На этот раз она все-таки буркнула:

— Здрасьте.

— Снова плохой напор? — произнес фразу, оставшуюся в наследство от матери, и озабоченно покачал
головой.

Магическая фраза сработала. Плюшевые уши дрог-
нули:

— Да прямо не знаешь, чего и делать! Льешь,
льешь... — она заговорила охотно и энергично, ком-
ментируя свои действия во втором лице единственного числа, будто смотрела на себя со стороны. —
Песок вон! Утроба несытая... И вечером лей, и утром
лей... — кинув на землю шланг, стянула платок и взялась за поясницу. — Стоишь, стоишь, пока всю спину не разломит... Дождь-то когда будет? — она гля-
нула с вызовом, будто человек, неожиданно выросший у ее забора, нес личную ответственность за
осадки.

— Вы не знаете, ДЭК сегодня работает? — он поинтересовался робко.

— ДЭК-то? Да кто ж их знает. Должно, работают... Тоже на днях пойду — платить. Плотишь, плотишь, и куда наши денежки деваются? Чего они на них сделали? Все обещают. Вон, — она махнула рукой, — как покосился, так и стоит. Когда заявление-то писала? — наморщилась, пытаясь вспомнить. — В том году... Да нет! — поправила себя. — Какое! В позатом! В том тоже думала, да не дошла. Ихнему начальству: столб-то куда накренился. Рухнет, тогда — чего?..

— Тогда — чего? — он переспросил машинально, удивляясь старушечьей активности: надо же, пошла, подала заявление...

— Так грядки примнет и яблоню вон погубит! — она заговорила сварливым тоном. Как будто он — не случайный прохожий, а начальство, не принимающее своевременных мер.

Солнце, не видное из-за яблони, брызнуло лучами. Он вытер глаза, будто в них попали брызги.

— А напор вон! Десять лет обещают, — слова лились, как из отвернутого крана. — Сколько раз средства́ собирали — на новую помпу. Соберут — и концы в воду. Раз — и нету... Как корова языком... А это чего — напор? — она дернула шлангом. — Все поливают. Совсем совесть потеряли. Льют и льют, льют и льют...

Он сосредоточился, стараясь вычленить адресата ее претензий, но не успел: на крыльцо вышел старик в галошах на босу ногу. Потоптавшись, двинулся в глубину участка. Старуха проводила его пустым невнимательным взглядом.

— У меня сломался замок. Вот иду... — он махнул рукой неопределенно. — Может, в ДЭКе — слесарь...

— А к водопроводчику? К нашему. К нему-то ходил?

— К водопроводчику? — он застыл в изумлении. — Это же... не кран.

Старик возился у парника, сворачивал на сторону рваную пленку.

— Дак какая разница! Замок, кран — всё одно, — нагнувшись, она шарила в густой траве. — Льешь, льешь... Не земля — утроба несытая... И утром лей, и вечером лей... Совсем совесть потеряли. Льют и льют, льют и льют... — повернувшись к нему задом, старуха уже бормотала свое.

Он кивнул и двинулся дальше, пытаясь уловить ее логику, согласно которой замок не отличается от крана.

— Кыш, сволочь! Кобыла безрогая!

Он вздрогнул и обернулся. На ходу замахиваясь тяпкой, старуха устремилась к парнику. Широким шагом, приминая только что политые посадки. Из-под пленки порскнуло и скрылось в подзаборной траве.

Дав отпор нарушителю границы, старуха возвращалась к калитке.

— К водопроводчику. К нашему, — громко, в пустое пространство — повторяя свой безумный совет.

Миновав колонку, давным-давно иссякшую, свернул, срезая путь. Мимо пыльных кустов шиповника, усыпанного мелкой завязью, мимо чахлых метелок бузины — шел, томясь и тревожась. Интересно, что бы она сделала, увидев распахнутую дверь? *Эта* бы точно не напугалась. Представил, как она выходит на крыльцо, подхватывает первое попавшееся: тяпку так тяпку, топор так топор — и вперед, навстречу неведомой опасности. «Женщины вообще ловчее... Договариваться, решать практические проблемы...»

За ближней калиткой показалась тетка неопределенного возраста. Он шел, кося в другую сторону.

— Вы не с горки?

Пустая улица. Определенно она обращалась к нему.

— Нет. В ДЭК, — ответил и глухо откашлялся.

21

— Не слыхали, свежий хлеб привезли? — теперь она спрашивала с живейшим интересом.

— Куда? — переспросил, честно пытаясь понять вопрос.

— Ну, на горку...

— Я — в ДЭК, — повторил громче, предположив, что она тоже не расслышала. Магазин на горке — *совсем* в другой стороне.

— Так что, не привезли?

Переминаясь с ноги на ногу, он попытался вернуть разговор в пространство разума:

— У меня сломался замок. Я — не с горки. В ДЭК...

— А... — она протянула разочарованно, утрачивая всяческий интерес.

Прежде чем проследовать дальше, он бросил взгляд на ее владения: «Обезумеешь... Со всем этим садом-огородом. Из года в год. От посадок до урожая. Городская квартира — подсобное помещение. Рассада на подоконниках. В кладовке — пакеты с удобрениями...»

За поворотом в глаза ударил солнечный свет — прямой и яркий, до такой степени превышающий выносливость глаз, что оставалось только зажмуриться. В следующий миг в груди что-то дрогнуло и отозвалось. Навстречу шла молодая женщина. Сквозь прижмуренные веки он различал силуэт. Ленивой походкой она проследовала мимо, взгляд едва скользнул по оплывшей мужской фигуре, которая шла по своим делам. Смиряя обознавшееся сердце: «Господи... Ну, откуда? Откуда ей взяться?..»

Все-таки он остановился. Нагнулся, чтобы поддернуть сбившийся носок. На самом деле — чтобы оглянуться. Сарафан, пляжная сумка, на плече — махровое полотенце.

Когда виделись в последний раз, дочь была худенькой. Десять лет — достаточный срок: потерять девическую стройность, но сохранить ленивую походку, чтобы при случае сбить с толку какого-нибудь чужого отца. Который может попасться на узкой песчаной дороге, если там, в Америке, куда они с матерью отбыли, остался пяток-другой еще не заасфальтированных дорог.

Стыдясь своей нелепой и неуместной сентиментальности, он шел, возвращаясь к мыслям, сбитым с толку обиженным отцовским сердцем: «Занялась бы дачей. И меня бы освободила. Это нормально: родители уходят, дети остаются — заступают на пост...»

От перекрестка к ДЭКу вели две дороги: можно прямо, потом свернуть за серым сараем, а можно и сразу...

— Ох!

Доковыляв до ближайшего забора, он взялся за штакетину и замер, прислушиваясь к щиколотке: «Нет, кажется, просто подвернул...»

Боль, но *слишком* слабая, чтобы этим можно было воспользоваться — повернуть назад. Подавляя разочарование, стоял на одной ноге, как огромный нелепый аист, так и не долетевший до крыши. Обегал пустыми глазами: цветник, вечные грядки, дом, крытый черепицей. От калитки к крыльцу вела дорожка. Сквозь пластмассовые колечки, которыми она была выстелена, пробивались сорняки.

Зевая и покачиваясь со сна, на крыльцо вышла девочка лет десяти. Сосредоточенно глядя под ноги, сошла по ступенькам и задрала ночную рубашку. Детский ручеек зашуршал вспугнутой змейкой. Нежные солнечные лучи играли в стеклянных банках, вымытых и выставленных на просушку — вверх дном.

Все еще сидя на корточках, она протянула руку и, сорвала крупную клубничину. Он ждал, что на детском личике проступит удовольствие или оно сморщится, если ягода окажется кислой, но девочка жевала отрешенно и сосредоточенно.

«Как моя дочь... Такая же бесчувственная...»

Дверь открылась со скрипом. На крыльцо вышла молодая женщина. Зевнула — сладко, с отчаянным наслаждением, не прикрывая рта. Спустилась с крыльца и пошла вдоль окон.

Краем глаза он успел заметить: обогнув дом, она тоже присела. Лишь бы не услышать звука ее широкой утренней струи, он ускорил шаги. Шел, понуря голову, пока не приблизился к дощатому строению: не то бараку, не то сараю.

ДАЧНО-ЭКСПЛУАТАЦИОННАЯ КОНТОРА

Дверь, запертая на амбарный замок. Ни единой живой души.

Подавляя панику, готовую двинуться на приступ, он свернул к рынку, обнесенному железной оградой. Вдалеке, за прилавком, сбитым из неструганых досок, маячили *овощные бабки*. В ожидании покупателей беседовали о чем-то своем. Теперь они смолкли и следили за ним напряженно, как невесты на деревенском гулянии. Чувствуя себя единственным женихом, он подошел и встал напротив.

Кабачки, петрушка, укроп — тощие пучки, перевязанные катушечными нитками. Литровые банки с прошлогодними заготовками: рассол, уже белесый и мутноватый. Ягоды в майонезных пластмассовых ведерках: красная и черная смородина, мелкий зеленоватый крыжовник. Под прилавком жалась цветочная рассада — корни в цветных целлофановых мешках.

— Огурцы... у вас... почём? — он ткнул пальцем в ближайшую пупырчатую кучку. По всем базарным понятиям следовало хотя бы прицениться. Прежде чем задавать посторонние вопросы.

— Огурчики-то? — бабка, к которой обратились, ожила мгновенно. — За всё — тридцать. Только с грядки. Утречком сорвала.

Ни взглядом, ни жестом ее товарки не выдавали напряженного внимания. Возможно, меж ними существовал негласный уговор: покупатель имеет право осмотреться и выбрать сам.

— А сколько... приблизительно... на вес?

— Утром свесила, — огуречную кучку она оглядела с сомнением. — Кило. С походом.

Он кивнул, пытаясь оценить: дорого или дешево? Так и не поняв, обратился к другой.

Погладив кабачок узловатыми пальцами, та ответила коротко и сурово:

— Этот? Кило сто.

— А... смородина? — он обернулся к третьей.

— Черная?.. — бабка, одетая в старый мужской пиджак с подложными плечами, задумалась на мгновение. — Шестьдесят. Красная — по двадцать пять.

Он снова кивнул, понимая, что первый раунд переговоров закончен. Теперь надо уходить или покупать.

— Мне... — он тянул с окончательным решением, — смородины. Черной... Если она... — вспомнил слово: *сухая*. Для ягод мать использовала еще одно прилагательное. — Сухая и крупная.

Бабки оглядели свои пластмассовые ведерки и загомонили наперебой:

— Так сухая... Сладкая. Дождя-то сколько не было... Можно взять и высыпать... Крупная... Вон, сами глядите... Утром, утром брала...

Он полез за кошельком, но вспомнил, что не захватил никакой тары — ни бидончика, ни целлофанового мешка. Бабка, стоявшая с краю, сообразила первой:

— Дак прям с ведерком и берите. С ведерком-то, вон, сподручнее... И не помнете в дороге.

Ее товарки поджали губы.

Покупатель достал деньги и, дождавшись, пока она, внимательно помусолив, спрячет в карман десятки, взялся за дужку:

— У меня сломался замок. Ригельный. Во времянке, — теперь он имел право пожаловаться, поделиться своей бедой.

Его бабка закивала. Другие тоже слушали, но отстраненно. Или делали вид.

— Нужен кто-то... Слесарь. Вот пришел, а ДЭК закрыт...

— Так понедельник. Они ж не работают. Надо в воскресенье, вчера, — его бабка обращалась не к нему, а к своим товаркам, словно ища их поддержки. А может, просила прощения за свою торговую прыть.

— Вчера замок еще работал, — он солгал прямо в выцветшие глаза.

— Тогда — завтра, — глаза, когда-то голубые, слезились от прямого солнечного света.

— А завтра... они *точно* будут? — в груди дрогнуло робкое ликование. Подвиг, который надо было совершить сегодня, откладывался на целые сутки. Во всяком случае, мог отложиться.

— Завтра-то? Должны... — она протянула неуверенно, как если бы речь шла о дожде, который должен выпасть завтра, да кто ж его знает?

Чувствуя на себе внимательные глаза бабок, он двинулся в обратный путь, осторожно покачивая ведерком. С точки зрения родителей, его поступок отдавал безумием: ягоды надо выращивать, а не покупать. «Ну и что... Каждому — свое... Я, например, переводчик...»

Песок, по которому ступали ноги, вскипал сухими струйками. Обратная дорога показалась и легче, и короче. Если бы не солнце, жарившее без продыха, можно считать утренней прогулкой — перед тем как приступить к работе.

Черенок, подпирающий дверь, стоял на посту. Войдя во времянку, он водрузил ведерко на стол.

Сразу разложить — в голову вступило голосом матери.

Раскладывать полагалось на тряпке. В родительское время эти тряпки, заляпанные соком, — *учти, ягодный сок не отстирывается*, — хранились в бельевом шкафу. Он представил, как будет рыться на нижних полках, перекладывая с места на место старые занавески и простыни. В этот шкаф он не лазил целую вечность. «А, может, и не в шкафу...»

Ответил солидно и коротко: «Потом. Мне надо работать. И так потерял время».

К этому доводу мать не могла не склониться.

Торопясь, пока она не передумает, сунул ведерко в холодильник, взвывший сердито, и направился к дому. За время его странствий солнце успело скрыться за дальние ели, опоясывающие участок со стороны ручья. Теперь, до самого полудня, когда оно перекатится к юго-западу, и дом, и времянка будут в тени.

Привычно перехватывая поручень, прибитый к стенке, взобрался по узкой лестнице и, упершись плечом, отжал тяжелый люк. С вечера чердачный люк полагалось закрывать: в холодное время из-под крыши тянет холодом, в жаркое — несет духотой: спертым воздухом, стоящим под стропилами. Тонкий запах пыли приятно щекотнул ноздри. Про себя он называл его чердачным духом. Здесь, на даче, этот дух сочетался со словом: работа.

Справа — комната, слева — собственно чердак. Вещи, которые там хранились, даже по дачным меркам считались рухлядью: сморщенная кособокая обувь, старые драповые пальто. Спинки чужих кроватей. Их бывшие владельцы давно купили новые. Стулья с выпавшими из гнезд ножками: у отца не дошли руки починить...

Чердачную комнату он называл кабинетом. Топчан, покрытый линялой попоной, пара разнокалиберных стульев, по стене — полки, набитые выцветшими папками: не любил ничего выбрасывать — ни старых рукописей, ни черновиков. Втайне надеялся на будущих ученых, которые явятся после его смерти: изучать *наследие*, сверять варианты.

Рабочий стол стоял у окна, обращенного к лесу. Половину столешницы занимала пишущая машинка. Другая — портативная, с латинским шрифтом, — томилась на тумбочке в углу. Лет десять назад, когда издательство окончательно перестало принимать машинопись, он отвез их на дачу и обзавелся стареньким компьютером — не задорого, по случаю. Переводы, сделанные летом, осенью приходилось *перегонять*. Конечно, на это уходит уйма времени, но не возить же сюда компьютер: нанимать машину. Весной — туда, осенью — обратно. Тысяч пять как минимум...

В этот раз, учитывая срочность заказа, главный редактор обещал выделить наборщика. Просил привозить порциями: по три-четыре главы. Он было заартачился: мало ли, понадобится внести уточнения. Но получил обещание: предоставят распечатку. Пока оригинал-макет не подписан, он свободен вносить любую правку.

Машинка обиженно хохлилась. Он покрутил боковое колесо, будто потрепал по плечу старую, но верную спутницу жизни, и заправил чистый лист. «Ну-ну, виноват. Замок. Непредвиденное обстоятельство», — жалкие оправдания. В глубине души он соглашался с нею: ритуал есть ритуал. Каждый божий день, не обращая внимания на выходные и праздники, просыпался без пятнадцати восемь, наскоро ополоснув лицо и почистив зубы, завтракал и шел к письменному столу. Сломанный замок внес свои коррективы.

Сел и потер ладонями щеки. Верная спутница еще не догадывалась, но он, мужчина, знал: завтра тоже придется нарушить. Уйти ни свет ни заря.

Лист, заправленный в каретку, белел соблазнительно. Обычно этого соблазна было достаточно, чтобы, отрешившись от посторонних мыслей, погрузиться в иное пространство, в котором звуки чужого языка превращаются в русские буквы — складываются в слова. Первые годы, пока не приобрел устойчивого навыка, ощущение было острым, сродни тому, которое испытал в четыре года, научившись читать. Теперь, конечно, притупилось: работа есть работа. Над этой книгой он корпел третью неделю, все это время чувствуя, что ступает по шатким мосткам. Текст, выползавший из-под каретки, оставался сомнительным — даже на его взгляд, что уж говорить о специалистах.

«Хоть отказывайся... — чтобы как-то войти в колею, попытался найти подходящее оправдание: — Фантастика — не мой жанр», — осознавая, что дело не в жанре — достаточно вспомнить замечательные книги, чтимые интеллигенцией: Брэдбери, братья Стругацкие.

Действие происходит в космическом пространстве, точнее, на инопланетном корабле. По отдельным замечаниям, разбросанным по тексту, можно догадаться, что он приближается к Земле. Днем астронавты занимаются текущими делами, но по вечерам собираются в общем отсеке, где — по воле автора, увлеченного дарвиниста, — обсуждают теорию эволюции в разных ее аспектах: естественный отбор, наследственность, выживание наиболее приспособленных, противоречия между поколениями, борьба полов и все прочее. Для него, далекого от этой проблематики, все это объединялось словом *генетика*.

Пугала не столько терминология — на это существуют словари. Трудности перевода начинались там, где герои вступали в споры: *Что первичнее: благополучие вида или спасение индивидуума? От каких факторов зависит вероятность выживания той или иной популяции? Какой отбор важнее: индивидуальный или групповой?* Он боялся содержательных ошибок: в его дилетантской интерпретации реплики персонажей — попадись они на глаза профессиональному биологу — могли звучать бредом.

Едва приступив к работе, он отправился к главному редактору, чтобы поделиться своими сомнениями и выговорить себе пару дополнительных недель: подобрать специальную литературу, спокойно посидеть в библиотеке, короче говоря, войти в курс.

— Поймите, у меня школьные знания. Дальше Менделя с его горохом и мушек-дрозофил я не продвинулся.

Главный свел белесоватые брови и постучал ладонью по горлу красноречивым жестом, намекающим на то, что уважаемый переводчик, обращаясь к руководству с просьбой об отсрочке, режет его без ножа.

— Вы же понимаете: серия есть серия... Ох!.. Ох!.. А-апчхи!! — чихнул оглушительно и помотал головой. — Извините. Кондиционер проклятый... А без него вообще смерть! — заключил мрачно. — О чем, бишь, мы? Ах, да... — сморщился, прислушиваясь к себе, видимо, чувствовал приближение нового чиха.

— Ну хотя бы неделю... — он предложил неуверенно.

Рука главного редактора пошарила в столе. Не обнаружив ничего похожего на платок, редактор нажал на кнопку. В дверях появилась секретарша.

— Наташа, у нас есть салфетки?

— Не знаю, Виктор Петрович. Сейчас проверю.

Оглядев стол, заваленный рукописями, редактор вернулся к теме разговора:

— И что это даст?

— Как — что? — он старался говорить настойчиво. — Тем самым мы избежим ошибок, не введем в заблуждение читателей.

Секретарша явилась снова:

— Салфеток нету. Только это, — протянула рулон туалетной бумаги. — Хотите, схожу в магазин.

— Не надо. Идите работайте, — главный редактор отмотал и с удовольствием высморкался. — Я так и не понял: что это даст?

Он попытался объяснить:

— Нельзя идти поперек смысла. В конце концов, мы живем в двадцать первом веке. У любого мало-мальски образованного читателя возникнут претензии. Мы обязаны хоть как-то соответствовать...

Собеседник, мучимый насморком, слушал невнимательно.

— При чем тут образованные? Серия изначально рассчитана на... — видимо, затруднившись с точным определением, редактор понизил голос. — О, господи! А-апчхи!

— Будьте здоровы, — он откликнулся вежливо и обежал глазами стены. На задней, под портретами правящего тандема — они, в свою очередь, располагались под иконой Богородицы, — висели фирменные календари. Их выпускали ежегодно в представительских целях. Правую стену — еще недавно, кажется, года три назад, она пустовала — украшали старые плакаты с логотипом прежнего издательства, на фундаменте которого выросло нынешнее. После ремонта кабинет главного редактора оформили в ностальгическом ключе. — Вы должны понять и меня. Переводчик не имеет права нести отсебятину. Его задача — довести до читателя именно то, что автор имел в виду. Иначе... — он придал голосу оттенок серьезности, — может возникнуть скандал. Международный.

— Лишь бы не внутренний, — его собеседник оттопырил большой палец, но ткнул не в икону и даже не в портреты, а куда-то в угол, где висел выцветший плакат. Напрягая глаза, он разобрал цифры: 1975. — С заграницей мы как-нибудь справимся. Нехай клевещут. Нам, как говорится, не привыкать.

— Но ведь... Есть же права автора, — он покосился на телефон, будто ожидая, что автор или его агент, узнав о существе спора, каким-то чудом объявятся — позвонят.

Судя по тому, что главный редактор сморщился, мысль о защите прав иностранного автора не показалась ему конструктивной:

— Кто он нам, этот ваш автор? Может, он вообще умер.

— Но я-то?.. Дело и во мне, — он хотел объяснить, что переводчик является полномочным представителем автора в той культуре, на языке которой он делает свою работу.

Но главный редактор его не слушал:

— Этот ваш... как его... — он щелкнул пальцами, вспоминая имя. — Не Стейнбек. Не Йэн Макьюэн. И даже, господи прости, не Бэнкс. Мне казалось, уж вы-то, с вашей квалификацией, *как никто* понимаете. Мы выпускаем чтиво. Вто-ро-сорт-ное... — выговорил четко. — Так что поверьте мне: не надо мудрить.

32

Слово, произнесенное по слогам, впилось жалом в сердце:

— Я работаю добросовестно. Свою работу я подписываю собственным именем, так что если я, как переводчик, полагаю...

— Не хотите — не подписывайте, — редактор нехорошо усмехнулся. — Желающих тьма. На ваше место. Стоит только свистнуть.

Он растерялся, неловко встал и направился к двери, обостренно чувствуя за спиной шуршание туалетной бумаги. Потом шуршание оборвалось.

На другой день редактор, конечно, позвонил. Смущенно сопел в трубку, ссылался на головную боль: вы же видели, в каком я был состоянии. Когда человек просит прощения, несправедливо не простить.

— Я хотел... — все-таки он решил воспользоваться моментом. — Есть одна книга, я думал предложить издательству...

— Предло́жите, конечно, предло́жите. Но позже, когда закончите эту работу. Тогда и поговорим, — редактор попрощался и положил трубку.

Этот разговор он начинал не в первый раз. Раньше редактор внимательно выслушивал его предложения, просил подождать: «Пойми́те, редакция переживает трудные времена. Еще несколько убойных книг, и у нас появится возможность выбора. В смысле, у вас. Выберете сами. Обещаю: издам. Даю слово. Надеюсь, вы мне верите?»

Конечно, он верил. А что оставалось? Тем более начальство можно понять: первые четыре книги серии вышли в свет через равные промежутки: раз в квартал. Если затянуть с пятой, внимание читателей может переключиться на другие серии, с которыми работают конкуренты. Такие истории случались и раньше. В этих обстоятельствах главный редактор всегда обращался к нему, говорил: на вас вся надежда, счет идет на дни, кроме вас в такие сроки никто не уложится, и разные другие слова, которые даже профессионалу его уровня редко приходится слышать. Отказать не хватало духу. Однако разговор, в котором редактор упомянул про второсортное чтиво, что-то изменил.

Пишущая машинка блеснула клавишами.

Отвечая на ее улыбку, он погладил каретку: «Ладно, мир...»

Команда космического корабля собиралась к ужину. Эти ежевечерние трапезы он назвал *летучками*. Импонировала игра слов: в помещение, отведенное для этой цели, участники действительно влетали. Главное блюдо — его подавали в красивом расписном сосуде, чем-то похожем на канистру, во всяком случае, верхняя крышечка откручивалась, — было приготовлено из овощей.

Пожав плечами: овощи на космическом корабле? Интересно, как их там выращивают? — двинулся дальше. Обвив подлокотники зеленоватыми щупальцами, астронавты расселись и приступили к трапезе. Больше не отвлекаясь на посторонние мысли, он закончил вторую главу.

Под стропилами собирался душный воздух. Он поднял глаза, представляя себе невидимое солнце. Раскаленные лучи били по крыше прямой наводкой.

Встал, распахнул оконные створки. Высокие корабельные сосны стояли в двух шагах. Солнечный свет заливал вершины, оставляя в тени подлесок. Только теперь заметил: березы начали желтеть. «Конец июля... Рановато. Обычно желтеют в августе».

Сел, подперев ладонью щеку: «Второсортное... второсортное, — проклятое слово впечаталось в память. Как след в мокрый песок. — Можно ли оставаться хорошим переводчиком, если переводишь всякую ерунду?..»

Ты стал прекрасным переводчиком.

«Во всяком случае, если сравнивать с молодыми...» Время от времени наведывался в книжные магазины. Не покупал — пролистывал. Чтобы отловить очевидные глупости, хватало пары минут. *Конечно, встретимся, — без убеждения повторил Джон.* Или вот: *Задумчивые глаза Ифигении грезили среди травы.* Так и видишь глазные яблоки, самочинно выпавшие из подобающих им впадин, чтобы покататься в траве. Вот, тоже симпатично: *негнущийся маятник.* Любопытно взглянуть на маятник, который гнется, будто помахивает хвостом. Рядом с этим какое-нибудь *Исчез по направлению к лесу* смотрелось образчиком стиля.

«А все потому, что ни вкуса, ни школы», — он выпрямился в кресле и покачал головой.

Обычно лингвистическая терапия действовала. Сегодня — нет.

Работа есть работа. Ты хорошо зарабатываешь.

В голосе матери мелькнул *классовый* упрек. С их точки зрения, не работа, а баловство: вроде секретарской — знай стучи по клавишам. Сами они работали инженерами-технологами. На разных предприятиях. Казалось: на одном. Домой всегда возвращались вместе. В прихожей — громкие голоса. Дверь в его комнату распахивалась: *Как дела в школе?* Что-то дрожало в воздухе, скрипело как пружинки старых часов.

«Да, зарабатываю. Потому что работаю добросовестно».

А как иначе! Конечно, добросовестно! — родители не преминули встрять.

Он кивнул, но не ответил. Знал, что за этим последует: *Мы тоже работали добросовестно! И где результат?*

Вопрос родился в начале девяностых, когда закрывались предприятия. Родители потеряли работу. Месяца через два, проев летние запасы и остатки скудных сбережений, которые к тому же мгновенно обесценились, устроились вахтерами в какое-то общежитие: сутки через сутки. Своего рода семейный подряд. В отличие от него, никаких надежд не питали. Для них крах системы означал их личный крах. По мнению родителей, за всеми событиями стояла злонамеренная воля. В семейных спорах то и дел звучало: твои демократы все развалили — Гайдар и Чубайс.

Горячился: во-первых, почему — мои? Во-вторых: если два человека в состоянии развалить целую страну... Они что — боги?!

Отец, как-то сразу постаревший (мать держалась, женщины вообще сильнее), не мог понять, почему их закрыли. Худо-бедно раньше-то их заводы работали, выпускали продукцию. Мать возражала: раньше — нормально, а не худо-бедно. Прогрессивки, путевки, премии, детские елки, встречи с интересными людьми. Все для блага человека. Выпускали многотиражку. Писатели чуть не каждый месяц приезжали.

Господи, да какие писатели?! Потому и закрыли, что ваша продукция никому не нужна. Как это не нужна? Да так — кому нужна неконкурентоспособная продукция? Этого они не понимали: мы-то здесь при чем? Продукция — забота начальства. Мы работали добросовестно!

Мало-помалу пришел к выводу: разубеждать бессмысленно. Рациональные доводы не действуют: с точки зрения родителей СССР — воплощение вселенского Добра.

Весной уволились, уехали на дачу. До осени работали на участке, добиваясь урожаев, которым позавидовал бы сам Мичурин. Выпускали продукцию, за которую отвечали сами. Сотни банок. На этих запасах семья продержалась до следующей весны.

Он взглянул на часы: половина четвертого. Вот что значит выпасть из нормального ритма.

Сойдя вниз, разогрел вчерашние макароны, вскрыл банку мясных консервов. Съел тихо и отрешенно. Тщательно перемыл посуду. Присохшие ошметки утреннего омлета пришлось скоблить. Вытер мокрые руки. Вешая на гвоздь полотенце, почувствовал головную боль. К тому же слегка познабливало. «Что-то такое... В воздухе. Давление, что ли, скачет?.. Наверняка к дождю... Ох, пора бы», — покачал головой озабоченно, будто выступая от лица местных садоводов, страдавших от плохого напора. Вспомнил безумную старуху, которая отправляла его к водопроводчику: хотела пойти к начальству, но все-таки не пошла. Скорей всего, испугалась: как бы чего не вышло... Как ни хорохорься в старости, но по этому принципу прожита жизнь.

Выйдя из времянки, обернулся к лесу. «Но в *чем-то* она права. Нынешние совсем обнаглели. В советское время — хоть какой-то страх божий. Во всяком случае, на районном уровне. А теперь? Никто ни за что не отвечает? Божки местного значения. Хотя, если разобраться, языческие боги не бездельничали», — задумался, силясь вспомнить имена тех, кто отвечал за всходы семян, огуречную завязь, сиреневатые цветочки картофеля. Как ни старался, не вспомнил.

Прежде чем войти в дом, остановился на крыльце. «Тут-то ничего, но там, в Центральной России, и вправду что-то чудовищное».

В прогнозах погоды нынешнюю жару называли аномальной.

В комнате — в родительское время она именовалась залой — стояли два телевизора, работавшие от одной антенны. Оба старые, еще советские, на лампах. Один, он уже не помнил который, перебрался из городской квартиры, когда родители купили новый, корейский — по тем временам чудо техники. Второй — *Сгодится, конечно сгодится* — отец приволок с помойки. Тогда многие выбрасывали, покупали импортные.

На дачу их доставили одной машиной, вместе с креслом и комодом — сосед выставил на лестничную площадку. На всякий случай мать позвонила в дверь. Сосед обрадовался: конечно берите!

Он включил тот, что справа, и уселся в продавленное кресло. Экран вспыхнул и побежал черно-белыми волнами: чтобы сосредоточиться, телевизору требовалось время.

Сладив со своими внутренними проблемами, телевизор сосредоточился на руководителе государства, сидящем во главе стола. Обращаясь к подчиненным, одетым в строгие костюмы, он хмурил брови, но как-то совсем не страшно, понарошку, видимо, и сам осознавал, что за *летучкой*, которую он возглавляет по своей нынешней царской должности, последует *настоящее* совещание, уже готовое к эфиру.

На этот раз оно проходило в сельскохозяйственных декорациях. Камера демонстрировала умение, с которым новый герой российского эпоса, сидевший в кабине трактора, дергал рычаги. Ни дать ни взять Геракл, совершающий очередной подвиг: «Интересно, который по счету? Третий?.. Или уже четвертый?..»

В данном случае древний миф снова работал: Геракл и Ификл, братья-близнецы. Древние греки полагали, что у близнецов, рожденных одной матерью, могут быть разные отцы. Первого родил КГБ — всесильная организация, олимпийцы советской системы. Второго — бессильное университетское сообщество: разве подберешь единомышленников, готовых встать рядом? Главный герой повел плечами, будто и вправду ощутив тесноту колыбели, в которой они лежали вдвоем.

«Пашут, пашут... — он смотрел на умелого тракториста, которому оказались подвластны все образцы современной техники: автомобили, ракеты, подводные лодки, батискафы. — А сколько таких умельцев до него... Первым делом — отделяют свет от тьмы. Они, естественно, дети света. А остальные, мы...»

Поднялся, кряхтя и держась за спину, и включил второй телевизор, стоящий слева. В отличие от первого, этот ничего не показывал: его экран оставался черным. Зато работал звук. Вдвоем они справлялись с задачей, в нормальной городской жизни возложенной на один — исправный. Рано или поздно придется выбросить, но пока возиться не хотелось: работают, и — пусть.

Сельскохозяйственный сюжет закончился. Его сменили лесные пожары. Голос корреспондента, доносившийся слева, рассказывал о стихийном бедствии, захватившем едва ли не полстраны. Он ожидал появления Главного Спасателя, но не дождался. Deus ex machina почему-то запаздывал. Вместо него показали крестный ход. Верующие, возглавляемые священником, шли краем леса, молясь о спасении от разбушевавшейся стихии. Вдруг вспомнил: мать, рассказывая о своем деревенском детстве, упомянула большой пожар. Чтобы остановить огонь, женщины, живущие в соседних домах, затапливали печи. В те времена он внимательно относился к ее рассказам. Переспросил: зачем? Мать ответила: «Огонь на огонь не пойдет», — но как-то неуверенно, будто повторила чужие слова. Следя глазами за стайкой старух, огибающих угловые строения, он ожидал увидеть струйки, вьющиеся над трубами, но правый экран переключился на людей, одетых в форму МЧС. Они двигались по дымному лесу, держа в руках толстые шланги, из которых били струи воды. Огромные языки пламени, только что сславшиеся по земле огненными змеями, отступали, сворачиваясь у их ног. Голос корреспондента заговорил с новой, воодушевляющей, интонацией:

— С вертолетов уже сброшено более пятисот тонн воды. Спасатели знают свою работу и, как видите, отлично справляются, — воодушевление сменилось озабоченностью. — Огонь, который вырвался на поверхность, можно потушить. Главная беда — торф. Торфяной пожар начинается в глубоких слоях болот и только потом, окрепнув, вырывается на поверхность. К этому моменту огонь охватывает километры и километры леса, существенно затрудняя задачу пожарных. Губернатор Московской области, к которому мы обратились за комментарием, возложил вину на своего предшественника, который вовремя не осознал масштабность проблемы и не принял действенных мер. Люди, страдающие заболеваниями дыхательных путей, вынуждены эвакуироваться из столицы. Билеты в северных направлениях распроданы. Нам удалось побеседовать с женщиной, которая увозит в северную столицу двоих маленьких детей...

— Я сама родом из Петербурга. Там остались родители. У нас дача в Соснове. Дети совсем задыхаются...

Словно в доказательство ее слов на экране появились дети: мальчик лет пяти-шести и девочка чуть постарше. Оба в марлевых повязках. Девочка прижимала к груди большую куклу.

«Сосново. По лесной дороге отсюда — километров десять. На электричке еще короче, — он почувствовал гордость за свой город и область, не подвластные разбушевавшемуся огню. — Хотя... — озабоченно сдвинул брови. — В этом году здесь, у нас, тоже что-то странное. Но будем надеяться, до пожаров не дойдет... Низовые, верховые, подземные», — для памяти повторил наименования пожаров, упомянутые корреспондентом. В работе переводчика всё может пригодиться...

Эта работа — твое призвание, — теперь в ее голосе звучала материнская гордость. — *Тебя ценят. Но самое главное, ты нашел себя.*

При жизни они не были разговорчивы. Это свойство проявилось только после их смерти. Он пожал плечами, не позволяя им вовлечь себя в схоластический спор о призвании и поисках своего места. Стоит дать потачку, потом не остановишь.

Переждав их разочарованное молчание, попытался сменить тему: «А что, если и у нас? Болото. За линией Маннергейма. А вдруг уже тлеет, а потом — раз! — и вырвется...» — нелепая мысль. Одно дело там, в Москве...

Что-то кольнуло в бок. Он поворочался в кресле. Запустив руку в задний карман, извлек карандаш, которым вносил правки. Вертел его в руке, машинально, как иной верующий перебирает четки: «Конечно, призвание, а как иначе...»

Сидел, опустив плечи, забыв о пожарах, которые слизывали целые поселки, но не здесь, а где-то там, в Центральной России. Думал о себе, чувствуя тоску и острое отчуждение: как в ранней юности, когда выбирал профессию. Не то чтобы родители возражали. Просто высказывали сомнение: «Сынок, у тебя так хорошо с математикой. И мы, — взгляд на отца, — технари». — «Не знаю... — отец пожал плечами. — Какая-то... женская профессия. Не для мужчины...»

В половине одиннадцатого лег в разобранную постель.

Под набухшими веками плыли базарные старухи. Расположившись за дощатым прилавком, они стояли над плодами своих трудов. Стараясь отрешиться от давящей головной боли, он всматривался в их лица, но видел только овощи — на старушечьих плечах, вместо голов. Старуха-огурец. Старуха-картофелина. Старуха-кабачок...

Зрелище было *крайне* неприятным. Заворочался, пытаясь угнездиться на матрасе. Жесткая пружина впилась в бок. Подниматься не хотелось. Сделав над собой усилие, спустил ноги. Пошевелив растопыренными пальцами, встал и принялся стаскивать на пол: одеяло, подушку, простыню, старый плед, слежалое ватное одеяло. Оно-то и съехало, сбилось толстыми складками. Шарил, ощупывал продавленный матрас. «Так и есть: насквозь». Острячок пружины пробился наружу — пророс железным ростком. Он расправил сбитое одеяло и уложил в обратном порядке: плед, простыня, подушка.

Протянув руку, выключил свет.

Сидя в кромешной тьме, думал о тех, чьи имена знал на память, но про себя называл: *они*. Их работы выходили в свет нечасто, всякий раз становясь заметным событием. Хотя и в узком кругу.

«Вот именно. В узком кругу... В который меня не допускали...»

Какая-то червоточина: с самого начала, с первых студенческих лет. Вечно чувствовал себя чужаком. Те из однокурсников, к кому он внутренне тянулся, вели себя так, будто самой судьбой именно им и никому другому предназначено стать переводчиками первого ряда. Вспомнил: однажды на семинаре обсуждали перевод одной девицы. Все высказывали свое мнение, большей частью хвалили, хотя перевод был так себе. Он встал и указал на ошибки. Девица, первая красавица факультета, надула губы. Когда выходили из аудитории, она шла впереди. «...Идиот... больше всех надо...» Однокурсник, которому она жаловалась, старался утешить. Он разобрал обрывки фраз: «Да брось... Охота тебе обращать внимание... Homo soveticus. Ошибка эволюции, тупиковая ветвь...» Отступил, спрятался за дверью — лишь бы не поняли, что услышал. Стыдно, ужасно стыдно. Только не понять, за кого?

И потом, в переводческой среде: что-то неуловимое, дрожавшее в воздухе. *Другие*. Белая кость. Вежливые, но высокомерные. Он — черная. Усмехнувшись, подумал: *те* бы сказали — серая. Всегда этот барьер, невидимый, но явственно ощутимый, который нельзя преодолеть именно потому, что его будто и нет: ткнешь пальцем — попадешь в пустоту. *Те* выбирали иных авторов. Он — со своим прекрасным знанием языка и извечной добросовестностью — всегда как будто промахивался. Слегка. Но это-то и есть — главное. Кафка... Ну почему Кафка?! Или, например, Сартр? Чем, чем им не угодил, скажем, Стефан Цвейг?!.. В плохие минуты приходила мысль о заговоре: нет, не гнусном, вроде мировой закулисы. В этом вопросе он предпочитал уклончивость: пусть не заговор, но сговор. Своего рода переводческий интернационал: писатели, которых выбирали *они*, рано или поздно становились лучшими, выходили в первый ряд.

На рубеже девяностых почувствовал себя свободным. Работал без оглядки на чужие представления о том, что *считать высоким*. С каждым годом главный редактор уважал его всё больше и больше.

Теперь ему ясно дали понять: он со своей извечной добросовестностью, глубоким знанием языка, навыками профессиональной работы и, черт побери! — прекрасным литературным слухом — *заменим*. А они — нет. С ними редактор не позволил бы себе амикошонской снисходительности. Не говоря уж о хамстве. В любом разговоре они сами задают тон. Оставалось признать: те, кого он называл белой костью, с самого начала стояли на ступеньку выше. Потому что выросли в других семьях... Их родители не бродили по помойкам, не корячились на огороде.

Лег и поворочался: пружина больше не жалила.

Тут-то и вспомнил: времянка. Забыл подпереть.

Не зажигая света, вышел на крыльцо.

Звезды, не различимые с земли, стояли высоко над лесом. Где-то там, готовясь к плановой посадке, двигался космический корабль. Астронавты липли к иллюминаторам, предвкушая встречу с неизведанной планетой. «Ну-ну, — пошутил горько, — главное, не промахнитесь. А то угодите в какую-нибудь Европу...»

Дошел до времянки. Закрыл дверь. Подпер черенком и покачал для верности. Со стороны дороги слышалось урчание мотора. «Неужто приземлились? Вроде рано», — усмехнулся, но все-таки подошел к калитке.

Тьму, стоявшую за забором, пронзали лучи, желтоватые, как отблески пламени. Они опали, словно поджали лапы.

В темноте он расслышал хлопок — будто включили левый телевизор, и различил силуэт — не то мужской, не то женский. Водитель выбрался из кабины и скрылся за калиткой. На соседской веранде вспыхнуло элек-

44

тричество. Он видел только отсветы, дотянувшиеся до кромки леса. «Приехали и приехали... Мне-то какое дело?..»

Часа через полтора, отчаявшись заснуть, прошелся по комнатам. Постоял у окна: в темноте, скрываясь за занавеской, словно боялся себя обнаружить. Потом все-таки лег.

ТВЕРДЬ НЕБА
(вторник)

Слабый свет, стоявший за окнами, проливался в комнату.

Шевельнулась, чувствуя боль. «Шея... вывернула, да... но что-то еще...»

Рыжий лохматый абажур... Кисточки... Стол, покрытый плюшевой скатертью... Еще не проснувшись, прислушивалась, силясь расслышать стук пишущей машинки или шаги. С чердака не доносилось ни звука: «Где он?» — открыла глаза, пытаясь объяснить себе, почему отец не работает. Вытянула руку — поправить сползшее одеяло: ногти, покрытые светлым лаком. «Это — не моя... Не я... О, Господи! — в шее что-то хрустнуло, будто позвонок времени встал на место. — Я же приехала, вчера...»

Вчера бродила в темноте, шарила по стенам, нащупывая выключатели: рука натыкалась сразу, как будто помнила. В подполе что-то шуршало. Не иначе какой-нибудь барабашка.

— Уеду, будешь хозяйничать, — сказала, не узнавая своего голоса, молодого: будто голос, в отличие от руки, еще на несколько мгновений задержался в прошлом, где отец работал на чердаке.

Домашний божок сидел тихо.

— А жаль. С тобой было бы дороже. За́мок с привидениями... — понимая, что это «жаль» относится не только к стоимости дома.

Уже проснувшись окончательно, оглядела комнату глазами взрослой женщины, в которую превратилась окончательно. Занавески, слишком узкие, чтобы сойтись посередине, едва прикрывали срам: тощую этажерку на бамбуковых ножках, ширму, затянутую рваным шелком, стулья с продавленными сиденьями. Вспомнила слово: «венские». Безумные кисточки — материнское рукоделье. Такие же, только свалявшиеся, украшали плюшевую скатерть. Убогий родительский уют. Хлам, который они называли антиквариатом.

Чтобы *это* стало антиквариатом, надо было вложиться. Заплатить немалые деньги.

«Неужели продуло? Не подушка — сплошные колтуны. Свалявшиеся перья...»

Встала, прошлепала босиком. Дубовый шпон, кое-где вспухший от сырости, но резьба более-менее в сохранности. Распахнув дверцу книжного шкафа, вынесла равнодушный вердикт, как оценщик в чужом доме: «Поздно. Жучок».

Глаза бежали по стенам, выхватывая цветные репродукции: «Сад земных наслаждений» — в ее детстве этот триптих висел в городе, в отцовском кабинете, потом переехал на дачу, — васнецовская «Аленушка». Выцветшие, засиженные мухами. Эти рамки отец изготавливал сам. Пилил, вымерял — вечно выходило криво. Особенно уголки. «Посмотри, кажется, незаметно». Фыркала: еще как заметно! Отец недоумевал: ну где, где тебе заметно? Тыкала пальцем: здесь и здесь. Подходил, смотрел невидящими глазами: «Нормальные люди на *это* не смотрят, главное то, что в рамке».

«По-твоему, я ненормальная?» — женский вопрос, на который никакой мужик не ответит, кем бы он ни был: отцом или любовником.

«Нормальные люди это понимают. Жизнь сложилась. Главное, мы с тобой любим друг друга».

Один диалог наложился на другой: как фон и трафарет. Отец и женатый мужчина, которого любила долгие годы, но в конце концов приняла решение расстаться, делали вид, будто разговаривают с нею. На самом деле — друг с другом, через ее голову.

«Хочешь сказать: жизнь — рамка?»

На этот раз любовник ответил прямо, не прячась за спину отца: «Во всяком случае, накладывает рамки... Если ты меня любишь...»

Накладывают швы. Или гипс. Рано или поздно и то и другое снимают: нитки вытаскивают, гипс раскалывают...

Они стояли в прихожей. Он уже надел пальто и теперь рылся в кармане, искал ключи от машины: «Моя жена ни в чем не виновата. По отношению к ней я не могу поступить неблагородно. Ты должна понять».

К ней?! А ко мне? — громко, во весь голос, как сделала бы любая женщина, которой разбили сердце.

Не крикнула, заставила себя сдержаться. Ответила ровным голосом: «Я понимаю... Не как женщина. Как человек». — «А какая разница?» — «Большая. Можно сказать, решающая. — Ключи лежали на полке. Зачем-то загадала: если не найдет, значит... *Не значит. Ничего не значит.* — Вот они», — протянула руку и подала. «Не понимаю», — он сунул ключи в карман.

Стояла, смотрела вслед. Он шел не оглядываясь. По обеим сторонам дорожки лежали высокие сугробы. На снегу отпечатывались следы. Прежде чем отойти от двери, подумала: «Сказать Василию Петровичу. Пусть подметет».

Женщина не бывает благородной. Благородным может быть человек, существущий в женском теле.

В стекле, засиженном мухами, отражается ее лицо, не слишком молодое. Теперь и сама не может понять, как вышло, что столько лет существовала в мире, который построил ее любовник, преданный жене. Если жизнь — рамка, выходит, любовь — картинка? Репродукция — выцветшая копия с неизвестного подлинника. Прожив жизнь, так и не узнала, в каком музее его можно найти.

Бывший муж любил повторять: жизнь — театр, все мы только актеры. Актеры на сцене. А в зале?..

Первое время: ангелы — доверчивые зрители, верящие только в хорошее. С годами среди белых перьев и сложенных крыльев появляется кто-то другой. Будто что-то поменялось в воздухе: хочется пороть отсебятину, нет, я не дотяну до антракта, но все-таки дотягиваешь. А потом, однажды, когда выходишь на поклоны, вдруг понимаешь: ангелы давно отлетели. Тебе аплодируют твои собственные демоны — самые верные зрители, которые всегда с тобой...

В домашних декорациях эту сомнительную пьеску играли вторым составом. Возвращаясь домой, смотрела на мужа: к тому времени он тоже завел любовницу. Гадала: интересно, кому он больше предан? Видимо, мне. Когда построила дом, оставила им квартиру. Краем уха слышала: у них родился сын.

Она возвращается в постель, лежит, прислушиваясь к тишине. Мертвой, от которой звенит в ушах. Все правильно. Так и должно быть. Не Рай и не Ад. На долю женщины, чья жизнь без остатка отдана работе, остается Чистилище.

В новой пьесе у нее отличная роль: *женщина между двух стран.*

Италия — Россия. Россия — Италия. Туда и обратно: по меньшей мере раз в месяц. Первое время чаще. Каждый раз просила заказать новую гостиницу.

Партнер недоумевал: «Что-то не так? Хорошая гостиница...» — «Хорошая. Но я хочу другую». Потом уже не спрашивал. Видимо, решил: эта русская — капризная штучка. Другую так другую. Слава богу, Рим — большой город.

Полгода назад случился сбой. Поднялась в номер, разложила вещи. Над кроватью — репродукция в рамке: Боттичелли. Нимфа, плененная любовью, превращается в богиню. Эта же картинка висела в самом первом гостиничном номере. Поняла: всё. Гостиницы кончились. Во всяком случае, для нее.

Сколько можно летать... Аэропорты, очереди на регистрацию, паспортный контроль.

Взгляд женщины-пограничницы, когда она сравнивает твое живое лицо с мертвым — на фотографии. Наши пограничницы снисходительны только к иностранцам. В их глазах мы заранее виноваты: родились здесь...

Она пытается согреться под одеялом. Тело ходит мелкой дрожью.

В самолетах полно чужих детей, которым не сидится на месте. Родители не торопятся унять. Одернуть, прикрикнуть: вы мешаете взрослым пассажирам! А еще старухи. Она не переносит старух. Выглядываются из-за кресел, перемигиваются с чужими детьми, зовут: ку-ку! Ку-ку! Лишь бы заговорить неусыпное время: еще не старуха, женщина, потому что люблю детей. На детей надо смотреть сурово и непреклонно. Как пограничницы, пропускающие души пассажиров из одного условного пространства в другое: стоящие на границе двух миров. Дети должны усвоить: они виноваты. В том, что остаются после нас.

После нее не останется никого. В этой очереди она — крайняя.

Души, расположившиеся в креслах, жмурятся — боятся смерти. Она не боится. На месте летчика взлетела бы как можно выше, куда-нибудь в стратосферу. Небо тверже земли. Мгновенный удар. Когда ее тело обнаружат, каждый сможет убедиться: там, внутри, пустота.

Каждый раз, когда стюардесса объявляет: *наш самолет приступил к снижению*, — она ждет момента, когда шасси коснутся полосы. Пассажиры аплодируют, благодарят за отсрочку. Она аплодирует вместе со всеми. Смерть — встреча с родителями. Ее радует, что эта встреча отложена на неопределенное время. Может быть, до следующего раза, когда ее душа расположится в самолетном кресле, готовясь оторваться от земли.

«Хорошо хоть открыла форточку». За ночь немного протянуло: выветрило нежилой дух.

По вечерам родители устраивались на веранде. Ничего не изменилось. Такое впечатление, будто они там. Мать вышивает или вяжет. Отец пилит лобзиком. Гордится: «Интеллигентный не значит беспомощный». Мать кивает, то и дело сбиваясь с рисунка: свяжет — распустит. Огрехи все равно остаются. Как раньше, когда наряжалась в собственные творения. Ей, дочери, это всегда бросалось в глаза...

Упрямо пытаясь справиться с дрожью, думает: именно беспомощные. За каждой мелочью звали какихто работяг. Платили не торгуясь. Те пользовались, задирали немыслимые цены. Даже я понимала. Лет с пятнадцати договаривалась сама. Просто назначала цену. Не нравится — найму другого. Работяги становились шелковыми. Не было случая, чтобы кто-нибудь отказался...

А еще — их гости. Всегда с ночевкой. Утром слонялись по участку, сидели на веранде, пили чай, как будто не решались уехать. Просто встать и уехать. Тех, кто явился впервые, приходилось провожать. Тащиться до самой станции. Впрочем, родителей это не пугало. Любили прогуляться — хоть до станции, хоть по лесу, до линии Маннергейма... Говорили: надо сходить, продышаться, в лесу особенный воздух. Чем он особенный, если дача, считай, в лесу?..

Она ныряет под одеяло. С головой, как в юности, лишь бы не слышать дурацких разговоров, пересыпанных *интеллигентным* матерком. Как-то спросила: зачем ваши гости ругаются? Мать всплеснула руками: боже мой, что ты выдумываешь! Отец попытался объяснить: «Пойми, *в данном случае* это — совсем другое. Существуют разные уровни языка. Когда культура речи достигает определенного уровня, бранные слова воспринимаются как эмоциональные всплески. Своего рода — игра. В каком-то смысле их *просто* не слышишь...» — он обернулся к матери. «Да, я тоже не слышу...» — мать подтвердила охотно.

Однажды сказал: «Ты — взрослая девочка. Должна понимать: то, что говорится за нашим столом... Об этом нельзя с посторонними».

Усмехнулась, потому что подумала: посторонние — это вы. И ваши гости.

Смотрели, как дочь собирает грязную посуду: тарелки, кофейные чашки. Пустые рюмки оставляли где попало. Окурки по всему участку: ходила, собирала в ведро. Никто не заставлял. Но проще собрать и вымыть, чем ходить мимо, дожидаясь, пока мать наконец раскачается.

Села, вытянула ноги. Косточки снова опухли. Забыла принять мочегонное. Роясь в сумке, пыталась нащупать телефон: «Черт! Забыла в машине...» — с вечера даже не вспомнила. Будто и вправду вернулась в прошлое, в котором нет ни мобильников, ни неотложных дел. Отец говорил: здесь, на даче, как будто выпадаешь из жизни. По утрам, когда открываешь дверь, видишь этот тихий свет. Чувствуешь воздух, первозданный, будто льющийся неизвестно откуда. Райский. А ты стоишь и пьешь: глотками, словно ключевую воду... Неужели не ощущаешь? Это же так просто: иллюзия полноты.

Отводила глаза. Вот именно: не жизнь, а сплошная иллюзия...

В просвете занавесок голубеет небо, мягкое, еще не тронутое жарой. Она пытается раздернуть пошире. Ржавые ходунки впились клещами. Паутина по углам, на подоконнике мушиные трупики. Усилием воли заставляет себя *не смотреть*.

Позавчера, планируя дела, раздумывала: может, отправить кого-нибудь вперед. Пару молдаванок — здоровые бабы, дня за два бы управились, навели порядок. По крайней мере, приехать в чистый дом. Ни грязи, ни пыли. Потом представила: ходят, разглядывают... Посмеиваясь, собирают материнские салфетки...

«Так, — защелкнула косметичку. — Теперь — кофе, — тут только сообразила: не на чем варить. — Где ж эта плитка?.. А вдруг не работает?..» — вышла на крыльцо.

Лебеда, крапива... И раньше было запущено, теперь совсем заросло. «Мы — городские жители. В наших генах этот навык отсутствует — умение работать на земле». Возражала, приводила в пример соседей: «Тоже городские. Просто пашут как *папы Карлы*». Отец поправлял: «Итальянские мужские имена не склоняются: папы Карло, о папе Карло...»

Пример соседей не действовал. Мать кривилась: «Только этого не хватало: стоять кверху задницей над грядками!» Отец подводил политическую базу: «Пойми, наше государство не справляется с продовольственной проблемой. Вот и выделяет участки. Чтобы граждане сами обеспечивали себя овощами. Лично я под эту дудку плясать не намерен».

Заросший участок — безупречная гражданская позиция.

Лет в шестнадцать приняла первое важное решение: сразиться с этим безруким драконом — разбить цветник.

Рассада продавалась на рынке. Были б деньги, купила бы у бабок.

Соседка удивилась: «В июле? Поздно, не приживется...»

«Приживется, — ответила уверенно. — Вот увидите. Я буду ухаживать». Соседка улыбнулась, но потом дала: много. Разных. Выкапывая, объясняла: эти — на свет, эти — в тень. Слушала внимательно, старалась запомнить. Практические знания. Вроде секретного оружия против родительских неумелых генов. «Ты, *доченька*, если что — не стесняйся, приходи».

Конечно, *это* она понимала и тогда: доченька — всего лишь слово, простонародное обращение. На крыльце сидел мальчик — их сын. Вечно с книжкой, пока родители надрывались в огороде. Теперь, после *этого* слова, подумала: я бы помогала. Не сидела как пень.

Единственное лето, когда на родительском участке выросли цветы. Все-таки прижились. Выходя на крыльцо, любовалась *своей собственной* клумбой. Родители ахали: «Красота!!» Как будто дело в красоте. Да, *и* в красоте. Но главное — сумела, справилась. Значит, не гены. Если принять решение — все получится. На следующий год на цветы времени не было: сначала выпускные, потом вступительные. Но те цветы — самый первый случай. Потом ее жизнь уже никогда не была прежней.

Родители настаивали на филологии. Ответила, как отрезала: «Я — в торговый». Мать хваталась за сердце: «В нашей семье! Господи... Мы — не торгаши!» Отец пытался переубедить: «Сама пожалеешь. Торговля... — морщился, подбирая определение. — Купи-продай... Мещанство засасывает. Быстро, не успеешь оглянуться. Ты — девочка из интеллигентной семьи... Духовные потребности... Пойми, это все — грязь!»

— Не грязь, а земля.

Лишь бы отстали.

Они и отстали. Вроде бы смирились, оставили в покое. Но все равно чувствовала барьер, полосу отчуждения. Даже их друзья. Раньше всегда спрашивали: как в школе, как оценки? Теперь, когда собирались, разговаривали о чем угодно, кроме ее учебы: «Как в доме повешенного...»

Она оглядывает соседский дом, не подающий признаков жизни: «Скорей всего, живы. И она, и муж. Работали на воздухе. По ночам никаких гостей... Этот мальчик, как же его?.. Саша... Володя... Леша?..»

Мысль о соседском сыне становится фоном, на котором уже разворачиваются другие, насущные: «Съездить в ДЭК, нанять людей. Пусть хотя бы выкосят. Белорусов или этих, *западенцев*. Только не наших алкашей. По уму, надо бы покрасить. Хотя бы времянку: а то сарай сараем. Создать приличное впечатление. Покупатели — идиоты, особенно бабье. Смотрят на всякую ерунду... — Оглядывая вагонку, шелушащуюся старой краской, вытаскивает сигарету, раздраженно щелкает зажигалкой. Без кофе сигарета кажется горькой. — Шифер — тоже. Наверняка растрескался. — Края шиферных листов, выщербленные, будто обкусанные огромными зубами. На месте укусов чернеет рубероид. — Нет. Заводиться некогда. Ни с крышей, ни с краской. Слишком мало времени...»

Открыла сумку, вынула листок: список необходимых документов. Первым пунктом: *кадастр*. В районном центре работает специальная контора. Позавчера нашла в Интернете: улица Клары Цеткин. Дозвонилась. Слава богу, можно по срочному тарифу. Приедут, сделают съемку. Дня через три оформят полный пакет. «Скажу: готова доплатить отдельно... Да, еще какой-то квиток. Или — бланк? Девица сказала: *розовый*».

Дачные бумаги лежали в синей папке. Перебрала тщательно, по одной. Перезвонила конторской девице. Та: ищите. Розовый бланк, выдавали всем.

Уже выйдя за калитку, вспомнила: вынести белье. Просушить на солнце. После зимы все влажное: и одеяла, и подушки...

Ты — дочь писателя.

Оборачивается: отец стоит на крыльце. Стоптанные задники. На губах — блаженная улыбка. Потягивается, вскидывая руки...

«Только этого не хватало!» Оглядывает пустое крыльцо. Решительно идет к машине, открывает дверцу.

Даже ей было понятно: не писатель, а член Союза писателей. За всю жизнь — один роман. Сто лет назад, в журнале «Юность». Мать собирала рецензии, складывала в папку: «Слава богу! Наконец твое имя звучит». Звучало, но недолго.

Нет, дело не в деньгах. Как-то он всегда зарабатывал: выступал на заводах. Однажды, ей было лет десять, взял с собой. Ее посадили с краешку, во втором ряду. Отец рассказывал о своей жизни: работал в газете, потом решил стать писателем. Сказал: писатели — инже-

неры человеческих душ. Дома он так не говорил. Но ей
понравилось: как будто большой завод, на котором делают души. В конце все зааплодировали. Она тоже
аплодировала, но не так, как все, по-другому. С гордо-
стью: я — его дочь. Казалось, все смотрят и завидуют.

— Ну вот, теперь не успею. Думала забежать в стол
заказов. Ты-то успела?

Женщины разговаривали между собой.

— Да тоже не успела, как раз шла, а тут Алексеич:
писатель, мол, приехал. Я и так, и этак... А чего сделаешь, раз попалась. Теперь уж после смены.

— После смены хороших не останется. Разберут.
Не знаешь, по сколько в одни руки? Мне бы две надо,
у Петра день рожденье. Добро бы знаменитый, а то
присылают невесть кого... Пикуля, небось, не при-
шлют.

— Так он и сам не приедет. На Пикуля-то я с удовольствием...

Вечером спросила: «А Пикуль — хороший писатель?» Отец поморщился: «Плодовитый». — «Он тоже
инженер человеческих душ?» Удивился: «Где ты набра-
лась таких глупостей? Хотя... — махнул рукой. В дверях обернулся: — Не знаю, как бы тебе объяснить...
Иногда нам всем приходится говорить такие вещи... не
то чтобы стыдные...»

Сотрудничал с каким-то журналом, но это позже,
ей было лет пятнадцать. Отвечал на письма, писал рецензии на самотек. «Откуда их столько?» — не договаривала: идиотов, вообразивших себя писателями. «Талант надо поддерживать, бездарность пробьется сама», — веско, словно сам же и родил эту непреложную
истину. Едва сдерживалась, чтобы не спросить: а ты?
Ты-то почему не пробился?..

В городскую квартиру они приходили довольно часто. Назывались: *молодые писатели*. Бородатые, лет по

тридцать — на ее тогдашний взгляд, старики. Возился как с родными. «Когда вырастут, станут как ты?» Ее ехидство отец пропускал мимо ушей. Отвечал серьезно: «У каждого писателя своя судьба». — «А у читателя — не своя?» — «Иногда своя, но, как правило, общая...»

Вечно строил планы, делился с матерью сюжетами будущих *произведений*. Слово, от которого бросало в дрожь. По утрам сидел на чердаке. Называлось: отец работает. Когда спускался к обеду, мать всегда интересовалась: ну как? Кивал: сегодня работалось неплохо.

Спалось, работалось, жилось — сплошные безличные формы, словно от самого человека ничего не зависит...

Мобильник ворохнулся, подавая признаки жизни.

Один неизвестный, остальные — ничего срочного. Поворачивает ключ зажигания. Под шинами хрустят ветки. Поелозила, усаживаясь поудобнее.

Корни, кочки, камни... Выворачивая на грунтовую дорогу, думает: хорошо, что не паркетник. И как не распарывают днища? Этим местным плевать: не ровняют, не убирают. Правление даже не чешется. Прошлым летом слупили десять тысяч. Позвонила, поинтересовалась вежливо: с какого такого перепугу? Бухгалтерша: потери в электрических сетях, вывоз мусора, дорожные работы. Ну, и где их работы?..

По правую руку начинается тропинка: вниз, вдоль оврага. Та самая. Однажды — «Сколько же мне было?.. Лет пятнадцать...» — отказали тормоза. Велосипед понесло по кочкам. Впереди — старуха с коляской. Крутанула руль. Вниз, в овраг, сдирая колени и локти.

— Сволочи! Разъездились! Ездят! — старуха орала дурным голосом. Сквозь боль думала: я не виновата... Я же спасла...

Спасенный младенец пучился бессмысленными глазками.

Еще долго снилось: кровь, старуха, перевернутая коляска. Младенец — неподвижный, как сломанная кукла. Просыпалась в холодном поту. Потом вроде бы забылось. Год назад ехала по поселку, не здесь, в Репино. Впереди старуха с коляской, далеко, метров пятьдесят. Вдруг, будто что-то сместилось, вступило в голову. Дала по тормозам. Казалось, в последнюю секунду. Мотор захлебнулся и заглох. Сидела, ужасаясь себе: что это?.. Что со мной?..

Потом еще и еще: вдруг, ни с того ни с сего, начинали трястись руки. Останавливалась где придется. Включала аварийку. Сидела, приходя в себя. Дожидаясь, пока *это* пройдет. Одно время подумывала о том, чтобы нанять водителя.

Переваливая через рытвину, джип выбирается на асфальт. «Хватит. Я справлюсь. Уже справилась».

Она сует руку в бардачок. Надевает очки, будто опускает забрало.

Глядя на мир сквозь темные стекла, откидывается на сидении. Выезжает на асфальтовую дорогу. С удовольствием, чувствуя мощь — прирученную и послушную, — жмет на газ... —

———

«Что-то плохое... Вчера... — в полудреме, еще не вполне проснувшись, он попытался сообразить. — Да. Замок... Снова тащиться в ДЭК... — пошарил, нащупывая часы. Под руку попалась книга, потом очки. — Четверть девятого...» — спустил ноги. Поелозил по полу, попадая в тапки, прислушиваясь к шуму мотора. Шлепая стоптанными задниками, липнущими к пяткам, подошел к окну.

Выглянул, скрываясь за занавеской: напротив соседского участка разворачивался черный джип. «Соседи. Уже уезжают?.. Сто лет не приезжали...»

Оделся и, предвкушая радостное мгновение, когда жизнь, еще не вошедшая в силу, медлит, замерев у крыльца, вышел на веранду. Стенные часы показывали свое собственное время: без пятнадцати три. Не то день, не то ночь. Сколько раз собирался поменять батарейку... Отвел глаза виновато и открыл дверь.

Вдохнул еще сонный, еще тихий и мирный воздух.

Оглядел близкие сосны, перешагнувшие за кромку леса, скользнул взглядом по кустам, сбившимся в стайку: казалось бы, все осталось прежним — ни шума, ни скрипа, ни малейшего дуновения, но что-то *неприятное* будто стояло в воздухе. Повернул голову и обмер.

Дверь во времянку была ОТКРЫТА. Черенок лопаты лежал на земле.

«Не может быть...» — смотрел, не веря своим глазам. На этот раз никаких сомнений: вчера-то уж *точно* подпирал. Еще и покачал для верности.

Помедлив, двинулся вниз решительным шагом.

Стол, ведро, плитка, красный газовый баллон.

«Ветер. Конечно ветер...» — пробормотал и открыл холодильник.

Достал два яйца. «Последние, — молочный пакет, брикетик сливочного масла. Включил электрическую плитку, машинально, не успев почувствовать вины. — Заодно и куплю», — добавил щепотку соли и взялся за венчик. Взбил и вылил на сковородку.

Алюминиевый ковшик лежал на дне. Мусорные былинки замерли в осевшей мути. Вздохнув, взялся за металлическую дужку.

Шаркая стоптанными тапками, дошел до крана. Выплеснул мутный осадок, подставил ведро. Струя била о дно. Стоял, украдкой поглядывая на соседский участок, не подававший признаков жизни. Торопливо привернув кран — *нельзя, чтобы лилось под фундамент. Размоет,* — потащил обратно. Донес, водрузил на табуретку.

«А если попробовать? Вывернуть винты. Не винты, а шурупы», — поправил себя отцовским твердым голосом. Съел омлет — торопясь, не чувствуя вкуса. Снял с конфорки почти крутой кипяток, заварил в чашку.

Прихлебывая мелкими глотками, вышел на двор. Посмотрел в небо, еще не обретшее полуденной твердости, вздохнул и направился к сараю, который родители называли мастерской.

Шурупы и гвозди, разобранные строго по калибру, — в пустых консервных банках. В отдельном ящике — электрические вилки и патроны. Мотки проволоки — над верстаком на гвоздях. В отцовские времена это называлось: *всегда под рукой.* Пыль, покрывавшая верстак, слегка серебрилась: он растер между пальцев, чувствуя кожей мелкую металлическую стружку. Шарил по полкам, пока не нашел отвертку. Возвращаясь к времянке, думал: «Хорошо, что *эти* уехали. На своем джипе... —

Девица полезла в шкаф, нашла амбарную книгу:

— Свидетельство. Право собственности на землю. — Предъявила, ткнув наманикюренным пальцем. — Конечно получали. Вот число.

Подпись, знакомая с детства, выцвела, словно ее присыпали пылью. Этой закорючкой отец подписывал ее школьный дневник. Перед глазами встали страницы, расчерченные по дням недели: понедельник, вторник, среда, четверг, пятница, суббота. Все, кроме воскресенья. Словно день, приходящийся на отдых, не достоин родительского попечения.

Голос девицы перечислял документы.

Машинально кивала головой, пытаясь представить: вот он входит, отстояв очередь. Скорее всего, длинную. *Розовые бланки* — святое. Все ринулись получать. Девица, предшественница этой, подает обгрызенную ручку. Он подписывает, склонившись над столом...

— А если *все-таки* не найду?

— Ну... — девица хлопнула ресницами, — конечно... восстановить-то можно, но это потребует времени и... — взгляд ушел в сторону.

— Я понимаю, — снова кивнула, чувствуя привычную тоску. Как всегда, когда попадались стеснительные вымогатели, чьи притязания сводились к ничтожным цифрам. — И где это можно сделать: у вас?

— Ну да. Мы же храним, — девица положила руку на книгу, в которой хранила подписи умерших родителей. — Можно обратиться. *Всегда.*

Слово царапнуло неприятно.

— Вы сказали: подписи соседей... — привычным ухом поймала *узкое место,* вынула кошелек, достала бумажку — не крупную, среднего достоинства, — выложила на стол.

— Ну, вообще-то это форма-альность, но обязательно должны подписать... — Судя по певучему голосу, вполне удовольствовалась бы и меньшей. — ...Что они согласны. Признают границы участка...

— А если, — улыбнулась доброжелательно, — не подпишут?

— Лето, — девица удивилась. — Все на даче. Вот если бы зима...

Встречный поток иссяк. Свернув, въехала на парковку.

Шла, поигрывая ключами. Стеклянные створки разошлись автоматически.

— У вас есть электрические плитки?

— В отделе техники, — продавщица, дежурившая у входа, мотнула подбородком.

Садовая мебель, тазы, тапочки, настольные лампы, торшеры — всё местного производства. Шла вдоль поперечных стеллажей. «Понаделали. Уйму говна. Кто-то же покупает...»

— А я думаю — этот... За семьсот двадцать. Обои-то желтенькие... Или вон тот, зелененький, — тетка в красном сарафане сравнивала ценники. — Зелененький лучше: за шестьсот девяносто...

В отделе техники тон задавала белизна. Белоснежные контуры: твердость белого цвета.

Супружеская пара сделала свой выбор: муж тащил картонную коробку.

— Ну и как ты его пихнешь? Ширина-то два пятьдесят... — сарафан цвета пожарной машины мелькнул в дверном проеме.

— Пихну... Подвяжу багажник...

Цепким взглядом обшарила электрические плитки. На секунду шевельнулось сомнение: в сущности, и нужна-то на пару дней. Если бы не тетка в красном сарафане, взяла бы самую дешевую, отечественную. «*Потом* кому-нибудь подарю. Наташе, — вспомнила домработницу, с которой сложились добрые отношения. — Кажется, у нее есть дача...»

Пожарный сарафан горел в отделе напольных покрытий. Продавец отматывал линолеум. Проходя мимо, бросила короткий взгляд. «Так и есть — *пестренький*», — отметила удовлетворенно.

— Где тут у вас подушки?

Девица, перебиравшая принадлежности для бани: войлочные шапки, ковшики, лоханки, сбитые из дерева, — задумалась:

— Там, за вокзалом. Сперва супермаркет, потом «Семена и удобрения», потом...

Вот именно. В этом все и дело: вырвать себя. С корнем, из этой почвы, в которой прорастают одни и те же семена... На одних и тех же удобрениях...

Свернула к кассе, одной рукой прижимая к себе коробку, другой нащупывая кошелек.

— В отделе проверили? — баба, сидевшая за кассой, осведомилась строго.

— В отделе нет продавца, — ответила наобум, но твердо: не хватало тащиться обратно.

Твердость сработала. Вздохнув, кассирша взялась за коробку: распечатала, сунула вилку в розетку:

— Греет, — рука с перламутровым маникюром лежала на конфорке. — Маша, подай-ка бланк.

Девица, прозябавшая за соседней кассой, порылась и протянула.

Красный сарафан сопровождал тележку с рулоном. Тележка выруливала к свободной кассе. Девица, подавшая бланк, встала:

— Галин Степанна, я — пописать, покараулите? — удалилась, цокая каблучками.

Тележка, на секунду замерев в недоумении, покорно отъезжала назад.

— Пять тысяч триста семьдесят.

Открыла кошелек, вынула карту. Кассирша нахмурилась и покачала головой:

— Принимаем *только* наличными.

— Почему? У вас же... Вон... — смотрела на считывающее устройство.

— С утра не работает. Телефон отключили.

— А... когда подключат?

Тетка развела руками:

— Может, завтра. А может...

— У меня... — порылась в кошельке, — только пять... — вынула тысячные купюры, расправила веером.

— Ну а я-то чего! Приходите завтра...

— Так, — стояла, оглядываясь. — Где у вас банкомат?

— У нас? Нету. Или возьмите другую. Отечественную... — в голосе посверкивало тайное удовольствие.

Тетка в красном сарафане прислушивалась, словно принимала участие. Судя по выражению лица, на стороне кассирши.

Перемогая вязкое бессилие, двинулась обратно.

Стояла, смотрела на ценники. Будто поставили на одну доску — с красной теткой, с пестрым, *в дрыздочки*, линолеумом, с убогим торшером...

«Идиотка. Привыкла, что везде банкоматы... В принципе, подъехать к конторе, там точно есть... — тут только сообразила: разница — триста семьдесят рублей. Если бы не дала конторской девице... Развернулась и пошла к выходу. — *Там* их не будет», — нащупала темные очки.

Эти заканчивали погрузку. Супруг разматывал веревку. Толстый рулон торчал из багажника синих «Жигулей».

Подавая назад, поймала взгляд *отечественной* женщины.

...Не хочу... Не хочу и не могу... Молчат. Все равно слышу — каждое слово. Почему?.. Господи, да потому! Потому что сама состою из этого...

Работала, вертелась как белка в колесе. Лет пять назад наступило равновесие. Так в бизнесе не удержишься. Любое равновесие неустойчиво: либо вперед, либо — назад. В позапрошлом году поняла: здесь, в России, вперед уже нельзя. Всё начинает буксовать — прибыли, затраты. Вымогатели совсем оборзели. Но дело не только в этом: что-то еще, не вполне ясное. Ощущение смутной опасности, которое стоит в воздухе: надо валить! Не так как в начале девяностых, не на свой страх и риск, не очертя голову. Есть время, чтобы отойти на заранее подготовленные позиции...

— Да, — ответила, притормаживая.

Партнер говорил медленно, на своем туговатом русском. Дослушала, не перебивая.

— Нет... Возникла небольшая задержка, но, надеюсь, через несколько дней. Максимум через неделю... Да, я знаю... — смотрела на высокий забор, рядом с которым остановилась. — Не в городе... Нет, — помедлила. — У родителей.

С той стороны установилась недоуменная тишина.

— Оформляю документы. Долго объяснять, — подумала: и не к чему.

За сплошным забором высился кирпичный дом, аккуратно оштукатуренный. Углы обложены декоративным камнем. Тарелка на крыше. У себя в Репине не обратила бы внимания: там такие дома — обычное дело. Можно сказать, средней руки. «Старый снесли, построили новый... Еще повезло с местом. У самой дороги. Есть где развернуться цементовозу, грузовикам с песком и гравием».

Агент, продававший участки, предлагал на выбор: Репино или Комарово. Дача в Комарове — мечта отца, писательский рай, в который, как ни старался, так и не сумел проникнуть. Честно говоря, екнуло: «А что, если?.. Так сказать, идущие за нами...» А потом представила: за каждым забором — писатель и жена писателя. Родители — многократно умножившиеся, населившие эту землю...

Второй этаж выдавался широким балконом. Сквозь балясины проглядывала ротанговая мебель: стол и три кресла. «Выходят, созерцают убогие окрестности: дома-развалюхи, времянки, сараи... Воображают, что отделились от соотечественников... Зажили новой жизнью...»

— Конечно, позвоню. Чао-чао...

Подъезжая к ДЭКу, подумала: «Или все-таки покрасить?.. Нет, — на этот раз решила твердо. — Не успеть. Пока вызову, пока... —

— А подите к черным!

Он моргнул. Фраза, повисшая в воздухе, на слух напоминала ругательство.

В ДЭКе ответили: рабочих нет, ищите частников. Потоптавшись у вывески, направился к рынку. Овощные бабки стояли за прилавком. Кабачки, мутные банки, ягоды в пластмассовых майонезных ведерках — на этот раз только крыжовник. К *черным* его послала костистая, самая высокая из трех.

— Да уж тогда к белорусам! — другая, одетая в мужской пиджак с широкими подло́жными плечами, перебила.

— К белорусам! Белорусы-то сдерут! — третья, у которой вчера купил смородину, сбрызнула пучки: укроп и петрушку.

— Так зато и сделают. А черные — чего? Вон у меня, прошлый год, — костистая распрямила спину, став еще выше, — надо яму. Подрядились копать. Ладно, говорю, ройте. А они: бала́-бала́ по-своему, — она замолчала, будто ожидая ответной реакции слушателей.

— И чего, вырыли? — бабка в пиджаке сверкнула глазами, предвкушая *страшный* рассказ.

— Вырыть-то вырыли, — костистая признала неохотно. — А все равно. На двор выйдешь, а они: бала́-

бала́, бала́-бала́... Прям не по себе делается. Белорусы хоть говорят по-нашему...

Он слушал, не веря своим ушам: минуту назад она отправляла его к кавказцам, а теперь заняла сторону белорусов? Впрочем, черт с ней! Какая разница!

— А где их... кого-нибудь... найти? — вклинился в разговор.

— Да везде, — бабка в пиджаке махнула рукой неопределенно. — Вон, у дороги. Или там. Ходят у лесопилки. И чего ходют... — она бормотала безумные слова.

У дороги, прижавшись к обочине, стояли грузовики. На бортах белели крупные косоватые буквы, мелом: «Дрова», «Песок», «Гравий». Подходя, он задавался недоуменным вопросом: зачем писать, если нагружено с верхом?..

Водители, собравшись у головной машины, курили солидно и неспешно.

С каждым шагом становилось все больше не по себе, как в детстве, когда выходил во двор, где заправляли здоровые парни. Чувствовали себя хозяевами жизни. К этой общей жизни он не был допущен. Пытался, но не мог приспособиться: перенять их ужимки, особые словечки, которыми они обменивались. Что ни скажешь — всегда некстати. Хохотали, тыкали пальцами. Он помнит до сих пор: хохот стаи, уверенной в победе.

Однажды подслушал разговор. Одни стояли за углом. Один сказал: «А этот, урод-то наш, где? Чего-то давно не видно...» Другой ответил: «Явится. Куда денется...»

Эти выглядели испитыми и тощими, но в их глазах стояла та же неотчуждаемая правота: мир, к которому они приспособили свое существование, состоял из дров, песка и гравия. Ничьих. Как молочные реки с кисельными берегами: вырубай, насыпай, черпай.

68

Главное, найти слабаков, согласных платить *живые деньги*.

— Интересуетесь? Дрова сухие, березовые. Шесть тысяч. Если требуется, наколем. Но, как говорится, за отдельную плату, — первый водитель хохотнул радушно, по-хозяйски.

— Сами-то строитесь или — как? — затушив прицельным плевком, второй отшвырнул окурок. — Песок чистый. С карьера.

— Мне сказали... Где-то здесь можно нанять человека...

— На какие работы? — третий включился по-деловому.

— Замок. Сломался. Может быть... Кто-то из вас?

«Зачем я спрашиваю? Я же знаю: *эти* не согласятся», — чувствовал неловкость, похожую на стеснение в груди.

Они смотрели молча и сурово, не удостаивая ответом.

Он двинулся дальше, к хозяйственному магазину, который бабки назвали лесопилкой. Когда-то давно на этом месте стоял кинотеатр: щелястый сарай. По субботам крутили кино. Старые фильмы, давным-давно прошедшие первым экраном. Теперь территорию огородили. За прутьями ограды лежали штабеля досок, высокие стопки шифера, рулоны металлической сетки — зеленые, словно облитые масляной краской. Вспомнил слово: *рабица*, похожее на женский род существительного *раб*. В родительские времена сетка-рабица продавалась одного, железного, цвета. Чтобы не заржавела, приходилось красить масляной краской.

— Простите...

— В десять, открываемся в десять, — парень в футболке и красной кепке, ходивший между штабелями, бросил через плечо.

— Я просто хотел... Мне... очень... нужен слесарь, — он попытался придать голосу уверенности, хотя бы чуток. — У меня сломался замок.

— Там, на той стороне, — продавец махнул рукой. — Вообще-то лучше пораньше, часов в девять, — сунул в карман рулетку. — Или в восемь. Чурки рано приходят. В девять — это белорусы.

— Думаете, сейчас бесполезно? — На той стороне дороги никого не было: ни славян, ни азиатов.

— Попробуйте. Подождите, вдруг снова появятся...

Перейдя дорогу, он сел на камень: «Придут. Кто-то же должен... Это их работа...»

На его участке тоже лежал камень. В свое время отец пытался вывернуть, делал глубокие подкопы. Кажется, единственный случай, когда родители не довели дело до конца. В этой местности огромные валуны попадались часто. Отец говорил: остались с ледникового периода, миллионы лет лежали в земле. Потом что-то сдвинулось, глубинные пласты зашевелились и выдавили на поверхность.

Сидел, поглядывая в небо: голубой купол твердел на глазах. Через час, когда от нежной утренней дымки не осталось следа, встал и побрел обратно, прикидывая, сколько потерял времени: с учетом магазина — зайти за молоком и хлебом, — два с половиной часа. Впереди, за соснами, вкоренившимися в песчаный склон, уже голубело озеро — маленькое, но глубокое. Местные называли блюдечком, на самом деле — омут: глубина метров семнадцать-восемнадцать. Здесь он никогда не купался, если не считать того раза, давно, сразу после вступительных экзаменов. Шел от станции, предвкушая, *как* скажет родителям, небрежно: «Ага, поступил». Вдруг, будто дернул черт: сбежал по песчаному склону. Поплыл, загребая и отфыркиваясь, радуясь несомненной победе: восемь человек на место, это вам не какой-нибудь *технический*... Филфак Государственного университета им. Жданова. Немецкое отделение. С его-то немецким. По тем временам средний школьный уровень. На репетиторов у родителей денег не было, впрочем, если бы и были... Родители говорили: в нашей стране за знания не платят. Занимайся, и всё получится. Самое удивительное — действительно получилось, несмотря на то что многие, с кем сдавал в одной группе, немецкий знали куда лучше. Видимо, срезались на других экзаменах. Особенно много двоек выставили за сочинение. Он получил пятерку...

Метрах в десяти от берега правую ногу свело. Забил руками, пытаясь превозмочь судорогу. Отчаянным рывком повернул назад.

Это пришло на берегу, когда сидел на жаркой песчаной кочке, растирая ноющую икру. Дети резвились у кромки, мальчишки ныряли с мостков. Всё как будто по-прежнему, но что-то нарушилось. Оборвалось.

Родители стояли на крыльце. «Я поступил». Наверняка заахали, а как иначе, но он этого не запомнил, потому что сразу поднялся на чердак. Скрылся в верхней комнате, которую уже тогда считал своей.

Часа через два мать подошла к лестнице: «Иди ужинать. Я на стол собрала».

Вдруг почувствовал отчуждение, холодное. Сидел, нахохлившись, повторяя дурацкое слово: *собрала, собрала*. Сколько лет прожили в Ленинграде, получили высшее образование, а говорят как у себя в деревне. Хотелось крикнуть: не собрала, а накрыла! Ответил: не хочу.

«Не хочет. Устал». — «Ну, пусть отдыхает». Родители разговаривали под окном. В вечернем воздухе их голоса звучали надтреснутыми колокольчиками.

Думал: нет, не устал, я не отдыхаю. Мне надо дожидаться, ни на что не отвлекаясь, а иначе *это* уйдет, достанется кому-то другому.

Среди ночи будто что-то толкнуло. Сел, отбросив старое одеяло. Сгорбившись, переживал *сильное*, похожее на откровение: дело не в том, что мог умереть. В конце концов, все умирают. *Это* другое. Понял, точнее, сформулировал: «Бессмертья нет. Кончилось. Сегодня».

Будто его поступление стало чем-то вроде грехопадения, хотя какое отношение университетские экзамены имеют к греху? Занимался и поступил.

Потом, позже, когда прочел Библию, нашел правильные слова: той ночью пережил что-то вроде изгнания из рая. Почувствовал на своей собственной шкуре, словно, не имея понятия о первоисточнике, примерил на себя костюм Адама, уходившего из Эдемского сада — в другое пространство, которое называется взрослой жизнью, где надо действовать самостоятельно, не полагаясь на Отца. На свой страх и риск, вопреки родительскому опыту.

Под утро, вдруг проснувшись, пережил еще одну истину: природа, кем бы ни была создана, чужая враждебная сила — бездушный омут, куда рано или поздно...

— Вы не с горки? Свежий хлеб привезли?

Он обернулся и узнал вчерашнюю тетку.

— Нет, я из ДЭКа, — ответил машинально и тут только сообразил: собирался зайти в магазин за молоком и хлебом, а пошел совсем в другую сторону. Придется делать крюк.

— Так привезли или нет?..

«Все-таки интересно, кто из нас сумасшедший?» — дойдя до колодца, свернул направо. Ноги вязли в глубоком песке. С тех пор как верхнюю дорогу заасфальтировали, здесь машины ездили редко. Шел, тяжело дыша, с трудом переставляя ноги, будто хлеб, который нормальные люди покупают в магазине, в его случае приходится зарабатывать в поте лица.

«Работа — мой хлеб, — снова чувствовал отчуждение, но на этот раз не к родителям. — Я же всегда, всегда его поддерживал... С самого начала...»

Нынешний главный редактор пришел в девяносто восьмом. Издательство дышало на ладан: после дефолта прежний всё бросил и уехал к дочери в Израиль. Незадолго до отъезда собрал ближайших сотрудников, с кем начинали в конце восьмидесятых. Просил прощения, говорят, даже заплакал. Потом представил преемника. Сперва приняли в штыки: чужак, не нашего круга. Ходили слухи, будто из торгашей. Среди редакторов пошли разговоры: надо искать другую работу, причем срочно. Многие ушли. Новый главный обещал, что пожалеют. Через год, когда нашелся спонсор (какой-то деятель из правящей партии — предшественницы «Единой России»), кое-кто просился обратно. Главный отказал, назвав предателями и перебежчиками. На совещаниях рассказывал о ближайших планах. Теперь в них фигурировали тематические серии: женские романы, триллеры из бандитской жизни. Отдельная серия — фэнтези.

Все эти бури в стакане воды прошли мимо него. Работал, не особенно задумываясь. Издательская политика — не его дело. Жил в своем собственном мире, в котором существуют исключительно книги: его дело — переводить.

Почти совсем задохнувшись, он выбрался на асфальтовую дорогу. Потопал на одном месте, отрясая песок: «Разговор — рабочий момент...» — Трудно подобрать слова, чтобы объяснить это чувство, будто спустили с неба на землю. Прежний мир рухнул. Надо строить новый... Весь вопрос — как?.. —

Она притормаживает, прикидывая, где бы припарковаться. Останавливается под соснами, в теньке. На часах половина двенадцатого, а жара как в пекле. Этим летом действительно что-то странное. Нещадное солнце, но в то же время как будто тянет холодком. «Неужели заболеваю?..» — идет к калитке, все еще чувствуя легкий озноб. По уму, хорошо бы смерить температуру, но, во-первых, где искать градусник?.. А во-вторых...

«Всё. Никаких болезней. Найти плитку, проверить холодильник...»

Электрическая плитка нашлась в родительской кровати, завернутая в старый плед. Скорее всего — мать: завернула, спрятала под подушку. «Во всяком случае, не я. Я бы сперва отмыла, отшкурила конфорки...» — ведет пальцем, чувствуя пригорелые неровности и, не особенно надеясь, сует вилку в розетку. На передней панели вспыхивает желтоватый огонек. Гаснет, снова загорается, будто собираясь с силами.

— Давай, давай! — торопит или подбадривает, положив руки на конфорки, — жрец, совершающий ритуал оживления. Ладони чувствуют тепло. — Молодец. Теперь — сама.

Еще не открыв дверцу холодильника, уловила слабое дребезжание: оказывается, уже работает. Не вынули вилку из розетки. Просто отключили рубильник, обесточив дом.

Внутренние стенки пошли черноватыми пятнами. Поскребла ногтем: «Грибок. Водой не отмоешь. Господи, о чем я?» — захлопывает дверцу. Надо достать продукты. Но сперва — включить воду.

Не доходя до калитки, сворачивает в травяные заросли. Нагнувшись, нащупывает вентиль, подернутый ржавчиной. Голыми руками не провернуть. «Капнуть масла. В канистре, в багажнике. Хорошо, что не выбросила. Сунуть металлический прут».

На ходу, краем глаза отмечает: мужик. Вошел в соседскую калитку. Во всяком случае, ближайшие соседи здесь.

Темная лужица, натекшая под вентиль, не уходит в землю. Продев прут в ушко, наваливается, чувствуя: пошло. Из трубы доносится слабое шипение. Вода выбивает воздушную пробку. Она вонзает прут в землю: понадобится, чтобы закрыть.

Водопровод работает исправно. Когда-то давно ее бы это обрадовало — очередная победа над материальным миром. Теперь этот мир раз и навсегда побежден. В сущности, вопрос денег. Деньги у нее есть. Во всяком случае, в тех масштабах, которые требуются, чтобы обуздать стихию обыденности. Если б вентиль не повернулся, позвонила бы в Репино. Прораб прислал бы людей...

На меже между родительским и соседним участком лежат штабеля бревен, укрытые рубероидом. «Зачем?.. Собирались что-то строить?» Теперь это не имеет значения. Если не погнили, надо предложить соседям. Не за деньги — просто отдать.

Плитка совсем раскалилась. Достает банку с молотым кофе, сахар, сливки... В целлофановом мешке лежат овсяные пакетики, яблоки, мюсли, апельсины, чищеные грецкие орехи, молоко длительного хранения. Она сует мешок в холодильник. Самое время заняться *розовым бланком* или как его...

Приглядывая за кофе, вспоминает роман, который прочла в юности. Герои — безымянные, вместо имен фигурировали буквы и цифры. Цифры уже не вспомнить...

Но буквы, во всяком случае, женские: «*I* и *O*. Латинские. Что же они строили? Кажется, космический корабль. — Инженерная сторона дела выветрилась из памяти. Остался *розовый билет*: листок, дающий право на интимное свидание. — Нет, — она поправляет себя, — в книжке иначе: не право, а обязанность... —

Продукты он спрятал в холодильник: упаковку яиц — на верхнюю полочку, пакет молока — на дверцу. Шаркая подошвами, обошел дом.

Со стороны, граничащей с соседским участком, лежат бревна, укрытые рубероидом. Давно, еще с родительских времен. Их привезли ранней весной или поздней осенью, родителей на даче не было, иначе отец бы проследил. За зиму забор рухнул: подгнившие деревянные столбы не вынесли напора. Отец возмущался: «Вот безрукие! Нет бы зазор оставить!» Ждал, когда соседи приедут. В середине лета не выдержал: разобрал штакетник, вытащил старые столбы. По вечерам отправлялся в лес, подальше, искал и срезал осины — если правильно обработать, самое прочное дерево, хватит на сто лет.

Он обернулся к лесу, будто лесник его детства вот-вот должен показаться: худой, одетый в мешковатую куртку, похожую на ватник. Одной рукой тянет за собой осиновый ствол. Готовые столбы складывал в сарае. Там они и лежат — до сих пор.

Постояв, двинулся обратно, стараясь не думать о завтрашнем, о том, что предстоит: «Ничего... Встану пораньше. Приду — кого-нибудь да застану. Непременно. А как же иначе. Они сами заинтересованы в клиентах», — находил твердые слова.

Твердость сработала. Докучливое будущее исчезло, мысли вернулись к работе.

Поднялся в кабинет, сел за пишущую машинку. Жаль, что пропали утренние часы — для жаворонков, вроде него, самые продуктивные. Отгоняя обрывки ненужных мыслей, вставил чистый лист.

— *Вначале были атомы. Электрические разряды, ультрафиолетовое излучение, вулканическая активность — трудно сказать, какие природные катаклизмы превратили их в молекулы, но факт остается фактом: именно под воздействием этих жестких явлений атомы объединились в генетическую молекулу — ДНК. —* Капитан *оглядел членов команды, словно ожидая, что кто-то из них не согласится с такой постановкой вопроса. — Вообразите себе молекулу, способную создавать собственные копии. Плодовитость репликантов и точность копирования — до поры до времени эти свойства себя оправдывали, но —* глазные отростки *вспыхнули неподдельным энтузиазмом, — лишь до поры. Однажды копировальный механизм совершил ошибку. Количество ошибок множилось...*
Капитан оглянулся на экран монитора. Циферблаты часов — и бортовых, и межгалактических — различались одинаково ясно. В правом верхнем углу уже мигал синий значок. Напоминал, что приближается время связи с Центром Управления. Сеанс начнется через пятнадцать минут.
— *Количество ошибок множилось, пока не перешло в качество. Естественный отбор как инструмент эволюции включился именно на этой стадии. — Синяя иконка подмигивала всё настойчивее. — Благодарю за внимание. На сегодня — всё.*
Из общего отсека капитан вылетел первым. Углубляясь в хитросплетения коридоров, ведущих к главному монитору, он думал о том, что гены — генами. Они регулируют построение организмов, однако их влияние

ограничено. Хотя бы потому, что не всё приобретенное наследуется. Сколько бы знаний и умений ни накопила особь в течение жизни, они не перейдут к ее потомкам генетическим путем. Тут работают совсем другие механизмы...

«Вот-вот, — он распрямил затекающую спину и размял кисти рук. Именно поэтому никогда не чувствовал интереса к естественным наукам. Филология, история, культурология — там по наследству передаются не пустые признаки: строение тела, цвет глаз, форма зубов, способность к мимикрированию, — а знания и смыслы, накопленные бесчисленными поколениями. Каждый индивид свободен воспринять их или отринуть. Взять хотя бы его самого. Разве гены определили его тягу к иностранным языкам? В их роду *ничего этого* не было. Он представил себе, как изумились бы его предки — хоть по материнской, хоть по отцовской линии (воображение нарисовало череду земледельцев, сутулых от тяжкого труда: натруженные руки, темные узловатые пальцы...), — если бы узнали, что их отдаленный потомок стал переводчиком. В сравнении с ними он — иная форма жизни. В этом смысле у него другие родственники. — Марлен...»

Вышел из-за стола и сел на топчан, покрытый пестрой попонкой.

Марлену не пришлось бы объяснять — почему он тоскует над этой книгой, мечтает о другой, исторической, над которой начинал работать в незапамятные времена, но потом отложил за текущими заказами, поступающими от издательства.

«Ну какое, какое мне дело до всех этих репликаторов, кроссинговеров, аллелей, доминантных и рецессивных признаков! Положим, у меня были бы голубые глаза, или курносый нос, или мускулатура культуриста. Разве *сам я* стал бы другим?!»

Посидел, сгорбившись. Вернулся к письменному столу.

Устроившись в кресле, капитан следил за иконкой. Из синей она превратилась в красную, будто раскалилась изнутри. Сидел, дожидаясь, когда появится изображение. По экрану бежали цифры. Иконка связи мигнула и погасла. Прождав положенные пятнадцать минут, в продолжение которых Центр так и не объявился, он отправился к себе. «Ничего удивительного... Учитывая расстояние, отделяющее нас от родной галактики, мы находимся на краю Вселенной», — капитан поморщился: «край Вселенной» — слишком романтично, во всяком случае, на его вкус.

Открыв бортовой журнал, он отметил точное время несостоявшегося сеанса. Вчера связь установилась, но через тридцать секунд прервалась. Не исключено, что вчерашний контакт станет последним. Теперь им придется руководствоваться исследовательским заданием и здравым смыслом. Лично у него здравый смысл есть. Чего не скажешь о теоретиках. На эту планету ученое сообщество возлагает особые надежды. В астрономических атласах она маркируется значком объектов первой группы. Это они, не нюхавшие настоящего космоса, настояли на повторной экспедиции. На Совете он не присутствовал, но позже ознакомился с докладом. Неудивительно, что Совет пошел навстречу: а как иначе, если речь идет о развитой форме. В докладе значилось черным по белому: возможна встреча с разумным существом. Капитан усмехнулся и пощелкал мелкими суставами. После принятия решения все дискуссии прекращаются. Его дело — исполнять.

Справившись с минутным раздражением, капитан мысленно вернулся к прерванной лекции: по логике вещей следует переходить к хромосомам. Передние отростки

79

пробежали по клавишам, открывая нужную закладку. По мнению ученого сообщества, на планете, к которой они приближаются, дело обстоит так: каждый сперматозоид и каждая яйцеклетка содержит по 23 хромосомы, составленные из кусочков хромосомного набора, полученного от родителей. В момент зачатия гены смешиваются и перетасовываются случайным образом. Это непреложное правило касается самых разных форм жизни, возникших в процессе эволюции: и растений, и животных, — лишь бы они размножались половым путем...

Он вздохнул и погрузился в математические выкладки, иллюстрирующие процесс. Работал до самых сумерек, наверстывая время, даже не вспомнив про обед.

Из окна потянуло вечерней прохладой. Завершив очередную главу, он спустился с чердака. Действуя машинально и рассеянно, разогрел вчерашние макароны.

Сквозь дверной проем виднелся угол веранды, высокое крыльцо, освещенное лампочкой, висящей на длинном шнуре. В темноте, залившей участок, ее свет казался пронзительным. Вокруг вилась мошкара — неотступно, как навязчивые мысли.

«Завтра. Завтра решится», — подхватил сковородку и водрузил на стол. Тыкал вилкой в слипшиеся макароны. Жевал, считая потерянные дни: начни он неделю назад, давным-давно замок был бы починен. Покончив с ужином, сложил в таз грязную посуду, залил водой.

С чашкой простокваши в руке вышел, уже привычно подпер дверь. Перед соседским участком темнел силуэт машины.

«Не уехали, — отметил с неудовольствием. — А что, если?.. Нет, вряд ли...»

Вчера, когда стоял у окна, перетаптывался босыми ногами, эта мысль как-то не сложилась. Просто не мог себе представить, что *та* девочка может управлять такой огромной машиной. Дочь ближайших соседей. Приходила к матери — за цветочной рассадой.

Приоткрыл калитку. Сделал несколько шагов, осторожно, словно входя в озеро, невидимое во мраке. Вода начиналась от самого забора, огораживающего клочок суши, с которого только что сошел в воду. Пока что неглубокую...

Лампочка, пылавшая за спиной, выдавала его присутствие. Точнее, могла выдать, если бы женщина, скрывавшаяся в соседнем доме, подошла к окну. Возможно, она и подошла и теперь стояла, скрываясь за занавесками... Как сам он — вчера.

Он двинулся вперед, крадучись, стараясь держаться поближе к забору. Искусственный источник света скрылся за углом. Казалось, свет льется ниоткуда, висит золотистым облаком, словно сам по себе, как, собственно, и дóлжно на исходе второго дня, когда руки бога, творящего мир, еще не дошли до источников света — прямого и отраженного: солнца и луны. До этого надо пережить еще один день — третий, когда по божьему велению из земли произрастет трава, сеющая семя, и дерево, приносящее плод по роду его.

Кусты и деревья, образующие кромку леса, сливались в темную неразличимую массу.

Обратно он шел уже решительным шагом, всем своим видом показывая: ему скрываться не от кого. Просто вышел за калитку. Мало ли зачем... Например, прогуляться. «Да, вот именно. Перед сном. Подышать свежим воздухом. Ночью и вправду свежéе».

Взошел на крыльцо. «А может, и раньше приезжала... Это я не приезжал».

Дочь выросла *там*, у тещи. Дачный поселок Мга. Добираться проще — на электричке всего минут сорок по направлению к Москве. Участок тоже далеко от станции, но ходит местный автобус. Не то, что здесь —

три километра пешком. Конечно, дело не в удобствах, какие там удобства! Только электричество. Воду и ту качали помпой... «Но здесь же лес и чистое озеро!» Жена стояла непреклонно. Первые годы старалась выразить деликатно: скучаю по родителям, и вообще там привычнее. Потом, когда пошли скандалы: *не могу!* На вашей даче я — *никто.* «Ну почему, почему?» Кричала ужасным голосом: *потому!* Потому что *ты* здесь — *никто!..* И звать тебя *никак!..* Возил ребенку продукты. Без ночевки: туда и обратно. Обратно нагружали готовыми банками. У тестя с тещей тоже сад и огород. Образцовый, под стать родительскому. Банки — вечный камень преткновения. Привозил, ставил в кладовку. Мать молчала, но на стол ставила *свои.* Жена демонстративно отказывалась. Тоже мо́лча, но выражение лица... *Твердое.* Казалось бы, все одинаковое: огурцы, помидоры, патиссоны. Но ведь как-то различали. Всегда...

Щелкнул выключателем. Ждал, что теперь, в кромешной тьме, высветятся звезды, но небо, будто обложенное низкими тучами, казалось пустым.

ТРАВА, ДЕРЕВЬЯ, ГРИБЫ
(среда)

За оградой хозяйственного двора маячил продавец в красной кепке, но не с рулеткой, а с блокнотом. Останавливаясь у каждого штабеля, что-то прикидывал на глаз.

Сидя на вчерашнем камне, он следил за его передвижениями, слегка поеживаясь, время от времени поглядывая по сторонам. От пруда, затянутого ряской, тянуло бензином. Или машинным маслом. «Машины, что ли, моют? — встал и прошелся взад вперед: от валуна до помойки и обратно. За эти полчаса, которые провел в ожидании рабочих, солнце так и не выглянуло. — Надо было куртку надеть...» — по голым рукам бежали мурашки. Утром было не до этого: стоял на крыльце, не чувствуя холода, не замечая неба, обложенного тучами. Смотрел на дверь. Дверь во времянку была закрыта — черенок сторожил крепко и надежно.

Перешел дорогу, вдыхая первозданный запах свежеструганой древесины. Прежде чем обратиться, взялся за прутья ограды, словно искал опору:

— Вот, девять часов... Вчера вы сказали... Я пришел. — На мгновение отвлекшись от хитрых подсчетов, продавец повернул голову. — Рабочих. Мне надо найти рабочих... Вы сказали... вчера.

— Вчера я не работал, — продавец почесал карандашом за ухом.

— Простите, видимо, я обознался... Другой, ваш... коллега... Он сказал, рабочие приходят к девяти. Но... тут никого...

Сегодняшний продавец, которого он принял за вчерашнего, пихнул карандаш в задний карман и простер руку.

Взгляд, продолжив траекторию указательного пальца, уткнулся в телеграфный столб. От самой вершины — там сидела черная птица: галка или ворона — до уровня человеческого роста столб был усеян объявлениями.

Он подошел и задрал голову.

> ВСЕ ВИДЫ СТРОИТЕЛЬНЫХ РАБОТ.
> СТРОИТЕЛЬСТВО ПОД КЛЮЧ.

> ОПЫТНЫЙ САНТЕХНИК.

> ЭЛЕКТРИК. ЛИЦЕНЗИЯ.

> БРИГАДА. ВЫСТРОИМ
> И ОТРЕМОНТИРУЕМ ВСЁ.
> ПОЛНЫЙ ИЛИ ЧАСТИЧНЫЙ РЕМОНТ
> НА ВАШЕЙ ДАЧЕ.

> ВЫПОЛНЮ ЛЮБОЙ СТРОИТЕЛЬНЫЙ ЗАКАЗ.

Читал лаконичные фразы, прислушиваясь, словно пытался расслышать голоса, предлагавшие себя с такой неколебимой уверенностью.

Те, что повыше, выглядели солиднее: куски фанеры, прибитые к столбу. Ниже лепились клочки бумаги: большей частью напечатанные, но попадались и написанные от руки.

«Господи, неужели так просто? И *они* придут?..»
Мысленно представил себе людей, умеющих делать *всё* собственными руками, готовых явиться немедленно, стоит только позвонить. Чувствуя легкое головокружение, привстал на цыпочки. Отрывал бумажные хвостики с номерами телефонов, собирал как ягоды — в горсть. Собрал и сунул в нагрудный карман. «Нет», — достал кошелек, спрятал в боковое отделение. Туда, где лежали использованные билеты — автобусные, трамвайные, троллейбусные. В своем роде эти клочки — тоже билеты. Обратно, в привычную жизнь, где нет ОТКРЫТЫХ дверей. Все заперто надежно и прочно.

«Главное сделано», — огляделся и увидел людей.

Еще несколько минут назад он бродил как во тьме. Теперь словно наконец вышел к свету. Люди явились во множестве, шли по своим делам: кто за молоком, кто на рынок за овощами. К хозяйственному двору съезжались машины: он слушал хлопки дверей.

Как по мановению чьей-то крепкой руки, открывалось все: ставни ларьков, железные ворота ограды.

Смотрел, изумляясь и радуясь, переживая свою причастность к этому вечному движению. Круговороту простых ежедневных целей и малых дел, к которым взрослый человек не должен относиться с опаской. Как же он ошибался, вступая в этот мир! Неохотно — да что там: по докучливой необходимости! Оказалось, здесь все организовано хорошо и рационально. Надо только знать элементарные правила. И следовать им.

Прислушивался к себе, удивляясь новому опыту: видимо, нечто похожее переживают путешественники. Или пришельцы, оказавшись на чужой планете. Всё вокруг кажется странным. Люди, к которым обращаешься, говорят непонятные вещи. Но проходит время и все проясняется. Встает на свои места.

От развилки он не стал сворачивать. На этот раз двинулся прямо... —

Выйдя на крыльцо, она обводит глазами заросли травы. Особенно густо заросла бывшая клумба. Когда-то здесь росли цветы: те самые, которые дала соседка. Простенькие: астры, петуньи, тигровые лилии. Но тогда, в последнее дачное лето, они казались роскошными. Куда роскошнее нынешней экзотики: всех этих аргирантемумов, кальциолярий и амарантов — их предлагают ландшафтные дизайнеры.

«Язык сломаешь!.. Так». — Она переключается на список дел.

Розовый бланк так и не нашелся. Вчера искала до самого вечера: перерыла комоды, тумбочки, шкафы. По логике вещей документы должны храниться в папке, но родители — с них станется! — могли сунуть куда угодно. Рылась в коробках из-под обуви. Пальцы перебирали пустые пузырьки от лекарств, свечные огарки, пачки оплаченных квитанций, катушки, клубки разноцветной шерсти, лампочки, пальчиковые батарейки, стертые ластики, патроны с остатками губной помады пахнувшие прогорклым вазелином. На нижней полке обнаружилась пачка рукописей. Стараясь не отвлекаться на отцовскую писанину, перебрала листок за листком. В одном месте глаза все-таки зацепились: диалог персонажей, мужчины и женщины, что-то вроде любовной сцены или объяснения:

— *Нина, Ниночка! Я знаю, мы с тобой — одно целое! Наша общая жизнь. Я не могу, просто не могу представить своей жизни без тебя!* — Петр *подошел к окну и отдернул занавеску.* — Дорогая моя, иди же, иди ко мне.

Нина подошла и встала рядом. Он обнял ее одной рукой. Светлая головка жены склонилась к его плечу.

— *Петруша, милый, как же я тебя понимаю! У нас общее прошлое. Наша вечная память!*

— *Да, да! Прошлое... Значит, и настоящее, и будущее... Знаешь, о чем я мечтаю?*

«Не знаю и знать не хочу», — сжав зубы, задвинула ящик одним толчком. Внутри что-то хрустнуло, видимо, направляющие.

«Придется заказывать дубликат... Все равно ехать, оформлять заявку... — она чувствует утренний прилив бодрости. Как в юности, когда выходила на крыльцо. Ели, стоящие у кромки леса, упруго топорщатся ветвями. — Хорошо, что приехала... Очень хорошо... Кофе? Нет, выпью в городе», — к машине она идет, улыбаясь: не город, а райцентровская дыра... Уже открыв дверцу, вдруг вспоминает: забыла запереть дом. Но лень возвращаться. Заводит машину, разворачивается под соснами, едет не оглядываясь. «Ну какие здесь воры...» Ворам, которые позарятся на всю эту рухлядь, следовало бы приплатить...

Нина, Ниночка! Я знаю, мы с тобой — одно целое! — слова, вырванные из контекста, кажутся особенно беспомощными.

Время от времени отец зачитывал вслух. Спускался с чердака: сядь, послушай, вот написал кусочек, надо проверить интонацию. Спрашивал: ну, как на твой вкус? Мать всегда восхищалась: замечательно, все как в жизни!

«Меня не спрашивал... — Она сворачивает на асфальтовую дорогу. — А если бы спросил? И в какой это жизни нормальные люди *так* разговаривают?» Во рту неприятно горчит.

Она притормаживает у магазина на горке.

Свет, бликующий на асфальте, слепит глаза. Слепые глаза видят пыльный проселок, по которому движется грузовик. В кузове покачиваются бидоны — сейчас их начнут разгружать...

В юности ходила сюда за молоком. В те годы молоко продавалось *по записи*: в начале месяца подавали заявки, заносили в конторскую книгу. Покупатели сходились заранее: неизвестно, когда привезут. Разбредались, усаживались в тени. Чтобы не сбить очередь, ставили пустые бидончики. Завидев молочную машину, сбегались, занимали места. Очередь принимала форму шмелиного роя. Водитель выходил из кабины, откидывал борт. Рой гудел терпеливо. Если кто-то опаздывал, его место караулил бидон...

Она поднимается по ступеням. С опаской, будто переходит воображаемую границу, вступает в пространство памяти. Там остались деревянные полки: крупы, макароны, брикетные супы, портвейн *Солнцедар*. Отрава отравой, при чем здесь солнце?..

Открывает дверь.

Магазин как магазин. Теперь такие везде, в каждом чертовом пригороде. Отделы: гастроном, хлебный, молочный. Вода представлена пятью-шестью наименованиями.

Она замирает у прилавка, пытаясь вообразить: тех, стоявших в *той* очереди. Если бы им сказали: настанет время, когда здесь будут продавать *воду*. Наверняка забросали бы камнями... Или пустыми бидонами...

— «Аква Минерале с газом».

— Вам похолоднее? — продавщица кивает на холодильник. Бутылки: разноцветные, рядами. Кока-кола, чай, пиво, квас.

— Нет, — она качает головой.

Из-под крышки бьет пенная струя.

Женщина с ребенком на руках оборачивается. Не то чтобы осуждает. *Просто* реагирует.

«Ну почему? Почему они не могут держать свои реакции при себе?»

Мы с тобой — одно целое! Наша общая жизнь...

«Не общая, а моя. Которая никого не касается...» — пьет, высоко задирая бутылку, будто трубач, дующий в трубу. Выдувает дивную мелодию своего недалекого будущего, которую никто из местных не услышит. Когда будущее обратится в настоящее, она будет далеко.

Краем глаза замечает: ребенок — смотрит внимательно, шевелит губами, словно подпевает беззвучной песне. Она закручивает крышку. Коротким, решительным жестом. Будь он постарше, наверняка бы понял. Тетенька хочет сказать: это — моя вода.

Младенец ударяется в плач. Направляясь к двери, она чувствует себя виноватой. Хотя, если разобраться, при чем здесь она? Ребенка мучает жажда — за этим должна следить его мать. Мать, а не чужая женщина.

Женщина. Ее мать любила это слово. Морщится. «Мне никогда не нравилось». Даже в юности, когда оно должно казаться загадочным.

Забираясь в жаркую машину, вспоминает милое лицо, скромное ситцевое платье: старенькое, для работы в огороде. Думает: *та* женщина не назвала бы себя *женщиной* — хозяйка, мать, жена...

Казалось бы, раннее утро, но в салоне уже не продохнуть. Она включает кондиционер. «Жара. И это дурацкое марево. Все-таки что-то странное с погодой... —

————————

Клочки с номерами телефонов он разложил на обеденном столе. В два столбика, соблюдая строгий порядок: справа напечатанные, слева — написанные от руки. Первые казались безликими. Тех, кто скрывался за ровными компьютерными буквами, невозможно вообразить. Прижав их ладонью, чтобы не нарушить порядок, отодвигает в сторону.

Безотчетно повторяя жест отца, потирает руки, прежде чем погрузиться в изучение *корявых* букв и цифр. Именно это свойство кажется особенно обнадеживающим: их вывели неловкие пальцы. Значит, привычные к физическому труду.

Мужской голос, ответивший на вызов, выслушал сбивчивое объяснение и, помедлив, дал ответ: на этой неделе все заняты на другом объекте. «Не решите до субботы, звоните. Кого-нибудь пришлю».

Жалкое желание: отложить до субботы — шевельнулось, но улеглось.

Второй голос оказался женским. Она обещала передать бригадиру. Сказала: перезвонит в течение часа.

На третий звонок никто не отозвался.

В распоряжении четвертого только водопроводчики. «Читали объявление? Там же ясно, черным по белому». — Он хотел извиниться, но раздраженный басок дал отбой.

Пятый, надолго задумавшись, так что пришлось окликать: алло! алло! Вы слушаете? — ответил, что работы по горло, лето, слишком малый объем, чтобы браться.

Шестой оказался тем же женским голосом, который обещал передать его просьбу бригадиру. Он сверил номера телефонов и признал свою оплошность: «Простите... Но там, на столбе, два ваших объявления. Вот я и...» Во всяком случае, она подтвердила прежнее обещание: ждите, перезвонит.

Он засек время и принял решение: сделать перерыв.

Прислушался, но ничего не расслышал: родители молчали. Он кивнул удовлетворенно: еще бы. На его месте даже они не добились бы большего. Всё, от него зависящее, сделано. Теперь надо дождаться обещанного звонка.

«А если не дождусь? Если вообще не позвонят?.. И что тогда? — снова подступала паника. — Как — что? Звонить и звонить последовательно, по всем оторванным номерам. Рано или поздно кто-нибудь обязательно откликнется. Согласится. Придет... Главное, добросовестность и методичность. Торопиться некуда. Они же не торопились. Жили так, словно им отведена целая вечность: копать, таскать, полоть...»

Телефонный звонок раздался раньше, чем он — уже в третий раз — проверил время. Голос, говоривший с едва уловимым акцентом (кажется, все-таки белорусским), назвался бригадиром. Выслушав, спросил адрес.

— Сосновая улица, дом шестнадцать, — он представил себе карту: — Знаете магазин на горке? Если от него, надо свернуть по Еловой, там — до леса, дальше — направо и до конца. У меня самый последний участок...

Хотелось объяснить подробнее, сказать: Сосновая — легко запомнить. По аналогии с названием райцентра. От магазина совсем недалеко, неторопливым шагом минут пятнадцать, — но голос не дослушал:

— Понял. Завтра в одиннадцать. Кто-нибудь будьте дома, — и отключился.

Он сел на скамейку, смиряя радостное волнение. «Сделал. Справился. Этот бригадир — человек...»

Оперся ладонями о колени: «Почитать или пообедать?..» Давило голову. Этим летом как-то особенно часто. Снова всплывали старухи: сперва та, что советовала обратиться к водопроводчику, — в руке она держала шланг. За ней другие, базарные, — расположившись за дощатым прилавком, стояли над плодами своих трудов. Стараясь отрешиться от давящей боли, он всматривался в лица, но снова видел овощи: старуха-огурец, старуха-картофелина, старуха-кабачок...

Поднялся и обошел дом.

За дощатым туалетом виднелась компостная яма: сорняки и палые листья, слоями, вперемешку с дерьмом. Лет через пять вонючее месиво сгнивает — превращается в подкормку, которую можно раскладывать по грядкам. Огурцы, картошка, кабачки, патиссоны... Помидоры, укроп, петрушка. Говорили: из земли — на стол. С осени закладывали в ямы: слой картошки, слой песка, снова слой картошки. Клубни, долежавшие до лета, припахивали гнильцой. Сперва доесть старое — незыблемый принцип. За это время новое успевало подгнить. Последние *закатки* доедали в августе. В это время начинался круговорот банок: полные — с дачи, пустые — на дачу. Огурцы, компоты, варенье... Движение — из года в год по одному и тому же кругу, как лошади в шорах.

Глядя на компостную яму, буйно поросшую сорняками, думал: «Это мне так кажется. А им — нет. Мои родители не тосковали и не печалились. Герои, не хуже самохваловских метростроевцев — мускулистых людей какой-то особой породы, готовых бросить вызов природным недрам. Чудотворцы своего участка земли...

Говорили: *разбить* сад и огород. Растения, посаженные их руками, не зависели ни от века, ни от общественного строя. Росли, плодоносили, цвели. И всетаки он не мог отрешиться от странного чувства: не сад, а натюрморт. Островок мертвой природы, искусственная реальность, прирученная, но так и не ожившая. Может быть, они тоже это чувствовали? Копали, пололи, прищипывали клубничные усики, гордились своими свершениями, но *никогда* не радовались: он не помнит улыбок на их губах.

Вниз уходили гигантские ступени, заросшие лопухами и крапивой. На языке родителей это называлось: террасы. Всё — вручную. Лопатами, в четыре руки. Носили булыжники. Укрепляли склоны, добиваясь почти геометрической точности. Теперь прямые углы смягчились и расползлись. Природа, не имеющая уважения к труду прошлых поколений, размыла искусственные очертания, словно прошлась варварской кистью.

Стоял, вглядываясь в победное буйство сорняков. Поле битвы, на котором сражались родители. Только их неусыпный труд сдерживал восстание *этих* масс. Теперь сорняки обрели свободу. В памяти всплыла надпись, начертанная на одной древней стеле, кажется, царя Саргона, разрушителя цивилизаций:

НА РУИНАХ,
ОСТАВШИХСЯ
ПОСЛЕ МОИХ ПОБЕД,
РАСТУТ СОРНЯКИ.

Вдоль дальнего забора разрастался малинник — колючие кусты, в родительские времена усыпанные ягодами. С годами все выродилось. Он уже не собирал.

Яблони тоже одичали. Яблоки, когда-то крупные и сочные, — теперь с детский кулачок.

«Может, полить?..» — но уже отрешенно, как о мертвом ритуале, пришедшем из глубины веков. Из чужой — давным-давно стершейся — памяти.

Поздно. Время упущено. Вода, которую он откроет, достанется сорнякам... —

_____

Похоже, она зря волновалась. Девица, дежурившая в конторе, охотно выписала дубликат. Остальные документы в порядке. Теперь — кадастровая съемка.

— Вы помните? Мне — по срочному тарифу. Я предупреждала, по телефону.

Обещала, что приедут завтра. В самом крайнем случае послезавтра: лето, много заказов.

— Я могу поговорить с непосредственными исполнителями?

Девица развела руками:

— Все на выезде. Но вы не беспокойтесь. Вам обязательно позвонят.

— Позвонят или приедут? — На всякий случай положила на стол еще одну бумажку.

— Сперва позвонят, потом приедут.

Улыбка, проплаченная дополнительно, оказалась на диво хорошей.

— Вы говорили, надо собрать подписи.

— Так это потом, когда оформим, — девица объяснила важно. — Соседи должны подписать готовый документ.

Она выходит из конторы. Оглядывается, читая вывески:

СТРОИТЕЛЬНЫЙ ДВОР

МЯГКАЯ МЕБЕЛЬ

ПОРТЬЕРЫ НА ЗАКАЗ

Делает шаг в направлении стеклянной двери: может, зайти? Поговорить с продавцами, полистать местный каталог. С мебелью все ясно заранее: флок, отечественный гобелен... Общее представление получила в отделе светильников, когда тетка в красном сарафане выбирала торшер. Самое интересное — портьерные ткани. В иных обстоятельствах непременно бы зашла. Продавцы, если их правильно разговорить, охотно отвечают на вопросы:

— А вы бы что выбрали?

— А эта, с разводами, — как на ваш вкус?

— А какие из них пользуются особым спросом?

Почти ясно она слышит голос своего заместителя: *Ну что здесь может быть интересного? Это же не наш сегмент...*

На самом деле *так* он никогда не спросит. Разве что подумает. Но она умеет читать мысли.

Напротив, через дорогу, — стекляшка, опоясанная цементным поребриком.

КАФЕ АНЖЕЛИНА

Она останавливается у кромки, пережидая поток машин. Будний день, а движение как в городе: не жизнь, а наглядная агитация. Население богатеет на глазах.

Пользуясь паузой, отвечает на вопрос заместителя:

«Во-первых, сегмент *почти* наш: через пару лет тетка в красном сарафане вполне может стать нашей клиенткой. Деньги — характеристика динамичная: сегодня нет, а завтра... Самое стабильное — вкус. Дальновидный поставщик не должен отрываться от народа».

Кажется, понял. Во всяком случае, кивнул.

«Ну и славно, — она кивает в ответ. — Идите и работайте. А я выпью кофе».

Переходя на другую сторону, пытается представить себе эту *Анжелину*: супруга хозяина? Или любовница, местная барби? Ей нет никакого дела, но *все-таки* лучше бы любовница или вообще *никто* — просто иностранное имя, случайное, которое можно легко заменить на другое, лишь бы оно тоже было иностранным: Илона, Диана... «Смешно, — она смотрит на солнце сквозь темные стекла. — Кажется, я вообще ненавижу *жен*. Всех: и нынешних, и бывших. Включая себя...»

В кармане вибрирует телефон. Она садится за столик.

— Американо. Нет, сахара не надо. И сразу — счет.

Снова римский партнер. Все, что он скажет, ясно заранее: «Надо определяться с позициями. Срочно. Поставщики торопят». Это же самое говорил и вчера, и позавчера. Сколько можно отвечать: пожалуйста, дождитесь меня. Неделя ничего не решает. Поставщики никуда не денутся, подождут.

Сидя над чашкой кофе, она гасит раздражение: «Ждет, что дам отмашку: решайте без меня. Говоришь, говоришь... Как об стену горох...»

Ткани для российского рынка всегда отбирает сама. Шиниллы, жаккардовые структуры, микрофибра. Всё, включая искусственную кожу.

Этого он не может понять. Говорит: есть же консультанты, дизайнеры.

«Вот именно. *Ваши* дизайнеры и *ваши* консультанты», — допивает кофе одним глотком.

ВСЕ ПРЕДСТАВЛЕННЫЕ КОЛЛЕКЦИИ, МЕБЕЛЬНЫЕ И ПОРТЬЕРНЫЕ ТКАНИ ПОДОБРАНЫ СПЕЦИАЛИСТАМИ. В ПОДБОРЕ УЧАСТВОВАЛИ ИТАЛЬЯНСКИЕ ДИЗАЙНЕРЫ И КОНСУЛЬТАНТЫ.

Конечно, участвовали, отчего не поучаствовать. Только где б она была со своим бизнесом, если бы шла у них на поводу! У *наших* покупателей — свои вкусы. Особенные. Что европейцу хорошо, то русскому — *ну, не знаю... хотелось бы чего-нибудь...*

В НАШИХ КАТАЛОГАХ ВЫ НАЙДЕТЕ САМЫЕ МОДНЫЕ КОЛЛЕКЦИИ МЕБЕЛЬНО-ДЕКОРАТИВНЫХ ТКАНЕЙ. СОВРЕМЕННЫЙ ДИЗАЙН И ОГРОМНЫЙ ВЫБОР ПОЗВОЛЯТ ВАМ ВЫРАЗИТЬ СВОЮ ИНДИВИДУАЛЬНОСТЬ В ИНТЕРЬЕРЕ И НАПОЛНИТЬ ЕГО ОСОБЫМИ ЭМОЦИЯМИ.

Раскрыв картонку, вкладывает сотенную купюру: сумма включает щедрые чаевые. Выходя из кафе, прикидывает: процентов тридцать. Обычно оставляет пять. Но девица куда-то испарилась.

Идет к машине, продолжая диалог со своим новым заместителем: «Для сегмента, с которым мы работаем, индивидуальность — ключевое понятие. В разговоре с клиентом его следует употреблять как можно чаще». Что-что, а это ее дизайнеры вызубрили назубок. Конечно, решение остается за покупателем, но важно *правильно предложить*.

В сущности, новый заместитель ей нравится. Иначе бы не взяла. Тем более сейчас, в сложившихся обстоятельствах, когда он остается здесь, в России. Практически вместо нее. В современном мире физическое присутствие не обязательно. Везде мобильная связь. Можно руководить откуда угодно: хоть из космоса, хоть с того света. Рано или поздно ученые решат и эту проблему. Усмехается, пытаясь представить себе далекое будущее, в котором и хоронить будут с телефонами. В принципе, идея не новая. Еще древние египтяне снабжали своих мертвых всеми достижениями этого света, которые могут понадобиться после смерти...

В салоне африканская жара. Открывает бардачок: роется. Как назло, влажные салфетки закончились. «Ничего. Приеду — умоюсь...»

Какие-то решения ему придется принимать самостоятельно, не отвлекая ее по пустякам. От него она не ждет чудес: справится — хорошо, не справится... Кто знает, может, и к лучшему. Сам-то он уверен, что справится. Ей импонирует его уверенность. Наверное, так и надо, когда тебе тридцать лет. В начале девяностых этому мальчику было десять. По-настоящему он не помнит прошлой жизни. В сравнении с ним она — динозавр, выживший после ледникового периода. Чего она только не делала, пока не вышла на эту *тему*: возила шмотки — сперва из Польши, потом из Турции, торговала на рынке, одно время держала закусочную. В голове вспыхивают картинки — яркие, как в телевизоре.

— Выключить, выключить! — она трясет головой.

Спаслись те, кто сумел приспособиться. Остальные просто доживают: проводят остаток дней. Она чувствует это всегда, особенно когда делится с ним своим опытом. К ее советам он прислушивается внимательно, во всяком случае, делает вид.

«Вы должны понимать: индивидуальность — эффектное слово, которое нравится клиентам. На самом деле здесь, в России, *общая жизнь*: вкусы, потребности, перечень тайных желаний. Каждому сегменту рынка соответствует свой список. Шагнув вверх по лестнице доходов, старый список желаний откладывают в сторону. Достают новый. Как из ящика письменного стола или из дачной тумбочки...» — выезжая с парковки, она жмурится от солнца.

«Вы хотите сказать: у меня тоже общие? Но я...» — он смотрел на свои брюки, купленные в дизайнерском бутике. Хотя, конечно, дело не в брюках. Брюки — следствие. Этот мальчик прост, как газета «Правда», циничен с младых ногтей.

В пятницу предупредила: вернусь не раньше среды, заодно и отдохну.

Пожал плечами: отдых в Ленинградской области — не его стихия. Скорее, возвращение к истокам, к прошлому. Которого он не то чтобы стыдится — просто стер из памяти. Как крошки со стола. Когда брала на работу, спросила: «А где ваши родители?» Назвал областной городок: где-то в направлении Ладоги. «И чем они занимаются?» — «Не знаю. Живут», — равнодушно, как о кошках или кроликах.

А может, она несправедлива? Кто знает, чем этот мальчик интересуется? Политикой? Ну какая теперь политика... Или, например, оккультизмом? Многие увлекаются, вертят столы, вызывают души предков...

Нина, Ниночка! У нас — общее прошлое. Значит, и настоящее, и будущее... — резко, рывком поворачивает руль. Проскакивает перед носом у встречной машины.

— А вот это хрен! Я. Вам. Не нанялась! — громко, будто они должны услышать — ее клиенты, чьи вкусы она чувствует нутром и презирает *в себе*.

«В сущности, это и есть мой талант: знать, что им понравится. Потому что — в глубине души — мне *тоже* нравится это: чуть более пестрое, чуть-чуть более яркое. Невозможно объяснить словами... С этим надо вырасти, видеть с самого детства: вязаные салфетки, кривые рамочки, стены, оклеенные цветочными обоями — подлинник советской жизни, от которого не избавиться, сколько ни пытайся взглянуть глазами *их* дизайнеров...

Покупатели, чьи руки ощупывают ткани, которые она выбрала, — что они вообще знают про индивидуальность! Индивидуальность — это ее борьба: девочки из *интеллигентной семьи*, чьи родители всерьез полагали, будто они — особенные.

Наша дочь — очень современная девушка, выбрала торговлю, — всю жизнь она слышит голос матери, видит презрительную усмешку.

Сколько раз думала: вот родилась бы в *простой* семье. Представляла себе соседку, женщину в ситцевом платье, которая однажды назвала ее доченькой. Они бы *просто* гордились: еще бы! В сравнении с ними доченька, которую они *просто* любят, поднялась на ступеньку выше, получила прекрасное образование, открыла свое дело, стала успешным предпринимателем...

Машина движется по лесной дороге, соединяющей Сосново с дачным поселком. Ей уже неловко за эту вспышку, чуть не обернувшуюся аварией.

«И чего я на него напустилась? — она улыбается своему заместителю. — Парень как парень. Работящий, добросовестный. Если и врет — по мелочам. А с другой стороны — одергивает себя, — кто теперь не врет?»

Последнее время расплодились варварские типажи. Черепа как у неандертальцев. «Вот-вот... — она кивает. — Будто время движется вспять». По сравнению с ними, ее заместитель — воплощение таланта и ума.

Среди елей и сосен мелькают цементные надгробья, расцвеченные искусственными венками: кладбище, разбитое на краю леса. Напротив, на другой стороне дороги, — бревенчатая церковь, раньше ее не было. Тоже местные умельцы... Она объезжает машины, припаркованные у обочины, — около кладбищ всегда полно дорогих. Такое впечатление, будто умирают исключительно бедные, а богатые их навещают, приезжают на роскошных машинах...

В боковом зеркале вспыхивают анилиновые цветы. Она отворачивается, пытаясь подавить в себе чувство вины, но оно никуда не исчезает. Наоборот: ей хочется выйти, воспользоваться случаем, чтобы *как будто* навестить. Странно, но их присутствие она чувствует на любом кладбище, кроме Южного, где они похоронены... Она жмет на газ. Ей не за что себя винить. Родительские могилы прибраны. В прошлом году обновила ограду, кресты, надгробья — две гранитных плиты.

На подъезде к ДЭКу стоят мусорные контейнеры. За ними цементная стена, огораживающая территорию помойки. На стене объявление:

> АНТИКВАР.
> ПОКУПАЮ ДОРОГО: МЕБЕЛЬ,
> ПРЕДМЕТЫ БЫТА, РАМЫ ДЛЯ КАРТИН
> В ЛЮБОМ СОСТОЯНИИ.
> ВЫЗОВ ОЦЕНЩИКА БЕСПЛАТНО.

Она съезжает на обочину. Порывшись в бардачке, нашаривает блокнот и ручку. Ей не нужны *эти* деньги. Надо просто отдать. В хорошие руки. Не выбросить. Расстаться по-хорошему... Конечно, чистое суеверие, но, может быть, тогда и у нее все сложится...

Прежде чем тронуться с места, оглядывает штабеля досок, лежащих за оградой: раньше на этом месте был кинотеатр, теперь — строительный магазин. На мгновение нырнув в прошлое, вспоминает шорох кинопроектора, острый луч, в котором висят частички пыли. На белом экране, словно рождаясь от этого луча, вырастают высокие агавы, меж которыми, победив царапины и помехи старой пленки, скачет Чингачгук Большой Змей.

Она сворачивает на Еловую. Теперь только прямо, до самого леса. Чингачгук скачет назад, уходя в глубины памяти... Перед последним поворотом она тормозит и выходит из машины. Хочется пройтись. Просто так, без цели. Сперва по лесной дороге, ведущей к линии Маннергейма, потом, не доходя до болота, свернуть. Почувствовать мох, упругий, пружинящий под ногами. Увидеть островки вереска — сиреневатые пятна на темно-зеленом фоне, стволы корабельных сосен, которым никогда не стать кораблями...

«Еще неизвестно, когда снова сюда приеду...» — будто не старый киношный индеец, а она сама вот-вот поскачет за солнцем, уходящим на запад, за линию горизонта. Надо торопиться, чтобы ночь не застала в прериях.

Даже про себя ей не хочется говорить: *никогда...* —

Он идет по лесной дороге. В небе — слишком высоко, чтобы расслышать шум мотора, — рисуется реактивный след.

Остановившись под деревом, пытается представить себе мир глазами летчиков: дома, времянки, сараи... Когда высота набрана, всё становится игрушечным: не дома — домики. Не машины — модели машинок. Дороги, похожие на муравьиные тропки, по которым ползают маленькие люди. «А если из космоса?..» Закрыв глаза, представляет себе карту Ленинградской области: ветки железных дорог, они начинаются в центре Петербурга, тянутся в разные стороны. На взгляд пришельцев, это похоже на куст. «Хотя, — он идет дальше, внимательно глядя под ноги, словно боится споткнуться, — может быть, на их планете вовсе нет кустов. Только трава и деревья...»

Все остальное — лес: километры бессмысленного пространства, темного и непроходимого.

Дорога сворачивает к линии Маннергейма. В этой местности — единственный осмысленный маршрут. Дальше только болото.

Острый наконечник стрелы, нарисованной самолетом, уходит за пределы видимости. Белый след, разрезающий небо, расползается под жаркими лучами. Когда-то здесь шли бои. За семьдесят лет окопы заросли и обвалились. Кости ушли в землю: и наши, и финские. Остались только камни: валуны, выложенные в линии. Они похожи на гигантские челюсти. Земля — богиня-мать, пожирающая приметы человеческой истории. Рано или поздно ее каменные зубы перемелют всё... Он вспоминает вчерашнюю *летучку*, возвращается к словам капитана: *каждый организм старается увеличить число своих генов в последующих поколениях*. Что человек, что дерево — никакой разницы. Он оглядывает стволы, поросшие мхом. В юности думал: я умру, а этот лес останется. Казалось, деревья будут стоять вечно. Дойдя до просеки, замедляет шаги. Лет пять назад этой просеки не было. «Что ни год, здесь всё становится неузнаваемым — после каждой зимы».

В родительское время лес почитался неприкосновенной территорией: за вырубку полагался солидный штраф. Конечно, рубили — как без этого, если всё строилось из древесины. Но все-таки тайно, с оглядкой. Иногда, когда случалось выйти ночью, слышал стук топора.

Садится на пень, вытягивает ноги. «Теперь не церемонятся. Куда ни глянь — свежие пни. Уж это точно не дачники. Тут нужна техника: специальные пилы, тракторы, грузовики...»

Где-то читал: прежде чем упасть, дерево замирает, будто в его памяти проносится целая жизнь, год за годом — по числу годовых колец. И только потом — шум и трепет ветвей, яростный удар о землю... Вздыбленный комель...

Оглядывается, пытаясь расслышать надсадное гуденье, истошный скрежет, вспарывающий древесину... Вокруг стоит тишина. Абсолютная, ни единого звука. Неудивительно: сосны вырубают зимой. Зимой он никогда не приезжает. В его памяти здесь царит вечное лето.

«Бригадир обещал. Придет, починит... — мысль перескакивает на самое насущное, будто стоны деревьев, которые нельзя расслышать, как-то соотносятся с тревогой последних дней. — И всё пойдет по-прежнему... Ни чужих телефонных голосов, ни замко́в, ни хвостиков объявлений».

Встает, отряхивает брюки. Вдыхает глубоко и почти свободно. Положа руку на сердце, ему нет дела до поваленных деревьев. На их месте вырастут новые. Об этом позаботится природа... Что-что, а это она умеет — заботиться о себе. Еще пара лет, и пни станут трухлявыми. Потом рассыплются, уйдут в землю — под этот мох, который сомкнется над их головами как озерная ряска, как стоячее болото. Двинулся дальше, мысленно проглядывая отпечатанные страницы. Если верить капитану, процесс эволюции устроен так: каждый организм заинтересован в спасении своего родственника — носителя его генов. Степень заинтересованности зависит от близости родства. Самая близкая связь — родители и дети: коэффициент родства $^1/_2$. «Это-то понятно, — обойдя свежий пень, он вышел на тропинку. — Спасать надо своих. Но дальше?..» Ссылаясь на расчеты — их автор не приводит, — капитан утверждал, что аналогичная зависимость существует между родными братьями или сестрой и братом. Кто-то из членов команды спросил: *означает ли это, что в форс-мажорных обстоятельствах особи совершенно безразлично, кого спасать: сына или брата?*

Теперь он шел и думал: что-то здесь не так. Возможно, это он допустил ошибку, неверно понял автора. «Во всяком случае, этот момент надо уточнить». А может, все дело в том, что самому ему трудно судить: у него нет ни сестры, ни брата. Да и дочь теперь далеко. Что бы ни случилось, ей он ничем не поможет.

Мох, хрустящий под ногами, вспыхивает чем-то мелким, как капли росы. Он идет мимо пня, буйно заросшего поганками. Крайне неприятное зрелище... Пень похож на огромный коренной зуб. «Равнодушная природа... И все-таки в ней есть своя мудрость. Взять поганки... Ядовитые. Это ясно с первого взгляда... — оглядывает опасливо и неприязненно: ножки, непропорционально длинные, шляпки, будто обрызганные чем-то желтоватым... — Каким бы бессмысленным ни казалось лесное пространство, прогулки имеют смысл. Воздух, насыщенный кислородом, способствует работе. Фитонциды активно подпитывают мозг. Даже недолгая прогулка дает толчок, наполняет энергией. Порой именно в лесу приходят точные решения, находятся нужные слова», — он останавливается, переводит дыхание. Безветрие и духота. Как будто небо, затянутое облачным маревом, так и осталось твердью, еще не размякшим куполом, из-под которого медленно, но верно выкачивают воздух — сперва незаметно, потом всё быстрее и быстрее. Кажется, он уже чувствует удушье. Словно и вправду есть опасность задохнуться.

«И главное, никого... Один... Случись что...»

Впереди, за кустами, мелькает что-то светлое. Женщина в бежевых брюках и белой рубашке, похожей на мужскую. Она движется наперерез, пересекает тропинку, идет, не обращая на него внимания, но само ее появление...

«Двести метров от дома... Чего, чего я испугался?.. — паника отпускает. — Это — *уже* не лес. Скорее, парк, давным-давно прирученное пространство, если не углубляться, держаться подальше от болота...»

Женщина, которую он не разглядел толком, успела уйти довольно далеко. Он провожает глазами бежевато-белое пятно, мелькающее между сосен. Прежде чем обойти поваленное дерево, успевает заметить: она остановилась. Стоит, оглядываясь, будто сбилась с пути. «Может, ей нужна помощь? — еще несколько секунд он стоит, раздумывая, но потом идет дальше. В конце концов, женщина его видела, не могла не видеть. — Заблудилась, могла бы крикнуть... —

«Не то мужик, не то баба... Нет, вроде мужик. Что-то мешковатое... И это, на голове: берет или шапочка. Надо было тоже... — она приглаживает короткие волосы. — Хотя конец июля. Какие теперь клещи...»

Коричневатый мох, пружинящий под ногами, посверкивает кукушкиными слезками. Грибами и не пахнет. Если не считать сыроежек, объеденных слизнями: червивые, можно и не проверять. «Овражка не было, — тропинка огибает впадину, размытую талой водой. По сравнению с тем, что сохранилось в ее памяти, лес — другой. — Этой дороги — тоже, — озирается, определяясь на местности: если встать лицом к дому, железная дорога справа. В детстве, услышав шум проходящего поезда, всегда узнавала по звуку: товарняк — шмелиное жужжание. Электричка шумит иначе — как быстрая оса. Она прислушивается, но ничего не слышит. Впрочем, это неважно. Старая дорога осталась слева. До нее метров пятьдесят.

Вдруг вспомнила соседского сына: однажды ходили за грибами. Нет, заранее не сговаривались: вышла за калитку, махнула рукой. Не звала, просто поздоровалась. Но он подошел. Двинулись по тропинке: она впереди, он — сзади. Шла и думала: может, влюбиться? Когда заблудились, бубнил про какой-то мох, удобно ориентироваться, всегда с северной стороны. Бегал, осматривал сосны. Мох рос везде: и с северной, и с южной. «Сам придумал?» — «Что ты! Я читал». Сказала: «Все это — чушь. Ориентироваться надо по солнцу. Если солнца нет, — поглядела наверх, в небо, затянутое тучами, — тогда по электричкам». — «Электрички далеко, ничего не слышно». Сказала как отрезала: «Заткнись. Стой и слушай». Звук далекой электрички донесся через час. Все это время стояла, не двигаясь с места, навострив уши. Еще часа через два, когда вышли на главную дорогу, спросила: «Ну, теперь убедился? Книги врут». Бросился на защиту: книги бывают разные. Есть и хорошие, правдивые. Сыпал примерами. Дойдя до своей калитки, попрощалась небрежно, уже зная: никакого романа не будет...

В просветах между деревьями стоит небо, будто затянутое сероватой тканью. В интерьерах серые оттенки опасны — своим клиентам она советует вводить яркие мазки: красноватые, оранжевые, синие... Лет двадцать назад лес, подступающий к поселку, выглядел сумрачнее: сплошные деревья, густой подлесок, еще не вытоптанный дачными поколениями. Отправляясь за грибами, надевала резиновые сапоги: там, у болота, легко напороться на гадюку. Однажды видела лося, идущего к линии Маннергейма.

По утрам родители спали. Мать говорила: «Не понимаю, в кого ты такая уродилась: мы с отцом — совы». Отец всегда поправлял: «По-русски следует говорить: *по грибы*».

Возвращалась с полной корзиной. Поднималась на веранду, ставила на стол. Мать разводила руками: «Зачем нам столько? И куда прикажешь это девать?..» Буркала: «Куда хотите, хоть в помойку». По очереди наступая на пятки, стягивала жаркие сапоги. Босиком по прохладному полу — уходила в свою комнату. Ноги гудели. Откинувшись на подушку, закрывала глаза. Под веками, будто и не выходила из леса, плыли грибы.

Вечером, так и не дождавшись помощи, садилась разбирать. Моховики и подберезовики — в суп. Сыроежки — в глубокую кастрюлю. Благородные — отдельно: нарезать и нанизать на нитку. Или замариновать. Мать дарила интеллигентным друзьям, которые презирали ее дочь-торговку. Ей было все равно: главное — собрать, насытиться лесным духом... Иногда попадались поганки. Особенно много ложных белых: первое время не всегда отличала, пробовала на вкус...

«Не надо, об этом не надо... — стараясь отогнать ненужные мысли, она прибавляет шагу, идет, не разбирая дороги. — Разве я не показывала? Конечно, показывала: вот, это — поганка». Мать отмахивалась: «Твои грибы — китайская грамота. Мы с отцом различаем только мухоморы...»

Трухлявый пень, стоящий у самой тропинки, усыпан молодыми опятами. Тугие ножки, крепкие веснушчатые шляпки... Будто забрызганы чем-то желтоватым... Делает шаг, другой, переводит остановившееся дыхание: «Господи... Надо что-то... Пакет...»

Быстрым взглядом, не выпуская из виду *своего счастья*, окидывает соседние пни. «Слишком свежие... Запомнить место и — бегом к машине. А вдруг кто-нибудь... Тот же мужик», — встает на цыпочки: мужика нет. Но это ничего не значит, он может вернуться, пройти по этой тропинке.

Из-за кустов доносятся женские голоса. Опытным глазом бывалого грибника она оглядывает улов: сыроежки, по горстке в каждом полиэтиленовом пакете. «Может, предложить деньги: сто рублей за пакет... Двух пакетов хватит». Ощупывает задние карманы: там только брелок. Кошелек в бардачке. Она садится на корточки: пусть думают — нашла сыроежку. Излишняя предосторожность: дачницы идут мимо, не обращая никакого внимания.

— Генератор! Еще бы не удобно... Но бензина жрет!.. Электричество выходит золотое... Муж посчитал: проще съехать в город, на пару дней...

— Обоих привезла. У ее матери дача в Лемболове. Говорит, там еще хуже перебои. Не знаю, может, и врет. А может, и мать подучила. Самой-то надоело, вот и: вези, мол, к свекрови. А у меня уже двое, дочкины. Что я им, лошадь какая...

— Невестка и есть невестка, дочкины всегда ближе...

— Даже не позвонила, взяла и — здрасьте вам! Прекрасное объяснение: у вас генератор. Ну так и вы поставьте...

— В основном ведь на выходных. В пятницу приедут, и раз — сразу все приборы! Микроволновок понавезли, машин стиральных... Раньше в корыте стирали, и ничего, живы остались. Сыну говорю: с дерева-то давно слезли?

— И не говори... Теперь — все современные. Ни шагу без машин. Это какая же сеть выдержит?.. В этом году хоть не греются... Жара. А то вообще...

— Так и сказала сыну. Привыкли, что родители им обязаны... Разве я отказываюсь? И муж говорит...

— ...надо идти в Правление... только деньги дерут... прошлый год десять тысяч насчитали...

— ...так у них еще и зарплата... И премии себе выписывают. Муж говорит...

— ...а я хотела пойти...

Она понимает, чем обязана своему счастью: будний день. За выходные успевают обшарить каждый куст, каждую полянку, каждый квадратный метр... «Вторник? Нет, среда... Уже среда. Надо же, как промелькнуло... Так. И что теперь делать?»

Решительно расстегивает пуговицы, снимает, снова застегивает, связывает рукава. «Был бы красный, вообще плевать, — одергивает лифчик, бельевой, телесного цвета. — Подумают: голая баба, — аккуратно, чтобы не повредить тугие ножки, слипшиеся как дни, проведенные на даче, выламывает целыми семейками, глубоко погружая пальцы, *совсем* не думая о рубашке, которая может — да и черт с ней! — не отстираться, плевать, пойдет на тряпки. — Сметана, постное масло, надо съездить на горку... и лук. Лук — обязательно...»

Мельком оглядев испорченные руки — грибную грязь, забившуюся под ногти, так просто не отмоешь, придется отмачивать, — поднимает с земли вздувшуюся рубашку, еще хранящую запах духов. Его перебивает грибная сырость: какой-то интимный запах, от которого давно отвыкла в жизни, полной искусственных ароматов. Выходит на тропинку, идет к машине, покачивая отяжелевшей рубашкой. Под тонкой тканью пучатся ребристые контуры: эту рубашку заполняло ее тело, теперь заполонили грибы. Мысль кажется неприятной, словно грибы не выросли на пне, а завелись внутри — заменили собой ее внутренние органы: сердце,

110

легкие... Такое впечатление, будто даже шевелятся. «Грибы не животные, шевелиться не могут... — она перекладывает ношу в другую руку. — Но ведь и не растения». Растения пахнут смолой, травяным духом, сухим солнечным светом, терпким соком раздавленной ягоды, пыльцой, придорожной пылью...

Голые плечи покрывает испарина. Солнца нет, но в лесу все равно жарко. «Приду, сразу ополоснуться... Теперь близко, рядом». Дорога раздваивается, огибая кривую березу. Она ускоряет шаги. Лес, затаившийся по сторонам, темнеет, становясь сырым и сумрачным. Не страшно, скорее — она прислушивается к себе, — неприятно. «Главное, без паники. Пусть не к дому, где-нибудь в стороне...» — идет, представляя себе, как выходит на другом краю поселка — с полным мешком шевелящихся грибов, в бельевом лифчике телесного цвета, в котором выглядит голой.

Дорога упирается в другую, тоже песчаную. Остановившись на перекрестке, она прислушивается: не долетит ли шум поезда? Или голоса?.. Или собачий лай?.. Сейчас обрадовалась бы любому звуку, лишь бы не тихое равнодушие деревьев, молчание кустов, немота травы... Что-то стучит... «Сердце, это — мое сердце...»

Оно, таящееся за кустами, может услышать и подкрасться. Она вздрагивает, потому что оно *уже*: ползет на звук, как на запах. В глубине тела, не покрытого кожей рубашки, вскипает дрожь. Сперва в желудке, потом — выше, доходя до ключиц, захватывая плечи. Она уже чувствует, как вздрагивают пальцы, готовые поддаться панике, бросить рубашку, набитую грибами. Это *их* грибы? Она готова оставить, отдать вместе с рубашкой... *Пусть возьмут обратно!* — душа, пленница безмолвия, кричит, не понимая, к кому обращен ее безмолвный крик: к деревьям, к кустам, к камням? Лишь

111

бы выпустили из леса. Свободная рука ощупывает карманы, в заднем — ключи от машины. В голове мелькает шальная мысль: а если не только грибы? Что, если *они* зарятся на машину?.. *А вот это — нет!* Она вскидывает руку, словно в руке не брелок сигнализации, а пистолет, огнестрельное оружие — наводит на цель. Медленно поворачивается по часовой стрелке: жмет на кнопку, как на курок, рассылая безмолвные пули. Из-за кустов доносится истошный вой. *Есть! Попала! Ранила!* Напрямик, сквозь ближние кусты, бежит на звук. Машина, мигающая яркими огнями. Она бросается на капот — всем телом, обеими руками, будто в объятия родного существа, которое и спасет, и утешит... *Ну? Взяли?..*

Сердце стучит все тише. Только что лес был *иным* пространством, искаженным гримасой ее нелепого страха.

Сердца уже не слышно. Обойдя машину, она открывает багажник, пристраивает грибы. Прежде чем сесть за руль, думает: «*Оно? Ну какое оно? И что на меня нашло? А главное, я ведь помню это место: пересечение дорог. Сколько раз проходила мимо. Там, впереди, березовая поляна. Если насквозь, можно выйти прямо к дому*». Издалека, словно звуки тоже расколдовали, доносится шум электрички. Она разворачивается, приминая мох задними колесами. Едет медленно, будто крадется: электронный датчик, следящий за ремнями безопасности, не решается пикнуть.

Теперь, когда всё позади, ей стыдно за себя: «Ну и как, интересно знать, они бы ее сперли? Рейдерский захват? Войсковая спецоперация?.. — каждый вопрос она подкрепляет коротким взглядом в зеркало. Там, за ее спиной, никого. Отражение леса отступает, движется назад со скоростью ползущей вперед машины. — Заманили бы в болото... Господи, кто? Тролли?

Гномы? В наших краях другая нечисть. Как же их... Лесовики».

Воображение рисует смешную картинку: машина, которую *они* заманили в болото, погружается в гнилую пучину. Сперва исчезают колеса, потом боковые стекла... Жижа смыкается беззвучно, алчные болотные духи торжествуют победу, исходя вонючими пузырями... Она тянет ремень безопасности, защелкивает. «Вот-вот. Сяду и буду сидеть. Как сестрица-Аленушка. Дожидаться, пока она вынырнет обратно. Смешно... — представляет себя девицей с отцовской репродукции: слегка косоглазая, в домотканом сарафане, сидит на камне, поджав под себя голые пятки... — Батюшки! Я же... Надо что-то накинуть». Она тормозит, отстегивает ремень. Хороша бы она была: полуголая, ни дать ни взять — русалка. Еще венок на голову — и вперед!

Как назло, в багажнике ни одной тряпки. В пятницу собрала всё, что валялось в машине: в стирку, в химчистку — Наташа разберет. Развязывает рукава. Расстегивает пуговицы: медленно, одну за одной, словно под тканью и вправду чужая плоть, источающая острый запах. Осторожно, чтобы не повредить, перекладывает семейки, слипшиеся ножками. Опята растут семьями. В этом смысле сродни поганкам. Встряхивает, надевает мятую рубашку, застегивается на все пуговицы. Ткань покрыта беловатыми пятнами, напоминающими человеческие выделения. Грязная ткань льнет к телу.

Она садится в машину. Хлопает дверью. Поводя носом, чувствует острый запах, заполнивший салон. «Хватит. Это — грибы. Всего лишь грибы... Никакого *искаженного* пространства. Ничего всевидящего и все-слышащего», — в ней поднимается странное чувство, похожее на разочарование. Будто ей не хочется возвращаться в обыденный, прирученный мир... —

Он остановился на взгорке. За узкой полосой кустарника, разросшегося как попало, начиналось ровное пространство, издалека похожее на поляну. Тощие березки, будто не выросшие, а воткнутые. Дальше — болотная трава. Густая, но даже на взгляд хлипкая. Растопырив руки, словно удерживая равновесие, спустился к самому краю. Продолжением тропинки лежали две доски. Короткие, метра в полтора, уже слегка подгнившие. «Нелепость... Зачем здесь мостки?.. Соединяют воду с сушей?.. — не опуская рук, двинулся вперед, медленно, прислушиваясь к болотной бездне, затаившейся под покровом травы. Еще шаг и...

В двух шагах, между голыми корнями березки, по-болотному кривенькой, стоит *гриб* — тощий, под стать траве, укоренившейся в болотной жиже. Он смотрит, не в силах отвести глаз. Будто весь мир сосредоточился на шляпке, беловатой, покрытой вмятинами.

От болота несет духотой, хотя, казалось бы, все-таки водоем, хоть и заросший. Он потирает руки, справляясь с неприятной робостью. «А если *как-нибудь* осторожно?.. Господи, *как*?» — в мире, основанном на законах физики, это невозможно.

Воды начерпаешь. У тебя одни ботинки. Придется сушить...

Он поводит плечами. Усмехается. «Смотрят... Ну и хорошо, что смотрят. Значит, если что, спасут», — не то всерьез, не то с легкой иронией, как привык разговаривать с родителями, когда их вмешательство в его жизнь переходит всяческие границы. Решительно заносит ногу. Ставит — без оглядки, всей тяжестью. Теперь — другую. Осталось только дотянуться...

Захватив ножку, тянет, уже чувствуя: что-то не так. Слишком мягкий — даже для болотного подберезовика. «Червивый...» Белые личинки выели плоть до самой кожицы. Отбрасывает широким жестом, брезгливо обтирает пальцы, чувствуя обиду: лес, которому он по-детски, от всего сердца доверился, взял и обманул.

Торопливо одолев склон, идет назад, не глядя под ноги, размахивая пустыми руками. Какой-то запах, противный и сладковатый, стоит в воздухе, перебивая лесные ароматы. Ладони чешутся, особенно правая, державшая гриб. Он чувствует зуд, неприятный, идущий изнутри, будто под кожей что-то шевелится: личинки, белые, похожие на маленьких червей.

Дойдя до березовой поляны, сворачивает и идет напрямик, чтобы выйти к дому, минуя соседские заборы. Противный запах бредет за ним. «При чем здесь черви! Личинки — совсем другое: особая форма жизни, не окончательная. Кажется, из них должно что-то вылупиться, какие-то насекомые...»

Прямо на тропинке, преграждая ему дорогу, стоит *гриб*. Он останавливается, смотрит недоверчиво: на этот раз, кажется, крепкий. Осторожно касается мыском ботинка. Ножка переламывается: на сломе все то же деятельное шевеление. «Не лес, а... смердящий труп. — Настроение вконец испорчено. — И еще этот запах. Чужой, неприятный. — Остановившись у кривой березы, он кладет руку на ствол. — Фу! Это ж я сам», — запах его пота, испарины, покрывшей тело.

«Вымыться. Срочно. Пока не вымоюсь, не смогу работать».

Можно нагреть на плитке, но хочется много воды: чтобы смыть испарину, которая схватилась как краска. Тончайшая пленка, облепившая тело, мешает двигаться свободно. Жить и дышать.

Он запирает за собой калитку. Не заходя в дом, прямиком направляется в подвал. Там оборудована ванная. Раньше казалась роскошью, во всяком случае, у соседей не было. Он помнит эту давнюю эпопею, своего рода семейное предание: старые городские районы переходили на центральное отопление. Отец нанял частника: с дровяной колонкой в трамвай не пустят. Вдвоем с водителем втащили на пятый этаж, пристроили на балконе. Там и стояла, кажется, лет пять. А может, и больше, пока ей не подобралась пара, старая ванна — тоже с помойки.

Подвальная дверь низкая — чтобы не расшибиться, надо нагнуть голову. Узкий коридорчик, за ним еще одна дверь. Кое-где штукатурка вспухла и отслоилась. Стены покрыты рыхлыми пятнами: видимо, грибок. «Надо отскрести. Или промазать?» — эти слова он произносит всякий раз, когда заходит, но потом забывает, выбрасывает из головы. Чугунная ванна тоже покрыта пятнами: на дне сбита эмаль.

Молотками, что ли, били? — мать пеняла прежним хозяевам, не сумевшим сберечь вещь.

В углу картонная коробка: старые газеты, бумага, обертки, пакеты — конечно, не из-под молока. Молочные пакеты не годятся для розжига. Он распахивает чугунную дверцу, пихает в топку мятую газету. Полешки, подходящие по размеру, сложены у стены. Сырая бумага занимается неохотно. Склонившись, он дует: словно животворящий бог, вдыхающий жизнь. Язычки бумажного пламени вскидываются. Он смотрит с надеждой, но пламя опадает, торопливо облизав кору: неудача, очередное поражение. У отца разгоралось с первого раза.

Жамкает пожелтевшие от времени газеты.

«Ну... Давай, давай», — заглядывая в узкую топку, подбадривая робкую стихию. Тощий огонек, привстав на цыпочки, обшаривает сухое полено — разведчик, высланный вперед: ныряет под деревянную преграду, ползет по-пластунски и, выбившись с той стороны, бросается грудью, будто маленький Александр Матросов, и так же мгновенно падает. Но подвиг — как и положено на войне — решает дело: язычки, пережидавшие в укрытии, поднимаются во весь рост и идут в атаку. Голое пламя, дикарь, вскакивает на деревяшку, топчет поверженного врага.

Он подкладывает еще одно полено. Разгибает спину, чувствуя себя отмщенным за грибное разочарование. В каком-то смысле все деревяшки — дети леса.

«Потому что слишком сухо. Совсем не грибной год...» — в юности специально вставал пораньше, до рассвета. Мимо дома шли грибники. Не эти, дневные. Настоящие грибники выходят затемно. Один за одним они появлялись из-за ручья, поднимались вверх по тропинке. В предрассветных сумерках он не мог разглядеть лиц. Их лица скрывали капюшоны. Он стоял, притаившись на крыльце. Излишняя предосторожность. Они шли мимо, не обращая никакого внимания: тени, одетые в сапоги и жесткие непромокаемые плащи. В их повадке было что-то *звериное*: мягкая поступь, сутулые плечи, собранный взгляд. Не шарили глазами, не отвлекались на сыроежки. Их грибы начинались за дальним болотом. Свернув с тропинки, тени грибников пересекали кромку леса и в это же мгновение исчезали. Будто погружались в иную среду, в другое изменение. Для грибников, которым втайне завидовал, не бывает негрибных лет. Всегда возвращались с полными коробами: за болотом, где он никогда не был, на десять нечистых грибов всегда найдется хотя бы один чистый.

Он ведет рукой по шершавому боку колонки: когда поленья прогорят, надо вложить еще одну порцию. С двух закладок колонка разогреется до половины. Хватит, чтобы помыться одному.

Выйдя из подвала, он садится на скамейку. Складывает руки, пытаясь представить себе *заболотное* пространство, где царят грибы: «Я тоже мог... Перебраться через болото. Увидеть своими глазами... Узнать...»

Дворовая скамейка обита куском линолеума. За долгие зимы, которые он не может себе представить, края подгнили и задрались. Он сидит, стараясь не шевелиться, опустив глаза, будто хочет сосредоточиться на чем-то очень важном: «Много грибов — к войне... Нет, не то... Грибы — особые существа: не растения, не животные... В зависимости от внешнего вида бывают мужские и женские...» — грибы, плывущие перед глазами, шевелятся и переглядываются, словно готовятся к военным действиям. Одни — выпуклые, с отчетливо выраженной ножкой, шляпки похожи на колпачок. Другие — вогнутые, с мягкой складкой, которая идет поперек... Внизу живота теплеет и набухает. Он сует руку в карман. Рука твердеет. Он чувствует растущее возбуждение... Грибная складка уже раскрывается наружу: внутри что-то *шевелится...* Личинки. Вздрогнув, он отдергивает руку: вместо твердой плоти — белая деятельная жизнь...

Озирается испуганно: а вдруг кто-нибудь проходил мимо?.. Слава богу, кажется, никого. Едва заметно прихрамывая (пусть думают: свело ногу, мало ли, растирал...) — идет в подвал, хотя отлично знает: проверять рано.

В топке бушует огонь. Языки пламени охаживают головешки, вылизывают самозабвенно. Решительно оглядев поленницу, выбирает самое толстое и длинное. Берется обеими руками, примериваясь к узкой дверце: «Сейчас... Как-нибудь... — наваливается всей тяжестью. — Втиснется... Ох!» — усилие, которое он предпринял, отдается в спине.

Переждав боль, вступившую в поясницу, выходит на улицу.

Свет (если не знать точного времени, не то предвечерний, не то предутренний), заливает окрестности: деревья, кусты, траву. Где-то за ручьем грибники собираются в дорогу: проверяют свои короба, осматривают сапоги, плащи с широкими капюшонами. Через несколько часов они пройдут мимо его дома, чтобы нырнуть в лес. На свой страх и риск перебраться через болото...

— Именно. На свой страх и риск... — обернувшись к лесу, он произносит громко. Его никто не услышит — там, в лесу, никого. — Вот интересно, грибниками становятся или рождаются?

Стоял, чувствуя, как *оно* подступает к горлу: стеснение духа, горечь, печаль, тоска — запоздалая, бессмысленная, тягучая, безнадежная, которую невозможно выразить ни на одном языке, кроме родного — на котором разговаривали с Марленом... Бесконечная и непроходимая — как это проклятое болото. Бешеная, затаенная, смертная — прорастающая железным ростком: из глубины, из самого сердца. «Я всегда боялся. А Марлен — нет. Уж он, если б захотел, перевел ту книгу. С ним редактор не посмел бы так разговаривать. Навязывать работу, давать пустые обещания».

В той книге речь шла об альбигойцах. Надеясь приступить к работе, он внимательно изучил вопрос. Церковь Любви, тайный орден. Адепты не признавали страданий Христа, а кроме того, отрицали Страшный Суд и существование ада и рая. Поощряли освобождение от тела, в частности, через самоубийство. Католическая церковь объявила их еретиками, а в 1209 году объявила открытую войну. Военные действия вошли в историю как крестовые походы против альбигойцев.

Учитывая мощь папского престола, не приходится удивляться тому, что в конце концов они были разгромлены. Папские войска учинили кровавую резню. Те, кто остался в живых, ушли в горы, но это не спасло. Их последний оплот пал в 1244 году. Спустя несколько дней 257 человек — жалкий остаток — взошли на костер. Однако еще в XX веке многие верили, что кое-кто все-таки спасся. Уцелевшие стали хранителями тайных знаний. Предание гласило: придет время, и эти тайные знания откроют человечеству новые грани Добра.

«Перевести, явиться к редактору, положить на стол?..» Он представил себе, как главный редактор листает рукопись, то и дело натыкаясь на подробности, от которых кому угодно станет не по себе. Чего стоит вопрос непосредственного исполнителя, заданный папскому посланнику, руководившему операцией: как отличить благонравного обывателя от еретика? Тут одним чихом не обойдешься. Ему показалось, он видит редакторскую поднятую бровь:

— Ну, и что же ответил папский посланник?

Он опустил голову и ответил:

— Убивайте всех, бог узнает своих.

Редактор глубоко задышал и откашлялся:

— Интересно... — Словно наяву он расслышал шуршание туалетной бумаги. — И как вы это представляете? Нет, нет и нет. Еще неизвестно, куда повернется. Решат, что мы на что-то там намекаем. Хуже того, издеваемся.

— Издеваемся? — он изумился. — Господи, над чем?

— Да над чем угодно. Вы что, телевизор не смотрите? Мало ли у нас... «Норд-Ост», Беслан. Потом не отмоемся. Да и читатели не все идиоты. Возникнут неконтролируемые ассоциации...

120

Честно говоря, он опешил: откуда *это* пришло? Выражение, которое слышал еще начинающим переводчиком, в советские годы означало крамолу, таящуюся между строк. Лично его коснулось лишь однажды: в романе, который тогда переводил, зашла речь о правителях-маразматиках. Конечно, не наших. Но редакторша потребовала вымарать: мол, все равно не пропустят. Сказал: давайте попробуем, а вдруг? Интеллигентная дама (кстати, истинный профессионал: чуткий, умный, опытный. Теперь таких днем с огнем не найдешь. Всегда, когда это было возможно, стояла на стороне автора и переводчика), покачала седой головой: и пробовать нечего. *Там* они понимают не хуже нашего: первое, что придет в голову советскому читателю, — родной и любимый Леонид Ильич.

— Но сейчас не... — он покосился на правую стену, где висели выцветшие плакаты с логотипом прежнего издательства. Будто продолжил воображаемый разговор. Как и в прошлый раз, в глаза бросила цифра: 1975.

— Сейчас *не*, — редактор проследил за его взглядом и улыбнулся кривовато. — Но, как говорится, береженого бог бережет. Мы предполагаем, а боги располагают...

«И вправду, откуда? Неконтролируемые ассоциации... Надо же...» Он мотнул головой. В последние годы что-то изменилось, повисло в воздухе. Старое, казалось бы, хорошо забытое. Словно время потекло обратно. Раньше говорили: двинулось вспять. Смутное ощущение, которым хотелось поделиться, во всяком случае, обсудить.

«С кем? С кем, кроме Марлена?..»

Мысль прорастала неудержимо, как неконтролируемая ассоциация всей его жизни: двадцать лет она таилась под спудом. Марлен умер. Ему казалось, всё давно вырвано, но там, в земле его сердца, остался маленький корешок... Тоска сиротства — гулкая, протяжная, однозвучная, не имеющая отношения к родителям. «При чем здесь родители, если... если...»

Нет, не зависть. Жизни Марлена не позавидуешь. Что-то другое, выходящее за пространство разума... Марлен, отец его души. «Ну пусть не отец, старший брат, разве это меняет дело?» Вдруг представил, что сказал бы Марлен, если бы он назвал его старшим братом: *Старик, поменьше пафоса: отец, брат, друг... Хватит и приятеля.*

Он кивнул, соглашаясь: дело не в словах. Как так вышло, что даже в те времена, когда и не пахло свободой, Марлен был свободным человеком? «А я?.. Неужели — раб? Был и остался... —

———————

Опята сварены. Картошка начищена.

Она включает обе конфорки. Ставит две сковороды. Слева — с ручкой, справа — без ручки.

Выдвинув ящик стола, нащупывает сковородник. Стоит, сжимая в руке. Лесная история что-то изменила, словно стерла невидимую границу. В лесу ее настиг страх. Необъяснимый, как в детстве, когда смотрела на отцовскую репродукцию.

Фигурки людей на тоненьких ножках. Подойдешь близко, вроде бы, разные. Отойдешь — одинаковые. Однажды спросила: «А почему у них нет детей?» Отец ответил: «Потому что они все дети. А это их родители, — кивнул на левую картинку. — Адам и Ева». — «А этот?» Человек в складчатом плаще держал за руку маленькую женщину, которую отец назвал Евой. «Бог. Он создал все. Сначала рыб, птиц, насекомых. Потом животных. Вон, смотри: слон, жираф...» — «А это? — она показала пальцем на маленькое озеро, из которого вылезали непонятные существа. Особенно одно, похожее на рыбу с крыльями. — У рыб не бывает крыльев — только плавники. Бог — что, перепутал?

Отец надел очки. Развел руками: «Понятия не имею. Фантазия художника. Так он представлял себе рай». — «А тут? — показала на среднюю картинку. — Тоже рай?» Отец улыбнулся: «Нет, это Земля. Сад земных наслаждений. Вырастешь — узнаешь».

Подумала: в раю хорошо, никого нет. Только бог с родителями и всякие животные. Гуляй где хочешь. Не то что в этом саду. Не протолкнешься, прямо как в парке Победы. Только в парке одетые, а здесь голые. И вообще какие-то уродцы...

Следующий раз все-таки спросила. Отец ответил: «Они не уродцы. Самые обычные люди, как мы». — «Мы?! А этот?» — ткнула пальцем в какое-то чучело в шляпе: огромное, помесь яйца с человеком, вместо ног сучковатые ветки, вместо тапочек — лодки. «Этот? — отец задумался, будто в первый раз увидел. — Трудно сказать. Каждый понимает по-своему».

Тогда она даже разозлилась. Как это — по-своему! Но он вдруг сказал: «Нам кажется, что мы созданы по образу и подобию. А на самом деле...» — махнул рукой. «Что, что на самом деле?» «На самом деле... — отец остановился в дверях. — Всего намешано: и птичье, и звериное...» — «А рыбье?» — ляпнула просто так, первое, что пришло в голову. «Рыбье? Да-да, особенно рыбье... — он не шутил. Смотрел, будто ее здесь не было. Будто говорил сам с собой. — Вот вырастешь...» Подумала, сейчас снова скажет: вырастешь — узнаешь. Но он сказал: вырастешь, не дай тебе бог узнать.

Смотрела на голых человечков, похожих на личинки насекомых. Если люди такие противные, зачем Бог на них смотрит? Взял бы и раздавил.

В пятом классе подружилась с Веркой Овсянниковой. Верка мечтала стать художницей, занималась во Дворце пионеров. Однажды, когда родителей не было, затащила в отцовский кабинет. «Смотри, какая картина». Верка фыркнула: «Во-первых, не картина, а репродукция, можно сто штук повесить». — «Как ты думаешь, почему Бог им не поможет? Разве ему трудно победить маленьких чудовищ, которые только мучают?» Верка удивилась: «Как это — победить! Ты что, дура? Не понимаешь? Это же — Страшный Суд. Бог специально придумал: чтобы люди грешили, а потом он будет их мучить. Нам во Дворце рассказывали».

Ей казалось, тот страх давно исчез. С тех пор как выросла, привыкла всё держать под контролем.

«Надо наре́зать картошку. Сырая картошка жарится долго...» — но она стоит, забыв о том, что сковородка уже раскалилась. Будто вслушивается, пытаясь понять. Вспомнить, восстановить шаг за шагом: казалось бы, обычная история. Сколько раз, бродя по лесу, сбивалась с дороги... «Господи, ну и что?!» — это же не тайга, километры и километры непроходимого леса...

Вы́йдя на крыльцо, вглядывается в силуэты деревьев. Трава, кусты... Все, к чему привыкла с детства. «Хватит, — решительно возвращается к раскаленной плитке. — Я — не дикарь. Это дикари боялись леса, населяли богами и духами...» Видимо, что-то осталось, затаилось где-то в глубине, время от времени вылезает наружу. Современный человек, наделенный здравым смыслом, должен уметь справляться.

Белые клубни нарезаны, сложены горкой на чистую тряпку — кажется, бывшее полотенце: первое, что попалось под руку, когда рылась в шкафу. Она промокает тщательно: главное, ни капли воды. Картошка должна быть сухой, иначе не получится вкусной корочки. Это только кажется, будто она готовит простое блюдо. Если не рассчитать времени, грибы выйдут жесткими, картошка — горелой.

Прислушиваясь к шкварчанию картошки, сдергивает с гвоздя тряпку, подхватывает горячую кастрюлю: грибы сварились, теперь их надо слить. Не у крыльца, лучше там, за участком.

Она выходит за калитку. Прижав крышку, наклоняет кастрюлю — коричневая струя льется под дерево. Встряхивает, опять наклоняет, выцеживая последние струйки. Лужа, пахнущая грибами, курится горячим паром. Корни наверняка обожгло, на этом месте останется проплешина. Она усмехается: то, что она сделала, — своего рода месть. Дерево — дитя леса. Держа кастрюлю обеими руками, прислушивается. Лес молчит. «Все правильно, — держа кастрюлю на вытянутых руках, возвращается обратно. — Настоящий дикарь принес бы жертву — в благодарность за чудесное спасение. Мне это не приходит в голову. Значит, человечество движется вперед...»

Если резать на столешнице, останутся следы от ножа. Теперь это не имеет значения. Стол отправится на помойку. Она задирает угол клеенки, правой рукой, которой держит нож, откидывает упавшую прядь: «Ополоснулась, а все равно испарина».

Вытирает лоб, покрытый каплями пота.

Наливает масла на правую сковородку. Выкладывает грибы. Деревянной лопаткой шевелит картошку, уже чувствуя: что-то не так. Картошку уже прихватило. Не иначе барахлит регулятор. «Чертова плитка! Все-таки надо было купить... Снять деньги, вернуться. Но кто же мог знать, что найду этот пень... — от сковородки несет горелым. Похоже, левая конфорка сломалась окончательно. — Плевать на эту картошку, буду есть одни грибы».

Грибы почти что готовы. Осталось добавить сметаны. «Ложку, а лучше — две», — зачерпывает поглубже. Размешивает быстро и ловко. Края вскипают мелкими беловатыми кружевами.

От запаха жареных грибов замирает сердце. Накладывает себе: щедро, с горкой. Подхватив колченогий стул, выходит на крыльцо.

В правой руке вилка, в левой — полная тарелка.

Она закрывает глаза. Жует: медленно и внимательно, словно весь мир сосредоточится на ее зубах, горле, пищеводе. Жареные грибы — наслаждение, одно из самых главных в ее земном саду.

«Как это называется? Отвальная? Поминки?.. В моем случае и то, и другое...» — смотрит на близкие деревья, на лес, который сперва напугал до смерти, но потом задал ей пир на весь мир.

Она передергивает плечами, поворачивает голову: над соседской крышей стоит дым. Конец июля, а топят печку... Интересно, кто у них там: та женщина? Теперь совсем состарилась. Представляет себе худенькую фигурку: ситцевое, в мелкий цветочек. Хотя этого быть не может: ситец столько не живет. А может, и не она, а ее муж. Светлые волосы, худой — черты лица помнятся смутно. Их сын наверняка женился. Жена, дети... Ей нет никакого дела до чужих детей.

«Завтра разберу вещи. Прямо с утра. Потом позвоню антиквару. Договорюсь, чтобы приехал немедленно. Эти, с кадастром, тоже приедут, должны... Все организовано. Теперь пойдет по накатанной, само...» — еще вчера она бы сказала это уверенно, но сегодня что-то изменилось...

126

На улице страшная жара. Она втаскивает стул на веранду, заходит в дом. Стоит, поводя плечами: нет, не то чтобы холодно, скорее, влажно. Сырость, нежилой дух. «Соседи топят. Может, и мне?.. В сарае должны быть дрова... — с дровами возиться не хочется. Накидывает крючок на дверь. — Просто я отвыкла. В Репине всё больше лиственные. Здесь сплошные ели и сосны. Надышалась фитонцидами, поэтому и знобит».

Растягивается на кровати, чувствуя под головой комковатую подушку: «Все-таки надо было вынести, положить на солнце... — под веками, налитыми грибной тяжестью, плывут деревья. — Это же мой лес: с детства, знала каждую тропинку», — уговаривает себя, понимая, что дело не в лесе, не в воздухе, полном фитонцидами.

Тот листок. Из отцовской рукописи, в которой герой разговаривает со своей Ниной. Утром пробежала глазами, сунула обратно, рывком задвинула ящик. Встает, идет к комоду, дергает: ящик не поддается. «Да-да, я помню... Сломались направляющие». Чтобы добраться, надо вынуть верхний, в котором нет никаких рукописей, только старые тряпки. В ее детстве из тряпок делали макулатуру.

Она садится на корточки, просматривает листок за листком, вот он:

— Нина, Ниночка! Я знаю, мы с тобой — одно целое! ...Знаешь, о чем я мечтаю?

Чтобы мы с тобой прожили сто лет и умерли в один день...

Слова, написанные отцом. Идиотские, фальшивые, не имеющие ни малейшего отношения к жизни. Это и есть помрачение, которое терзало весь день: смотрело на нее из леса.

«Может быть, читал при мне?.. Неужели осталось в памяти?..»

Кладбищенский мужик, которому заказала надгробья, специально перезванивал, уточнял. Подтвердила: все правильно, никакой ошибки. Мои родители умерли в один день.

На самом деле отец умер в понедельник, мать дожила до вторника.

Она сглатывает грибную слюну. Окажись на ее месте другая дочь, чьи родители умерли почти в один день, потому что отравились грибами...

Упершись обеими руками, наваливается всей тяжестью. Направляющие хрустят. Проклятый ящик припадает на правый бок, проваливается окончательно. Чтобы вытянуть, надо разобрать всю конструкцию, прибить новые направляющие. «А вот это — без меня...»

Пусть разбираются новые владельцы. Захотят — починят. Но скорее всего, выбросят или сожгут в печке.

«Может, сходить в церковь?.. Договориться, заказать панихиду...»

Полгода назад зашла в Казанский собор. Раньше здесь был Музей религии и атеизма. В детстве ходили с классом: тетка-экскурсоводша рассказывала про инквизицию, демонстрировала орудия пыток. Потом сказала: представляя себе картины ада, люди исходили из того, что сами же и делали, когда терзали своих врагов. Из всей экскурсии запомнила только эти слова.

Темный женский лик, в глазах — суровое умиление.

Отошла и встала в сторонке. Скорее всего, просто растерялась. Даже для нее, быстрой на решения, слишком неожиданный переход: из солнца, заливавшего Невский, в сумрачную полутьму собора. В церкви всегда просят. Стояла, чувствуя неловкость.

Чтобы разговаривать с матерью бога, надо знать правильные слова. У нее не было слов, чтобы высказать то, о чем думала: пусть твой сын построит всё заново, создаст новый мир, в котором любовь женщины не загоняется в рамки чужой жизни... Вдруг сообразила: об этом нельзя, ее любовь — грех. Если не об этом, тогда — о чем? О смерти?.. Но смерть придет и так. Рано или поздно, без всяких просьб.

Старуха, стоявшая рядом, шептала истово. Наверняка знала правильные слова. Темный шерстяной платок. Кацавейка поверх пальто: обтерханная, застегнутая наглухо. Будто нет никакого солнца. Снаружи — зимняя тьма. «Чтобы бог услышал, надо стать такой». Стояла, опустив руки, понимая: у нее не получится, за плечами этой старухи — другая жизнь. Чтобы напялить такую кацавейку, надо забыть о себе: смолоду, в самом начале жизни. «Нет, не то... При чем здесь кацавейка? Я привыкла полагаться на себя. Чтобы превратиться в эту старуху, надо начать заново, перечеркнуть свою жизнь, опыт, привычки...»

Не заметила, как вышли священники. Прислушивалась, не понимая. Точнее, понимая, но только отдельные слова. Будто они читали разрозненные листки какой-то будущей книги: начатой, но так и не законченной. Уже не вслушивалась. Смотрела им в глаза: глаза соотечественников, хоть и одетых в одежды древнего времени. Но разве это что-то меняет? «Их мысли совпадают с моими. Только я не пытаюсь скрыть: спрятать под тяжко вышитыми одеждами. Моя мать всегда вышивала — я знаю: все вышивки несовершенны. Как божий мир... Неужели твой сын сам не видит, что из этого вышло? Миллионы лет сидел на небесах, как на чердаке: небесный отец. Все думали: пишет новую книгу. На самом деле — наброски. Разрозненные листки. Спускаясь вниз, оглашал вслух, проверял интонации на людях, тех, кто готовы слушать с умилением...»

Потом, когда вышла на улицу, подумала: «Атеизм отменили. Остался Музей религии». Обходя крыло колоннады, смотрела на выщербленные колонны. Остановилась, озираясь тревожно, пытаясь найти слова:

«Я — тварь. Тварь должна принимать мир таким, какой он есть. Верить, что он совершенный. Мир — великая книга, написанная миллионы лет назад...» — стояла, нанизывая слова, идиотские, фальшивые, какие бог не может услышать. Как в книгах, стоящих на дачных полках...

Тяжелый день. Просто тяжелый день. Она привыкла к усталости, ежевечерней, которая сводит плечи. Но сегодня — что-то другое. Встает, идет к книжному шкафу.

Книги, выцветшие, будто присыпанные пылью. Протянув руку, берет наугад. Открывает титульную страницу.

Коллеге по писательскому цеху. Прими сей плод темных ночей и светлых дней.

«Феерическая пошлость... Хотя какая разница? Снотворное — почитаю и усну».

Творения коллег по цеху — все с дарственными надписями — отец свозил на дачу. Говорил: в городе читать некогда, не то что здесь, на природе. Эти книги читала она. Иногда спрашивала: «А этот тебе нравится?» Отец мычал неопределенно. Готова поспорить: даже не открывал. Предпочитал русскую классику. На городских полках стояли собрания сочинений. Когда задавали по литературе, спрашивала: «Можно я возьму Го-

голя?» После нее отец всегда пролистывал. Искал карандашные пометки, требовал: сотри. Будто галочка на полях кому-нибудь мешает.

«Уж лучше галочки, чем эти идиотские надписи...» — отложив книгу, выходит во двор. Здесь тихо, ни малейшего ветерка. Ни чужих губ, которые о чем-то просят.

Однажды спросила: ты веришь в бога? Отец задумался: «Не знаю, вера — трудный вопрос... Но, с другой стороны, творческий человек должен во что-то верить. Необходим надличный посыл. Без этого ничего не получится. Иногда кажется, будто это — не я, моя рука: пишет, а кто-то диктует...»

Она поднимает глаза, смотрит в небо, затянутое вечерним маревом. Гоголю она бы поверила. Но что это за бог, который движет рукой графомана?

Одергивает себя. «Что я говорю!» Если б священники услышали, наверняка бы решили: в этой женщине разыгрались бесы. Возможно, они и правы, но она должна попробовать. В сущности, с ее стороны даже не просьба, почти деловое предложение. Если бог все-таки есть, он — другой. Не графоман, покровительствующий отцу и его беспомощным *коллегам по цеху*. Настоящий бог не чужд деловой жилки. В конце концов, однажды решился и сделал.

— Господи, кто тебе сказал, что мир — великая книга? Критики лгут. В качестве дебюта — куда ни шло: опубликовать в каком-нибудь журнале, например в «Юности». Шесть дней — не такая уж большая работа. Почему не попробовать заново? Надо только решиться. В первый раз ты начал со слова. Слова, которые произносят мои соотечественники, лгут. Я — тоже лгу. Иначе невозможно работать. Правду говорят бедные и беспомощные. Но они не знают правды, поэтому тоже лгут... —

———————

Он выбирается из ванны, снимает с гвоздя сыроватое полотенце. Садится на табуретку. По очереди задирая ноги, вытирает ступни, тщательно, особенно между пальцев.

Нормальные люди начинают с головы. Потом — туловище и руки. Ноги — в последнюю очередь.

«Я не могу стоять с мокрыми ногами», — упрямо, будто мать его слышит.

В топке полыхает огонь. Окрепшие языки охаживают деревяшку, лижут самозабвенно.

Он ощупывает колонку: горячая вода стоит высоко. Ничего удивительного: он привык мыться экономно. Когда прогорит, вода нагреется до самого верха. Хватило бы еще на одного... или двоих...

Торопливо, будто с языка чуть не сорвалось лишнее, натягивает брюки, чистую рубашку: когда тело влажное, это не так-то просто. Комкает грязное белье.

Вьюшку не закрывай, угоришь. — Это уже в спину, можно не оборачиваться, не обращать внимания.

Напоследок пригнув голову, будто поклонившись, выходит во двор.

Пока мылся, совсем стемнело. Но главное, похолодало. Или кажется, после банной жары. Неприятно давит голову. Он останавливается, прислушиваясь: голова будто не своя.

Надо поесть. Это от голода...

Он хочет сказать: «От голода — это у вас».

В Ленинград приехали после войны. Работали, учились, строили дачу... Всю жизнь делали запасы: мука, крупа, макароны, соль, спички. Когда в доме кончался хлеб, отец нервничал, заглядывал в хлебницу: «Посмотри, у нас нет хлеба». Мать всегда покупала с запасом, потом, когда куски плесневели, сушила сухари. Однажды спросил: «Вы голодали в детстве?» Отец испугался: «Голодали? С чего ты взял?»

Если не они, наверняка их родители. Отсюда и страх — где-то в глубине. «Неужели в генах?»

Он задирает голову, пытаясь поймать глазами инопланетный корабль, приближающийся к нашей планете. Капитан знает толк в земной генетике. Вот кому следует задать этот вопрос. В небе пусто: ни летающей тарелки, ни даже луны — серебристого диска или ломтика. Хотя свет откуда-то льется, неверный, очерчивающие самые общие контуры. В лесу что-то шуршит. Звук не то чтобы пугающий, но неприятный. Он усмехается: «Чем не пример генетического страха... Предки верили в духов: кто-то же должен отвечать за урожаи, приносить болезни, обеспечивать порядок в доме, карать закоренелых грешников...» — подобрав черенок лопаты, подпирает дверь.

Покачивает, проверяя придирчиво: «Ничего, это в последний раз. Завтра явится бригадир или кого-нибудь пришлет». Стоит, разминая запястья. Последнее время по вечерам потягивает руки. Весь день за машинкой, стучишь как дятел по клавишам.

А может, дело не в машинке?.. Фантомные боли, остались в наследство. Сколько же они ходили?.. Лет пять. Пока в поселке не пустили водопровод. Каждый вечер от дома до ручья. Вверх-вниз, от сумерек до темноты. Две сильных бессонных тени. По четыре ведра на каждое дерево. По три — на каждую грядку. По два — на куст. Всегда засыпал раньше, чем они ставили пустые ведра: под крыльцо, кверху дном. Шли по ступеням, разминая руки, шевеля затекшими пальцами, — сквозь сон он прислушивался к их тяжким шагам. Никогда не жаловались на боль, может, просто не чувствовали?.. Не ждали милости от природы...

Труд, труд и труд... Для них он был и верой, и истиной, и жизнью. *Arbeit macht frei...*

Однажды, кажется, в начале девяностых, спросил отца: как ты думаешь, кто первым использовал эту фразу — *Труд делает свободным*? Отец опешил: как — кто? Фашисты. На воротах Освенцима.

Предъявил фотографию. «Что это?» — отец смотрел недоверчиво. «Это — у нас. На Соловках». Отец замахал руками: «Как ты можешь сравнивать!»

Потом и сам пожалел, что завел разговор. Какое отношение его родители имеют к истории? Свою жизнь они прожили честно.

Он гасит свет на веранде, сняв рубашку, вешает на спинку стула.

Запястья крутит все сильнее: «Распарил. Не надо было так долго. Ополоснуться и выйти... — он подтягивает одеяло к подбородку, чувствуя проросшую щетину. — Завтра побриться. Утром, до того, как придет бригадир...» — Кряхтя, поворачивается на бок. Закрывает глаза. Снова наплывают грибы. Женские и мужские — в зависимости от внешнего вида... Древние культуры относились по-разному. У одних — пища богов, божья плоть. У других — еда мертвецов, хлеб дьявола... Шут его знает, а вдруг какое-нибудь четвертое измерение, куда можно попасть, наевшись грибов: говорят, в некоторых поганках есть особое вещество — сродни наркотику, расширяющему сознание... В русском языке язычников тоже называли *поганые*...

Грибы исчезают. Теперь всплывает лицо. Женщина, с которой он, раньше говорили, близок.

В данном случае всего лишь пересечение жизненных траекторий — в самом обыденном смысле: раз в неделю, иногда реже, по предварительной договоренности, которая в любой момент может сорваться, поскольку всецело зависит от произвола ее домашнего идола. Обездвиженного, требующего жертв. Время от времени в полумертвом теле просыпаются какие-то нервные рефлексы, похожие на перебои сердца: идол впадает в панику. Дочь вынуждена остаться дома — у многолетнего материнского одра.

Когда удается вырваться, приходит, устраивается на кухне. Заваривает чай. Греет руки о чашку. Он не очень-то вслушивается, относится как к неизбежному. Что-то вроде жертвы, которую обязан принести. Однажды сказала: «Я отвлекаю. Тебе надо работать. Но пойми. Для меня наши разговоры — драгоценность. Иногда мне кажется, это и есть самое важное». — «Разговоры? — переспросил обиженно. — Ты хочешь сказать, что я как мужчина...» — «Нет-нет, — она поняла и заторопилась, — *это*, конечно, тоже. Но дома мне вообще не с кем...»

Конечно, он может понять. Женщины *вообще* разговорчивы.

Месяц назад, ни с того ни с сего, заговорила о доме престарелых. Он напрягся: неужели сдаст мать. А что потом? Что ей взбредет в голову, когда вырвется на свободу? Предложит сойтись? Навострил уши, но, кажется, она говорила о другом. Где-то прочла: в Европе дома для престарелых устроены замечательно. Старики сами туда стремятся: квалифицированный персонал, общение со сверстниками, уход... И главное, на все это им вполне хватает пенсии. «А у нас... — махнула рукой. — У нас вообще...»

Он кивнул, предполагая, что сейчас она перейдет от общего к частному: мать лежит, никаких сил ухаживать. Но она заговорила о каких-то роковых ошибках, которые нельзя исправить: даже вернувшись в исходную точку, отступив назад. Он не понял, но не стал перебивать: пусть лучше об ошибках, лишь бы не о будущей общей жизни.

«Понимаешь, шаг назад — самый прямой путь. Это... как попытаться сделать вид, что никакой ошибки не было. Я давно думаю об этом. Прямые пути — самые опасные», — вопреки словам, ее голос звучал неуверенно, будто она не знала, в какой точке совершила свою роковую ошибку: родилась от этой матери? Или в стране, где нет нормальных домов для престарелых? Или *вообще* родилась?

Не стал переспрашивать, но после ее ухода задумался. Осознал как-то очень ясно: ее мать — не идол, рано или поздно умрет. Придется искать слова. Не так-то легко объяснить женщине, почему его устраивает нынешнее положение. В любом случае не хочется ее ранить. Потом, в следующий раз, держался как обычно, но она что-то почувствовала. Последние дни даже не звонила. Или наконец поняла?.. Собственно, поэтому и сказал: да, на месяц, срочная работа, нет, приезжать не стоит. Она бы и так не приехала: три часа туда, три — обратно.

Он дергает одеяло: в том-то и дело, что ничего не поняла. Никогда не поймет. Для нее их редкие встречи — не близость, а отчаянная борьба: с судьбой, пославшей невыносимое испытание, с тоской бессмысленной жизни. «Вернусь, все пойдет по-прежнему. Будет приходить... Сидеть. Вести бесконечные разговоры. Вот именно. Пока не сдохну! — он гасит приступ злости. — Или все-таки решиться и объяснить?.. А что потом? Но где-то же люди знакомятся...»

В прошлом году предложили одну книгу. Он было начал, но отказался: слишком много компьютерных терминов. Герой — лет сорока пяти, почти его ровесник, знакомился в Интернете. В Интернете другие женщины. Нашел подходящее слово: *острозубые*. Наверняка обманут.

Под животом уже не тлеет. Лежит холодным камнем... В голову приходит еще одна грибная история:

136

про мальчика, который искал себе жену — вбил себе в голову, что его женой станет та, которая съест гриб. Через некоторое время эта девочка действительно является. Мальчик, вообразивший себя будущим мужем, предлагает ей руку и сердце, но тут выясняется, что девочка, съевшая гриб, — его сестра. «Что там дальше?..» — Он пытается вспомнить... не успевает. Проваливается в глубокий сон.

СОЛНЦЕ И ЛУНА
(четверг)

Без пятнадцати одиннадцать снял с конфорки почти крутой кипяток. До прихода бригадира еще уйма времени: можно посидеть во времянке, спокойно выпить чаю. Сделал маленький глоток, воображая: вот бригадир сворачивает с Еловой, движется в его сторону, осматривает дома. Ищет самый последний... «А если не дойдет? Если ему покажется, что последний — соседский, спросит, соседи скажут: никого нет...»

Отодвинул от себя недопитую чашку.

Улица, идущая вдоль кромки леса, была пуста. Если не считать чьих-то детей, которые играли у поворота на Еловую — то забегали в лес, то с визгом выскакивали обратно. Мельком подумал: «Странная игра... Мы в свое время играли в осмысленные игры...» Если бы не детские крики, скорей всего, дошел бы до угла. Но теперь остановился и сел на бетонные плиты. Дожидаясь появления бригадира, время от времени поглядывая на часы.

Минуты шли, но как-то неравномерно: то вытягивались, то, словно сбившись в стайку, делали короткий рывок.

Через час, ровно в полдень, посмотрел в небо. Огромное солнце стояло над верхушками елей. Солнечный диск был очерчен до странности четким контуром — будто элемент витража, выполненного на матовом стекле. Он отвернулся, чувствуя обиду: те, с кем он договаривался, взрослые люди, если что-то изменилось, должны были позвонить, поставить его в известность, назначить новый срок. «Господи... Телефон... Там, на тумбочке».

Ринулся обратно, одним духом одолел ступеньки. Так и есть: пропущенный вызов. На звонок откликнулась вчерашняя женщина-диспетчер. Ее голос он узнал сразу.

— Здравствуйте. Это... Я вчера... Мы договаривались, на одиннадцать, по поводу замка. Кажется, вы звонили...

— Ну естественно. Должна была убедиться...

— Убедиться? В чем?

— Что вы ждете, — голос звучал уверенно. — А то бывает — вызовут, а потом чинят сами. Или еще кого-нибудь вызовут. Или вообще... На озеро уйдут. Или в лес.

— Но мы... Я же разговаривал с бригадиром. Мы условились. Ровно в одиннадцать, — теперь уже упавшим, виноватым голосом. — Я ждал.

— Надо было подходить к телефону, — она ответила твердо. — Если ждут — подходят.

Он почувствовал легкое головокружение: женщина-диспетчер говорила как жрица, знающая все оттенки ритуала, который он по невежеству нарушил.

— И что теперь делать? — признавая свою вину, он вздохнул.

— Сегодня бригадир уехал. На объект. Ждите завтра. В это же время.

— Да-да, спасибо, — он поблагодарил трубку, уже немую и глухую.

Зачем-то вернулся во времянку, виновато оглядел неприбранную посуду и поплелся на чердак, отлично понимая, что сегодняшний рабочий ритм непоправимо нарушен: «Но что-то же надо... Не сидеть просто так...»

Печатал, чувствуя в пальцах приятную легкость: текст двигался будто сам собой. Если что и вызывало сомнение, то, пожалуй, расположение кресел: в предшествующих сценах кресло капитана стояло на центральном помосте, теперь почему-то сместилось в левый верхний угол — во второй главе на этом месте находился открытый люк. Через который они, собственно, и влетали. «Небрежность автора или какой-то тайный замысел?.. Капитан что-то чувствует, но не может объяснить. Или не хочет... — Попытался представить себя членом команды. — Положим, я замечаю, что капитан висит над люком... Ну и что? Как — что! Открытый люк — опасность».

Вышел из-за стола и подошел к открытому люку, будто чердак — при определенных условиях — мог стать моделью космического корабля. Заглянув вниз, почувствовал головокружение. От греха подальше отступил на пару шагов. «В моем случае — понятно. Лестница слишком узкая, приходится спускаться на ощупь, спиной. Когда не видишь ступеней, в любой момент можно потерять точку опоры. Но автор — немец. В немецких домах не бывает таких лестниц, никто не спускается спиной...»

И все-таки он думал об авторе с сердечной теплотой, будто там, в другой части света, обнаружилась близкая душа, которая тоже боится люков. Совпадение личных страхов. Впрочем, в жанре, к которому он вынужденно приобщился в последние годы, любое совпадение может оказаться иллюзией — пустышкой, игрой. Имея дело с *фантастикой*, надо быть начеку, не слишком доверяясь тексту: в любой момент автор может показать переводчику *нос*.

— Обманули дурака на четыре кулака! — мальчишеский голос под его окном выкрикнул детскую дразнилку, словно подтвердив его подозрения.

Он вытащил лист из-под каретки, заметил орфографическую ошибку и потянулся к карандашу. Карандаш, которым вносит правки, исписан до самого дерева. Пошарив под бумагами, нащупал точилку.

Слои древесины змеились, оголяя грифель.

— Хозяева́-а! Эй, есть кто-нибудь?..

Вскочил и подбежал к окну.

У соседской калитки маячил мужик с топором.

— Вы... Не ко мне? — боясь, что тот не услышит, высунулся по пояс.

Мужик обошел кривую елку, растущую у забора, и, обнаружив источник звука, помотал головой.

— Вы... Случайно не бригадир?

Мужик перехватил топор в другую руку и, сделав еще пару шагов, остановился под самым окном:

— А эти, ваши соседи? А то вон — машина есть, а их нет.

Он пожал плечами и, прикрыв створки, вернулся к столу.

— Ну чего? — снаружи донесся другой, но тоже мужской голос.

— Да бес их знает! На озеро пошли. Или в лес.

— Ну и чего делать? Тракторист отзвонился, сказал, минут через двадцать...

Два голоса держали совет прямо под его окнами.

— Как думаешь, может, и не достанет... — первый предположил не очень уверенно.

— Ага! А если достанет? Бац — и в лепешку! — с удовольствием, словно ему представилось что-то приятное.

К странной беседе присоединился женский голос. Женщина что-то говорила — он не разобрал слов.

Возвращаясь к своим мыслям, точил карандаш, но теперь особенно осторожно: одно неловкое движение, и грифель хрустнет. Вынул и дунул на кончик: «Выдумывают, выдумывают... Мало им нормального мира, созданного божьим помышлением. Не-ет, подавай искаженные миры! Казалось бы, возьми любого человека, загляни внутрь: каждый человек... — За окном слышался шум мотора. Он мотнул головой. — Соседи. Видимо, уезжают. Скатертью дорога... Каждый человек — переводчик божьего замысла, только один уважает Автора, а другой несет отсебятину... — острым грифелем ткнул в подушечку пальца. — Кто это сказал?..»

Почесал в затылке, чувствуя неровности черепа, и вспомнил: обсуждали «Божественную комедию». Шли по набережной, Марлен рассуждал на ходу: «Никак не могу понять: вот рай и ад. Вроде бы они существовали и раньше, пока бог не создал человека. В те времена их населяли ангелы: рай — настоящие, ад — падшие. Согласен?» Он кивнул: «Ну и что?» — «А теперь смотри, — Марлен остановился у кучи снега, который убрали с проезжей части, сгребли к обочине. — Для кого он создал ад?» — «Не знаю... может, для ангелов?» — он смотрел на грязный снег, пытаясь понять, куда клонит Марлен. «Значит, знал? Был уверен, что ангелы его предадут? Заранее построил тюрьму, чтобы потом, когда дойдет до дела... Это — во-первых...» — «Да нет, — он перебил, — глупость какая-то. Получается как у Сталина: *измена Родине через намерение. Карается расстрелом*».

«Ладно... — Марлен пнул ногой снежную кучу. — Едем дальше. Теперь про людей. Согласись, сперва должен быть Страшный Суд, а уж потом, в зависимости от приговора, одних — в ад, других — в рай. Согласен?»

На этот раз он кивнул увереннее.

«А у Данте?» — «Что?» — «Они *уже* там. Хотя, заметь, никакого Страшного Суда еще не было». — «Ты уверен? — раньше он не задумывался об этом, но теперь как-то засомневался. — Хотя, конечно... Суд потом, когда все умрут, в смысле, конец света, Армагеддон...» — «Вот именно, — Марлен сделал страшные глаза. — А автор, заметь, жив. Это Вергилий умер. Ну и остальные, которых они там встречают. Тебе не кажется, что Данте, как бы это сказать... воспел внесудебную расправу? Говоря по-нашему, "тройки" и все такое прочее?»

«Ну не знаю... — он поежился, не понимая: шутит или серьезно? Решил: шутит. — Как-то неловко, все-таки классик. Великое произведение, непревзойденное... И знаешь, — он заговорил увереннее, будто ступил на твердую почву. — Теперь уже не важно, насколько это соответствует Евангелию и вообще первоначальной идее. "Божественная комедия" лежит в основе других великих произведений, которые написаны позже. Это как, — взмахнул руками, — колонна. Выдернешь, и все рухнет. Расхождения, конечно, есть, но все равно Данте — переводчик божьего замысла». — «Вот-вот, — Марлен погрозил пальцем, кажется, пропустив божий замысел мимо ушей. — Именно что рухнет. Так ведь они так и рассуждают: дескать, одно дело, первоначальная идея... А уж что получилось, то и получилось. Победителей не судят. Главное — результат: великие свершения. И в космос первыми слетали, и в войне победили... А знаешь, что я думаю?»

Вот тогда Марлен и сказал, а он запомнил — слово в слово: «Не только Данте. Каждый человек — переводчик божьего замысла, только один уважает Автора, а другой несет отсебятину...»

Потом зашли в пышечную, их любимую, у ДЛТ...

Мотор за окном шумит все сильнее.

— Да что они там! — чувствуя, что сбился с мысли, встает и подходит к окну. Снова распахивает створку.

По улице, задрав ковш, как слон — хобот, движется трактор: решительно, но в то же время как-то суетливо и юрко, будто поигрывая всеми узлами и шарнирами.

Тут только заметил: соседскую машину отогнали подальше. За рулем сидит женщина — издалека он не видит ее лицо.

Как-то по-особенному мелко содрогаясь, трактор объехал ее слева и остановился у бетонных блоков. Тракторист выключил мотор. Два мужика — один, тот самый, с топором, другой с толстым мотком веревки, — подошли и встали у кабины. Размахивая руками, что-то втолковывали трактористу, который так и не вылез наружу: сидел и кивал.

«Рыть, что ли, собрались... — стоял, скрываясь за занавеской, стараясь не выдать своего присутствия. — Или блоки потащат?»

Между тем мужики отошли и встали у забора. Мотор снова заурчал.

Трактор содрогнулся и, по-хулигански вертя задом — точь-в-точь дворовый шпаненок, — отъехал назад.

Помедлил, сотрясаясь всеми железными внутренностями, будто примериваясь. С ковшом наперевес двинулся вперед. Зубастая боковина ковша уперлась в ствол, уходивший в небо. Сосна, выступившая за кромку леса, не шелохнулась. Тощие осинки подрагивали на ветру.

«С ума, что ли, спятил?.. Не мог объехать?..»

Тщетно перекрикивая рев мотора, мужики вертели руками, будто очерчивали круги. Тракторист рванул рычаг и пополз задним ходом — медленно и ровно,

144

словно трактор успел приноровиться к дороге, усеянной мелкими рытвинами.

— Стой! Хорош! — мужик с топором перекричал шум.

Глядя из окна, он видел голые руки тракториста, передергивающие рычаги. Мотор работал неровно, толчками, похожими на кашель.

— Давай! — мужик махнул топором.

Трактор двинулся вперед, рыча и наливаясь разрушительной силой — уже не шпаненок, дворовый парень, который успел вырасти, — глядя из окна, он видел, как раздуваются бока: заляпанные грязью, будто его только что сняли с черной работы.

Ковш уперся в могучий ствол. Высокая крона, раскинувшаяся над лесом, дрогнула и растопырила ветки, цепляясь за небеса.

«Что это?.. Что он?..» — он смотрел, не понимая, что происходит, но в то же время... В голову лезла *неконтролируемая ассоциация*. Нечто подобное он уже видел, по телевизору: человек, сидящий в кабине трактора, передергивал рычаги...

Мужик с веревкой запрокинул голову и крикнул неразборчиво.

Бока трактора вспучились надсадным ревом. Не выдерживая железного натиска, ветки разжали пальцы. Темный ствол качнулся, подаваясь вперед.

Другой мужик поднял руку и потряс топором. Вспыхнуло: «Как дикарь — палкой-копалкой».

Кряхтя и мелко перебирая ветвями, вековая сосна двинулась вперед, преодолевая сопротивление воздуха — разрывая твердь небес. Огромный ком свившихся корней поднялся и замер, как крик.

Трактор передернул ковшом, будто отряхнул испачканную руку.

На том месте, где только что стояла крона, сиял солнечный диск. Гладкий и ясно очерченный, словно витраж, выполненный на пустой небесной тверди. Он ужаснулся и отпрянул от окна.

То, что случилось, казалось невозможным, но оно случилось: ствол двинулся вперед. «Как... как Бирнамский лес, который не мог, но *все-таки* пошел на замок...»

Ходил, меряя шагами пространство чердака. Из-под стропил тянуло жаром, будто солнце наложило на крышу пылающие лучи.

Это ж надо! Что хотят, то и делают!..

Лишь бы отвлечься от родительских голосов, он выглянул снова.

Трактор успел уехать. Внизу работали мужики: суетились у ствола, обрубая ветки. Точнее, обрубал один, второй оттаскивал в лес, складывал кучей за ближними деревьями. Машина, которую отогнали от греха, стояла на прежнем месте. В кабине никого не было.

Раньше хоть лесника боялись... А теперь никого: ни бога, ни черта...

«Бог-то здесь при чем!» — он бросил раздраженно, не оборачиваясь.

Покончив с ветками, мужики возились с бензопилой: тот, кто орудовал топором, пытался запустить мотор. Мотор захлебывался, испуская бензиновую вонь.

Бог ни при чем, — они согласились. — А страх все равно нужен...

«Ага. Все остальное есть. Одного страха не хватает... Уж чего-чего...» — ответил и тут же пожалел: зря. Все равно не поймут. В искаженном мире, в котором они существовали, это слово имело другое значение: страх — синоним преданности и любви.

Мужики водрузили пилу на бетонную плиту. Склонясь над механизмом, озабоченно ковыряли внутренности.

— Не... Мертвая, — мужик, стоявший справа, разогнул спину. — Масла надо. У меня хорошее, с присадками.

— Может, пообедаем... — мужик, стоявший слева, почесал живот. — А то брюхо подвело, с утра не жравши...

Он слышал каждое слово, будто разговаривали под самым окном.

Подхватив пилу, мужики отправились восвояси.

«Да, пообедать, надо пообедать», — он спустился вниз, не чувствуя ступеней, почти не держась за поручень. Направился к времянке, намереваясь разогреть обед, но почему-то свернул.

Верхние ветки тянулись к его калитке. Дальше начинался голый ствол. Из него торчали культяпки — все, что осталось от нижних веток: их отрубили и отволокли в лес. Куча, вспухающая хвоей, высилась над травянистым подлеском. «Нет, на армию не хватит», — окинул взглядом, будто оценивая мощь вражеского войска.

Под вздыбленным комлем зияла яма. «Срубили — теперь обязаны засыпать, забросать землей. Мало ли, ночью, в темноте... Можно провалиться, сломать ногу...»

Обойдя поваленное дерево, он сел на бетонную плиту. От бетона тянуло холодом... Но главное — страх, липкий, будто дерево, сваленное трактором, каким-то непостижимым образом соотносилось с его собственной жизнью.

«Я не дерево, я — человек... Бирнамский лес...» — Марлен бы его понял. Макбет — единственное, на чем сошлись бесспорно. Приветствуя друг друга, обменивались восклицаниями: «Будь здрав, Кавдорский тан!» — «Будь здрав, король в грядущем!»

В пышечной они взяли по восемь пышек — это он тоже запомнил.

«Хорошо им было: грешники, праведники... Прям не Страшный Суд, а одно удовольствие, — Марлен засмеялся. — Суди — не хочу... А представляешь, когда туда явятся *наши люди*». Он смотрел на губы, измазанные белой пудрой. Вытянул из стакана бумажку — в пышечной их ставили вместо салфеток, — хотел протянуть, но передумал, вытер свои. «Потеха! — Марлен принялся за вторую пышку. — Надеюсь, бедняжкам-демонам хватит времени, чтобы унести ноги».

Он тоже засмеялся, потому что представил себе простодушных грешников древних времен, когда они сойдутся лицом к лицу с теми, кто жил в двадцатом веке. Что-то похожее встречал и в литературе. Авторы рассуждали о новой сущности Зла. Задавались вопросом: можно ли продолжать исповедовать традиционные религии и верить в прежнего бога после Холокоста — великой Катастрофы, унесшей шесть миллионов жизней? Фашизм, коммунизм... Конечно, много общего, но все-таки здесь, с нашей стороны, не только жертвы, много и хорошего: тот же космос, о котором упомянул Марлен, да и Победа — тоже со счетов не сбросишь.

«Слушай, а Страшный Суд — это только у нас?»

«Как это — у нас?» — Марлен закашлялся, видимо, поперхнулся.

«Ну, в смысле... У буддистов или индуистов, у них — тоже?» — «А черт их знает! Но ад точно есть. Называется на́рака или нара́ка. Не знаю, как правильно. Кстати, там тоже концентрические круги. И грешники согласно категориям: чем глубже, тем страшнее. Правда, со своими примочками. В первом круге — бездетные, хотя, казалось бы, уж они-то в чем виноваты? Во втором — души, ожидающие второго воплощения. Тут уж многое зависит от самого клиента: кому как повезет. Кто — снова в человека, вроде как вторая попытка. А если особенно нагрешил, тогда в паука, или в шмеля, или в червяка какого-нибудь, — похоже, мысль о червяке Марлену и самому понравилась, во всяком случае, он ужасно развеселился. — Потом не помню, тоже какие-то деятели, надеюсь, члены компартии Индии. Интересная история в пятом: тех, кто угодил туда, терзают ядовитые насекомые, дикие звери и птицы. Как ты думаешь, что имеется в виду?» — «Не знаю». — «А я тебе скажу, — Марлен изрек торжественно, словно сам же и создал этот пятый круг. — Ядовитые насекомые воплощают собой укоры совести. Представляешь? Наивные индусы полагают, что совесть есть даже в аду. Но самое интересное — *случайная на́рака*». — «Случайная? Это как?» Он макнул последнюю пышку в остатки сахарной пудры: «А так. Что-то вроде ямы, в которую можно угодить. Идешь-идешь, а потом — хрясь! Говорят, из нее особенно трудно выбраться». — «Кто говорит?» — «Ну как — кто? — Марлен ответил каким-то поскучневшим голосом. — Ясно, индусы...»

Он шевелит правой стопой: нет, кажется, не болит. В понедельник, когда шел в ДЭК, оступился, подвернул ногу. Славу богу, обошлось без последствий... —

———————

Утром, готовясь позвонить антиквару, разбирала старье. «Где ж это было? В Хельсинки».

Однажды застряла в Финляндии: опоздала на паром. Отзвонилась, сообщила тогдашнему партнеру:

задерживаюсь на сутки. С утра решила прогуляться по городу. Шла куда глаза глядят, пока не наткнулась на музей: не то исторический, не то краеведческий. Экспозиция начиналась с древних времен: стоянки охотников, орудия производства, все эти палки-копалки, как в учебниках истории: «В каждой местности свои дикари. Это — для специалистов. Сравнивают, чьи дикари круче...» За лестничной площадкой началось Средневековье: иконостасы, резные деревянные статуи с изможденными лицами, большей частью евангельские персонажи — шла, скользя невнимательными глазами, пока не набрела на игрушечные домики. Прелестные, конца XIX века. Внимательно разглядывала интерьеры: гостиные, спальни, кухни. Судя по всему, точные копии настоящих. Фарфоровые чашки величиной с ноготок, медные сковородки, тазики для варенья. Лилипутские ванны на гнутых ножках... Хочется поселиться и жить. Погрузиться в чужое безмятежное детство.

Последние залы — экспозиция XX века. Не иначе инсталляции, *актуальное искусство* — муть и зеленая тоска. Ориентируясь по стрелкам, двинулась к выходу, уже прикидывая, как быстрее добраться до гостиницы: «На трамвае. Надо еще поесть... Или потом, уже на пароме?..»

Но здесь были собраны *вещи*. Подлинные. Ходила от витрины к витрине: одежда, мебель, впрочем, мебели мало. Куда больше женских сумочек, мужских ботинок, игрушек, фарфоровых статуэток. Все разобрано по десятилетиям: десятые годы... двадцатые... тридцатые... Холодильник... пишущая машинка...

«На чердаке, на даче. Точно такая же. Машинка отца». 1960-е. Седьмое десятилетие прошлого века. Для финнов — история. Музей вещей, отживших свое. «А для меня?..»

Неожиданно для себя повернула назад — в сороковые-пятидесятые, чувствуя непонятную тревогу, словно что-то упустила. «Холодильник?.. Нет. На даче другой, советский... Платье? Пиджак?.. Ну конечно», — обрадовалась, будто обнаружила потерю. Стиральная машина: белый корпус, эмалированная крышка, сбоку — ручка. Внутри, под крышкой, два резиновых валика...

В зал вошла стайка школьников: мальчики и девочки лет по двенадцать. Похоже, привели на урок истории: показать, как жили их предки. Учительница, приятная женщина ее лет, объясняла, иллюстрируя жестами: вертела воображаемую ручку, будто выжимала белье. Рука двигалась легко и быстро. Дети слушали невнимательно. В их возрасте *всё*, что выставлено в музее, — седая древность.

Стояла у окна, чувствуя себя музейным экспонатом: вроде дикаря. Дикарю, знающему, *как это работает*, очень хотелось объяснить.

Аттракцион «Пойми дикаря».

Дикарь, еще заставший палку-копалку, расправляет воображаемый пододеяльник. Пихает в зазор между валиков, осторожно, чтобы захватило край. Берется за ручку обеими руками. Вытягивает два пальца, прижимает их друг к другу. На языке дикарских жестов это должно означать: очень узкий зазор. Кухонное полотенце — куда ни шло. Но когда выжимаешь пододеяльник, приходится вращать изо всех сил. Завершая демонстрацию, дикарь должен улыбнуться: «Именно так делала моя мать. На даче, когда стирала белье... А я ей помогала».

Стиральная машина, замаскированная под тумбочку, стоит в углу. На верхней крышке — вышитая салфетка. Она встряхивает, поднимая облачко пыли. Неудачный материнский опыт. На белой ткани проступает рисунок грифелем, какие-то цветочные узоры. Начинала, но никогда не заканчивала.

Она снимает эмалированную крышку: на дне резервуара — толстый слой пыли. В музее наверняка отмывают: дети должны любоваться чистым прошлым своей страны. «Заело... Или нет сил... — бросив неподатливую ручку, идет к трехстворчатому шкафу, представляя себя смотрителем родительской коллекции. — Прикрепить бирки. Но сперва разобрать: пятидесятые, шестидесятые, семидесятые — строго по десятилетиям».

Невольно увлекаясь этой нелепой мыслью, распахивает дверцу: на средней полке — фарфоровые статуэтки. Верблюд. Балерина. Собака, похожая на дворняжку. Еще одна, кажется, борзая...

С улицы доносятся голоса. Возвращаясь в свой век, она выходит на крыльцо. За забором маячат два мужика.

— А если достанет? Бац — и в лепешку!

На ходу приглаживая волосы, она идет к калитке:

— Здравствуйте. Что здесь происходит? Это кого — в лепешку?

— А мы кричим, кричим... Трактор подъедет. А тут ваша машина... Вон, — мужик с топором тычет пальцем, — валить сосну.

Она поднимает голову, щурясь, словно от солнца. На самом деле прикидывает расстояние:

— Ну и в чем проблема? — спрашивает усмешливо. — В лепешку так в лепешку. Цена вопроса — полтора миллиона. С учетом износа — меньше. Тысяч на двести. Так что, — улыбается лучшей из своих улыбок, — прошу.

Мужик с веревкой тоже улыбается:

— Дорогу расширяем. Всем удобнее будет.

Она кивает:

— Сейчас отгоню.

Подает назад, стараясь держаться поближе к забору. В зеркале заднего вида отражается улица, по которой ползет трактор. Между ее машиной и кромкой леса метра три: вполне достаточно, чтобы разъехаться. Тракторист останавливается у бетонных блоков, глушит мотор. Мужики подходят ближе, что-то объясняют.

Чихнув пару раз, мотор заводится снова. Воняя и подергивая тощим задом, трактор движется в обратную сторону. Она морщится: горелая солярка — несусветная вонь. Жмет на кнопку, поднимает стекло. Теперь скрежета почти не слышно. Она наблюдает за происходящим, положив руки на руль. Трактор кажется маленьким, если сравнить с сосной: могучей, подпирающей небо.

«И как они?.. Веревку, что ли, накинут?.. — В Репине, когда начинала строиться, пришлось убрать два дерева, но там рабочие валили без нее. Приехала, рассчиталась с бригадиром.

Трактор задирает ковш, заляпанный грязью. Упирается в ствол. Надсадный рев мотора просачивается сквозь задраенные окна. Исход поединка непредсказуем, но она, азартный зритель, делает ставку на сосну.

«Давай, держись!.. — шепчет, подбадривая своего фаворита. Трактор отползает назад, недовольно урча. Первый раунд закончен. Счет: один — ноль.

В зеркало заднего вида ударяет луч солнца. Переломившись пополам, бьет в глаза. Она загораживается ладонью, наблюдая за трактором, который идет на новый приступ. Она ничего не слышит. Только чувствует, как содрогается почва. Дерево падает, словно теряет сознание. Сквозь стекло ей виден клубок корней, восставших из земли.

Не то чтобы расстроена. Просто не любит проигрывать. Дерево казалось таким стойким. Она заводит мотор.

Выходя из машины, оглядывается на мужиков: те уже суетятся у ствола, обрубают ветки.

«Где же эти, с кадастром?.. Все-таки надо позвонить».

Набирает номер конторской девицы. Та говорит: уже выехали.

— Вы же сказали: сначала позвонят. А если бы я ушла?

— Но вы же дома... — девица отвечает обиженно.

Объяснять бесполезно: как на чужом языке.

«Приедут, и слава богу», — она возвращается к статуэткам.

Берет в руки балерину. Фарфоровая статуэтка хрупкая. Одно неловкое движение, выскользнет и разобьется.

В детстве она ходила в балетный кружок. Недолго, класса до пятого.

Девочка из интеллигентной семьи должна иметь хорошие манеры. Погляди на себя... Ты ужасно сутулишься. Еще немного, и превратишься в верблюда.

— Как Иван Царевич?

Какой Иван Царевич?! — мать вышла из себя.

Что тут непонятного? Иван Царевич превращается в Ясного Сокола. В сказке это просто: надо удариться о землю. У верблюда тяжелая нижняя губа. Как у отца. Между горбами скопилась пыль. Взвешивая статуэтку в руке, она думает: взять и шарахнуть об землю, поглядеть, в кого он превратится.

В Доме культуры было две группы. По возрасту ее записали в старшую. Очень старалась, но так и не догнала. Первое время учительница поправляла, потом перестала замечать. На концертах ставила в последний ряд. Родители сидели на первом.

Пыталась объяснить. Отец сердился: «Надо постараться, не боги горшки обжигали». Мать кивала:

«Человек работает, а потом у него открывается талант».

Именно боги. И богини. Как Наташка Вышеславцева. Никто не удивился, когда Вышеславцеву взяли в Вагановское.

Через три года подвела черту: «У меня не откроется».

Мать поджала губы. Но она все равно услышала, прочла по ее поджатым губам: человек, лишенный таланта, не живет, а прозябает.

Она отставляет в сторону верблюда, раздумывает, будто делает важный выбор: борзую или ту, что похожа на дворняжку? Ее мать предпочла бы борзую.

Полюбуйся: пятьдесят, а талия как у балерины. Надеюсь, ты тоже будешь стройной...
— *Я и так стройная.*
Это теперь, когда тебе двадцать. В этом возрасте худоба ничего не значит. Посмотрим, что с тобою станет, когда...

Когда повисло в воздухе. Мать не договаривала, но она все равно слышала: когда доучишься в своем институте и станешь торговкой.

Блеклые краски, случайные сочетания цветов. Ногтем выковыривает сгусток пыли. Прежде чем предложить антиквару, надо помыть... —

Часа в четыре — как раз разогревал обед, загудела машина. Подгоняемый слабой надеждой, он вышел из времянки: а вдруг все-таки бригадир?

Легковая машина остановилась напротив соседского участка. Из нее вышли два парня. Открыли багажник, вытащили треногу, похожую на штатив.

После обеда поднялся на чердак. Проходя мимо, глянул из любопытства. Парни, про себя он назвал их геологами, все еще возились с треногой. Уехали приблизительно через час. Нарочно засек время.

В четвертой главе команда пыталась устранить какие-то неполадки, неожиданно возникшие в системе охлаждения. Казалось, ничего страшного, но температура неумолимо росла. Не дожидаясь, пока жара переползет критическую отметку, опасную для жизни, астроинженер принял решение: ввел в действие запасную схему. Постояв на достигнутой отметке, температура пошла на спад.

С ходу одолев технические термины — по большей части они встречались и раньше, — он потянулся, похрустывая суставами. «О-ох! — вспомнил: забыл почистить зубы. Перед завтраком, набирая воду, просто ополоснул лицо. — Не забыть перед сном...»

На летучке, начавшейся с опозданием, выступил астробиолог. Он предложил рассмотреть проблему эволюции в другом ракурсе: самое интересное, какие формы приняла жизнь. Иными словами, с каким эволюционным этапом им предстоит иметь дело после приземления. В кратком сообщении докладчик обрисовал общие закономерности, более подробно останавливаясь на переходных формах — судя по контексту — не то животных, не то растений.

Он выделил и отчеркнул названия. Похоже, автор имел в виду нечто среднее — вроде ползающих водорослей, чья жизнедеятельность определяется фотосинтезом, но вместо корней уже образовались усики. С их помощью примитивные водоросли передвигаются, цепляясь за почву. В дискуссию включились члены команды. Сыпали примерами. Обсуждение заняло два с половиной листа.

Капитан взял слово последним:

— Переходные случаи, несомненно, показательны. Своего рода мостики между растениями и животными. С поправкой на местные особенности они встречаются во всех галактиках. Но на планете, к которой мы приближаемся, наличествует уникальная форма. Наши ученые дали ей название: грибы. Их свойства до конца не изучены, однако большинство биологов склоняются к тому, что грибы — самостоятельное царство, существующее наряду с животными и растениями.

Закончив предложение, он пересчитал странички, которые успел сделать за день: меньше половины обычной нормы. Ничего удивительного. Все время что-то отвлекало: то трактор, то вой бензопилы. Хотя пила работала недолго. Мужики приволокли тележку: двуручную, с одним колесом. Погрузили распиленные чурки.

«Нет. Так не годится. Норму надо доделать», — включил настольную лампу.

Уже ни на что не отвлекаясь, работал до темноты.

Завершая предварительный инструктаж, капитан призвал членов команды быть предельно внимательными. Одно дело — фотография, другое — жизнь. Не исключено, что на планете произошли какие-то системные изменения, эволюция сделала неожиданный скачок. Вполне возможно, здешние леса уже кишат диким зверьем.

Ужинать не хотелось. «Все равно... — он сунул ноги в шлепанцы: имел привычку сбрасывать во время работы. — Надо проверить и закрыть...»

Спустился и вышел на веранду. В темноте присел на корточки, нашаривая электрические вилки. Одна зажигала свет на веранде, другая — фонарь над крыльцом. Отец собирался сделать нормальный выключатель, но так и не дошли руки... Воткнул наугад первую попавшуюся: желтым светом облилось крыльцо.

Высоко в небе стояла огромная луна. Неприятного, какого-то насыщенного оттенка. На лунной поверхности проступали красноватые разводы. Ему показалось, он различает контуры глаз и клюва, будто светило, освещающее землю отраженным светом, не довольствовалось своей судьбой, норовя обратиться в сову.

С Марленом они тоже говорили про эволюцию. Кажется, на втором курсе — во всяком случае, Марлен уже ушел из дома, жил в общежитии. Обсуждали Берковского. «Романтизм в Германии». Как выяснилось, эту книгу Марлен прочел еще в школе. Он сказал: «Тебе-то хорошо. Ты из профессорской семьи: книги, домашняя библиотека... А мои родители из крестьян». Марлен усмехнулся: «А мои из кого? Думаешь, из графьев?» — он дышал тяжело: тогда у него уже началась астма, так что больше не гуляли, сидели в закрытом помещении. На морозе Марлен совсем задыхался. «Дед из-под Калуги, прадед вообще из крепостных». — «Дед — другое, все-таки целое лишнее поколение». — «В смысле этап эволюции? — Марлен закашлялся. — Нет, старик, не канает. Мои родители не этап, а переходная форма...»

Впереди, на границе леса, чернел огромный комель — все, что осталось от поверженной сосны. В темноте он казался зверем, изготовившимся к прыжку. «Тоже переходная форма. Между растением и животным... — вдруг вспомнил: — Ягоды. В холодильнике... Как же я?..»

Торопливо вернулся в дом, распахнул бельевой шкаф. Вынул первую попавшуюся тряпку. «Вымыть и рассыпать...»

Расправляя на обеденном столе, тщательно разогнал складки, достал майонезное ведерко.

Смородина заметно осела. Из-под верхнего слоя ягод проступал бордовый сок. «Как же так?.. Сказали: сухая... — оглянулся растерянно, чувствуя обиду на старух. — Сам виноват, надо было сразу...»

Можно сварить. Получится летнее варенье.

«Летнее?..» — Пожал плечами: поди догадайся, что они имеют в виду. Во-первых, конечно, сахар. Поднял крышку, придавленную камнями: килограммовые сахарные пакеты лежали на самом дне. В родительские времена сахар закупали мешками: отец привозил на тележке — двуручной, с одним колесом.

Все-таки надо вымыть. Еще неизвестно, что за бабка. Может, какая-нибудь заразная...

— Интересно — как? — произнес громко, прямо в родительские уши. — Там же сок. Весь вытечет.

Зажег плитку и, выбрав кастрюлю побольше, водрузил на конфорку. Наклонив сахарный пакет, высыпал. Стоял, помешивая деревянной ложкой, пока не запахло горелым. «Что-то не так... Варенье пахнет иначе... А если — наоборот? Сперва ягоды?.. Может, позвонить?.. — представил себе радостную готовность, с которой она примется объяснять, вдаваясь в ненужные подробности. Наверняка предложит приехать. — Справлюсь. Уж как-нибудь...» — зачерпнув ковшиком, плеснул воды.

Сахар, казавшийся каменным, расползался на глазах. Высыпал ягоды: на дне они уже слиплись, пришлось выскребать.

Воздух, собиравшийся на дне кастрюли, поднимался и лопался болотными пузырями. Через час выключил плитку и вышел во двор. Привычно подперев дверь черенком, поглядел в небо. Пройдя очередной урочный отрезок, луна стояла над времянкой, обливая окрестности густым сахарным сиропом. Вдоль забора тянулась сладкая полоса — граница, которую прочертили огромной ложкой.

Он подошел к калитке и представил себе команду пришельцев — как они пойдут через лес. Невольно напрягся, будто и вправду ожидая услышать хруст валежника, но различил какой-то странный звук. Тонкий, словно что-то разбилось. «Может, птица?..» — придерживая пятками стоптанные тапки, пошел к крану, невнимательно почистил зубы.

Хотел почитать на ночь, но сразу заснул... —

———————————

Днем ходила по комнатам, прижав телефон к уху, перечисляла: шкаф, секретер, стиральная машина, полочки, железные кровати, этажерка, ширма. Ширма вроде бы заинтересовала. Велел описать подробнее. Спросил адрес. Потом пожевал губами — ей показалось, она слышит причмокивание. «Вы обедаете?» — спросила раздраженно. «Нет. Думаю. Так вот, дорогая барышня. Всё, что вы перечислили, — не ко мне. Меня это вряд ли заинтересует. Могу, конечно, подъехать, но сами понимаете... Зачем вам тратить лишние деньги. За осмотр я беру...» — назвал сумму. Но главное — тон. Еще немного, и перешел бы на *милочку*. Ответила холодно: «Я тоже подумаю. Перезвоню».

Только потом вспомнила: фарфоровые безделушки. А еще отцовские книги, хотя книги вряд ли... Антиквар — не букинист.

Чувствуя в желудке грибную тяжесть — «Второй день ем, а будто не убавляется», — она выходит во двор. Огромный диск, стоящий над лесом, покрыт

160

красноватыми пятнами. «В Репине такой луны не бывает...» — в памяти всплывает желтоватый ломтик, кусты, растущие вдоль ограды, клумбы, беседка, гостевой домик, в котором живет семейная пара: бывший подполковник с супругой. Наташа готовит, убирает, стирает. Все остальное — они: сад, водопровод, электричество.

Помощники еще не знают. Предполагала закончить к августу, но за свою цену не найти. Агентство советует подождать. Осенью рынок недвижимости оживится. «Если что, прилечу к нотариату...» Сроков агентство не гарантирует: поиски покупателя могут затянуться до весны. На зиму не оставишь без присмотра. Кроме того, психологический фактор: отлично организованное хозяйство, всё — на ходу. Составляя договор, агент спросил про мебель. Глупо разорять интерьеры, выполненные итальянским дизайнером. Ответила: включайте в общую стоимость, возникнет проблема — скинем...

«Хорошо, что доплатила парням. Вроде нормальные ребята. Хотя кто их знает... Обещали подготовить к обеду. Если подготовят, вечером обойти и подписать».

Вчера проверила: соседи на месте, у всех горит свет.

Она переводит взгляд на лампочку, горящую над крыльцом: ужасное напряжение. Пыльный свет, от которого устают глаза.

У себя в Репине этот вопрос решала специально: писала заявление, платила за выделенную фазу. Фонари, расставленные вдоль дорожки, зажигают в ранних сумерках. Она не терпит темноты. Первое время бывший подполковник позволял себе рассуждать: дескать, что ни вечер, все вокруг полыхает — и в доме, и на веранде, так еще и тут, на участке. Обычно она ведет себя корректно, но тут пришлось одернуть: счета за электричество — моя забота. Ваше дело — выполнять.

Она вглядывается в красноватые пятна, покрывшие лунный диск: «Кровь?.. Да какая кровь! — луна, стоящая над лесом, похожа на огромное блюдце, вымазанное вареньем. — Клюквенное? Нет, скорее смородиновое?..» — и все-таки ей не по себе. Здесь она чувствует себя беззащитной, будто это не мирная луна, а месяц-разбойник из старой детской считалки.

Словно обидевшись, лунный диск закатывается за сосну.

«А если просто раздать? Или как в Америке — созвать соседей, назначить символические цены. Развесить объявления...»

**В СВЯЗИ СО СМЕРТЬЮ ВЛАДЕЛЬЦЕВ
И ОТЪЕЗДОМ НАСЛЕДНИКОВ
РАСПРОДАЕТСЯ МЕБЕЛЬ,
ДОМАШНЯЯ УТВАРЬ,
СОВЕТСКИЕ ФАРФОРОВЫЕ СТАТУЭТКИ.
НАШИ ЦЕНЫ ПРИЯТНО УДИВЯТ**

Позвонить прорабу, пусть пришлет бригаду. Она объяснит — что и в каком порядке: «Сначала крупные: столы, стулья, дубовый книжный шкаф, этажерку... Книги, статуэтки, картинки в кривых рамках — на бетонные плиты». Бригадир наверняка удивится: «Может, подогнать мусоровозку?» Она ответит: «Это не мусор, музейные экспонаты».

Трясет головой, словно стряхивает с волос дождевые капли. Никакой бригады не будет: стояли, и пусть стоят. Если соседи проявят интерес, можно пригласить в дом, провести по комнатам. По МУЗЕЮ ВЕЩЕЙ, ОТЖИВШИХ СВОЕ.

Желудок никак не успокаивается. Она стоит, положив пальцы на горло, стараясь вдохнуть побольше воздуха, густого, не лезущего в глотку. «Сейчас... задохнусь... Надо... походить...»

От крыльца к калитке — по дорожке, тонущей во мраке: «Вышел месяц из тумана... вынул ножик из кармана... буду резать, буду бить... все равно тебе водить...»

Фарфоровые животные, облитые лунным светом, как глазурью, выступают сомкнутым строем: будто воинство — из тьмы. Она поднимает глаза. Лунный диск выкатывается из-за кроны, словно выходит из тумана. Не луна-женщина, а месяц-мужчина — с ножом в руке... Нож, похожий на полосу света, разрезает воздух. Она делает глубокий вдох. Воздух, казавшийся густым, тает как сахар, в который налили воду.

Фарфоровое воинство отступает. Теперь это просто фигурки. Жалкие, никому не нужные — ни ей, ни антиквару, которому она больше не позвонит. Пусть промышляет по другим дачам. Как зимний вор.

Верблюд, так и не ставший нормальным писателем, жмется к борзой собаке, которой тоже нечем гордиться, разве что их взаимной любовью, вечной, как ее стройная талия.

Их бунт подавлен. Она сделает так, как считает нужным, не позволит вмешиваться в ее жизнь.

У заднего колеса что-то темнеет. Она идет к машине. Оказывается — чурбак, все, что осталось от поваленной сосны, если не считать вздыбленного комля. Упершись обеими руками, откатывает его к лесу, к темной массе деревьев. Деревья — родственники над свежей могилой — перешептываются, шелестя кронами. Чурбак упирается в камень, выворачивается срезом вверх. «Застрял, больше не сдвинуть». По крайней мере, не ее силами. В лунном свете видны годичные кольца. При желании их легко сосчитать. «Сорок семь — не конец жизни». Она открывает багажник. Внутри вспыхивает лампочка.

— Думаете, не осмелюсь? Думаете, *это* не разбивается?.. — рука нащупывает гаечный ключ. Перехватив в правую руку, она идет к фарфоровым животным: с чего они взяли, что у их дочери не поднимется рука!

Верблюд и борзая собака кривятся, будто взывая к ее совести. Нет, они не произносят ни слова, но это она умеет читать по губам — поджатым, кривым, говорящим фальшивые слова.

— Мечтали, чтобы у дочери открылся талант? Ваша мечта исполнилась. Это вы порхали в своих иллюзиях. А я ударилась о землю, превратилась в талантливую торговку.

Она знает, что они ответят: торговки не имеют талантов. Талантливы те, кто посвятил свою жизнь искусству. Даже если они — не боги, даже если из-под их рук выходят кривые рамки. Или салфетки с запутанным узором... Люди, посвятившие себя искусству, живут в раю. Все остальные — изгнаны. Жаль, что их дочь не воспользовалась шансом, предоставленным ей от рождения. В юности подавала прекрасные надежды. Со своей стороны они сделали всё от них зависящее: отдали ее в балет.

Она думает: «Хоть бы замолчали...»

Хотя, если разобраться, они и так молчат.

В детстве их дочь была хорошей, доброй девочкой: помогала по дому, мыла посуду, собирала окурки, выращивала цветы. То, что она предпочла быть изгнанной, — не их вина. Им остается оплакивать ее судьбу. Но этого они никак не ожидали: не думали, что она вырастет и станет такой злопамятной. Как бы то ни было они на нее любуются: их девочка все еще стройная, как балерина, которой так и не стала. Нет, они ее

164

не винят. Боги на то и боги: не всем даруют талант. Кому-то приходится быть торговками. По-человечески, конечно, им очень, очень жаль. Они помнят прекрасную клумбу, которую она разбила...

Разбить клумбу — русское выражение. Никакой иностранец не поймет. Переспросит: в смысле, разрушить? «Ага, вот именно, — она подтверждает. — Кокнуть. Шандарахнуть».

До чурбака несколько шагов. Она видит капли смолы, проступившие на свежем срезе. Лунная полоса, в которую она вступает, уходит вниз, к ручью. Свет холодит щиколотки.

Ставит на чурбак. Примеривается... Заносит гаечный ключ...

Стоит, прислушиваясь, будто ожидает услышать отголосок: тонкий звук, с которым разбиваются жестокие родительские сердца, полные пустых надежд.

ПТИЦЫ, РЫБЫ, НАСЕКОМЫЕ
(пятница)

Задние борта откинулись. Грузовики заурчали, разгибая затекшие спины. Дрова, песок, гравий соскальзывали бесшумно. Опроставшись от груза, кузова замерли. Покачивались только задние борта. Вдруг понял: не борта, это — железные объявления. Чтобы найти рабочего, надо оторвать... Вцепившись обеими руками, рванул на себя. Железо не поддавалось...

Он пришел в отчаяние и открыл глаза.

Лежал, изгоняя из памяти последние отголоски тягостного сна, прислушиваясь к наступившему утру. Спустил ноги, нашаривая тапки. Мельком взглянул на часы — половина десятого: «Заспался, непростительно заспался». Действуя энергично и собранно, оделся: носки, рубашка, брюки, — предусмотрительно сунул в карман мобильник.

Дверь во времянку была закрыта.

«Ну вот, — кивнул удовлетворенно, словно рачительный хозяин, предпринявший необходимые меры, которые дали закономерный результат. Бросил взгляд на термометр, прибитый к продольной перекладине: — Уже двадцать восемь. Что же будет днем?..»

166

Свет, не по-утреннему прямой и жаркий, золотил верхушки сосен, обливал двор, подбираясь к крыльцу.

«Мох — и тот не выдерживает, — мелкие шерстистые кустики, обложившие валун, пожелтели и высохли. — Все-таки что-то странное в воздухе... Необычное...»

Еще не войдя во времянку, понял: птицы. По утрам обычно чирикают. Видимо, успели попрятаться от жары.

На плитке стояло *летнее варенье*. Заглянул и увидел гладкую поверхность, будто стянутую пленкой. Из кастрюли торчала ложка. Он попытался вынуть. Нити застывшей патоки тянулись, как корешки какого-то странного растения. Повертел в руке, разглядывая налипшую массу: «Ну и что с этим делать?..» — откусил маленький кусочек.

Челюсти мгновенно слиплись. Он напрягся, преодолевая клейкую силу. Во рту хрустнуло, но разжалось. Подставив ладонь, выплюнул багровый сгусток. Язык, метнувшись в глубины рта, обшаривал острые корни — вместо привычного моста. «Как же я?.. Как-нибудь вставить, приклеить... — ногтем пытался соскрести патоку. — Неужели в город? Господи... — сообразил. — Замóк. Закрыть — больше не откроется. А если не закрывать?.. Что может случиться за пару дней?.. Позвонить бригадиру? Сказать, что уезжаю? Потом и вовсе не допросишься...» — чувствуя какое-то сонное отчаяние, будто снова тянул на себя железный борт, обернувшийся объявлением, позавтракал, стараясь жевать осторожно, и поднялся на чердак.

С вареньем получилась ужасная глупость: мало того что придется ехать...

Еще и, небось, сдерет... Уж тысячу — точно!
Тысячу!.. Как бы не полторы...

«Полагаете, стоматолог должен работать бесплатно?» — спросил, заранее зная, что они ответят: *в наше время врачи работали не ради денег...*

«Интересно, а ради чего?» — понимая, что, в сущности, они правы: раньше он и сам...

...а ради любви к своей профессии.

«Ага, — кивнул, чувствуя солоноватый привкус крови. Видно, все-таки оцарапал язык. — Между прочим, мне тоже приходится. На одну любовь не проживешь».

Теперь они должны были сказать: это — твой выбор. Этому мы тебя не учили, — но они молчали. Видно, обиделись.

«С вареньем получилась ужасная глупость».

Глупость, — теперь откликнулась только мать. — Во-первых, ягоды надо выращивать, а не покупать. А во-вторых, мог бы спросить соседку. Хорошая девочка, приходила за цветами...

«Девочка! — он хмыкнул. — Теперь уже не девочка...»

Для нас она всегда девочка. А ты — всегда мальчик.

«Вчера срубили дерево... — пожаловался, будто и вправду, остался мальчиком, которому некому жаловаться, кроме родителей. — Теперь сожгут...»

Мы видели. Жаль, но ничего не поделаешь. Это дерево попадет в ад.

«Дерево?» — он опешил.

Конечно. — Родители подтвердили хором. *— Ад существует для всех.*

«А рай? Интересно, как он выглядит, этот рай для деревьев?»

Ухоженный участок. Такой, каким был наш. Пока ты сам всё не запустил, перестал пропалывать, опры-

скивать, поливать, подсаживать новые кусты на место старых...

«Но это несправедливо... — он прервал перечень садовых работ, по мнению родителей, превращающих обычный клочок земли в райский сад. — Чем виновато несчастное дерево? Росло себе и росло. Мечтало стать кораблем. Или хотя бы домом...»

Про дом он упомянул намеренно. Надеялся, что родители, знающие цену хорошей древесине, поддержат. Пустые надежды: они не слушали, талдычили свое:

В рай попадает то, что выращивают с любовью. Растения, которые мы выращивали, попали в рай...

Он усмехнулся: растения, которые они выращивали, попали в стеклянные банки. Уже на будущее лето эти банки оказывались пустыми...

— Хозяин! — внизу под окнами кто-то кричал.

«Бригадир... — мгновенно забыв о родителях, он ринулся к окну. Там стоял парень, судя по всему, *из черных*. — Неужели бригадир *тоже* из черных?..»

— Я здесь! — крикнул во весь голос.

— Здравствуйте, хозяин. Металл собираем, — парень, стоявший у забора, улыбнулся застенчиво, как улыбаются несвободные люди.

— Какой... металл?..

— Ненужный, — парень говорил с явным акцентом. — Старая ванна. Может, меняли?

— Ванну? — он переспросил изумленно: кому придет в голову менять ванну на даче?

— Ну... Или кровати, металлические... такие... с шариками... Если вам не надо, у нас машина.

— У меня ничего нет.

Парень снова улыбнулся и пошел к ободранному грузовичку. Из кузова торчали остовы разобранных кроватей: спинки, темные металлические сетки.

— Спросите у соседей. Может, у них... — подсказал негромко: парень уже садился в кабину и все равно бы не услышал.

Грузовичок, заставленный остовами кроватей, разворачивался, наезжая на яму задним колесом. Спинки кроватей шатнуло к правому борту. Водитель поддал газу. Колеса вращались, наращивая обороты. Правое заднее, нависшее над ямой, пыталось зацепиться за край. Рывок. Еще рывок... С третьей попытки грузовичок все-таки выбрался и, конвульсивно подрагивая, словно отходя от пережитого страха, двинулся вперед.

Он почему-то ждал, что спинки кроватей шатнет обратно, но кузов казался пустым. Будто кровати, с которыми расстались хозяева, воспользовались случаем и канули в яму — лишь бы спастись от переплавки.

«То одно, то другое... Прямо как сговорились», — поворчал и вернулся к рукописи, лежащей на столе.

Капитан рассматривал фотографию, выведенную на экран главного бортового монитора: озеро — довольно глубокое, очертания дна едва различались, — кипело рыбой. Будто именно здесь она расплодилась и размножилась, по какому-то недоразумению или стечению обстоятельств наполнив собой не море и даже не реку, а стоячую озерную воду, из которой, сколько ни бейся, никуда не выпрыгнешь. Остается только сверкать на солнце, и на мгновение преодолевая границу воды и воздуха, падать обратно, чтобы уйти вниз, на дно. Озеро окружали высокие деревья. На фотографии был представлен вид сверху — вершины, устремленные в небо. В этом ракурсе не различалось ни листьев, ни веток.

Снимок был сделан их предшественниками, оказавшимися на этой планете в незапамятные времена. По какой-то неясной причине — это и некоторые другие обстоятельства Ученый Совет засекретил — команда так и не сумела высадиться, ограничившись фотосессией, а также пробами воды, грунта и растительной массы. Именно в этих пробах обнаружили споры грибов.

Долгое время их хранили в капсулах, не придавая особого значения. Однажды, по недосмотру новичка-лаборанта, в одну из капсул попала вода. В открытой печати появились интересные публикации, но вскоре тему тоже засекретили. Ходили слухи о каких-то особых свойствах.

Капитан смотрел на озеро — круглое, похожее на блюдце. Вдруг, словно промыли глаза, осознал истинную цель экспедиции: встреча с разумным существом — дымовая завеса. Все дело именно в грибах...

Следующие пару абзацев он перевел, не обращаясь к словарю. Вставил в машинку новую страницу, но, взглянув на часы, спохватился: без семи одиннадцать. Телефон, дремавший в брючном кармане, молчал. Благоприятное предзнаменование: если бы бригадир отменил встречу, женщина-диспетчер уже бы позвонила. Как в прошлый раз, когда он проворонил ее звонок.

Выйдя за калитку, он загораживается ладонью от солнца, оглядывает пустую улицу. Одиннадцать ноль три. «Бригадир — не поезд... Мало ли, срочные дела...» — глаза натыкаются на чурбак, лежащий на краю леса: все, что осталось от сосны. На свежем срезе проступают капли смолы. Рядом валяются осколки. Наверняка соседские дети — принесли из дома, разумеется, тайком.

Он садится на корточки, шарит в траве. Под руку попадается осколок балетной пачки. Повертев его

171

в руке, поднимает отбитую головку, фрагмент безрукого туловища, кусочек правой ноги. «Надо убрать, не все, хотя бы самые крупные. Вдруг кто-нибудь босиком...» — подойдя к яме, оставшейся от погибшего дерева, которое уже не принесет никакого плода — из семени, по роду его, оглядывается: будто кто-то следит за ним, затаившись в лесу. Это могут быть только дети, разбившие фарфоровую балеринку. Конечно, не признаются, в крайнем случае скажут: мы поиграли и оставили в траве. Потом, когда стемнело, искали, но не нашли. Родители: раз так, давайте поищем вместе, где вы вчера играли? Там, — дети махнут руками как крыльями. — На краю леса, где срубили дерево, которое не попадет в рай. Родители приходят, шарят — никаких следов. Дети подсказывают: загляните в яму. Родители подходят поближе: так и есть. На дне, среди оборванных корней, что-то поблескивает. Дети хлопают в ладоши: ну, что мы говорили?! Это — не мы, не мы!

Кажется, он уже слышит грозные голоса. Голоса чужих родителей вопрошают: «Если не вы, то кто?» — «Как кто?! — дети поют ангельскими голосами. — Чужой дядька. Утром мы спрятались в лесу и всё видели: разбил, а потом собрал и кинул в яму». Родительский гнев сменяется недоумением: «Зачем?» — «Как — зачем?! Чтобы вы *подумали на нас*».

В глазах чужих родителей их дети всегда правы: кто, как не дети, наследует то, что остается после их смерти? Вырастут и будут беречь. Стирать пыль с фарфоровых статуэток, которые есть в каждом доме.

Он стоит на краю ямы, не решаясь бросить в нее осколки.

Там, где буксовало колесо, край немного обвалился. Под тонким слоем дерна желтеет песок. Ничего удивительного: эту землю никто не удобрял, не вскапывал, не рыхлил. Какой смысл заботиться о соснах, которым никогда не стать кораблями? В лучшем случае пойдут на дома, времянки или сараи. А то и просто на дрова.

Теперь он уже жалеет, что связался с этими осколками. Надо было оставить как есть. В конце концов, балеринку разбили не на его участке. Что он ответит, если родители детей скажут: вы взрослый человек, а они — дети. Вы могли их остановить.

«Разве я могу уследить за тем, что делается за моей оградой?.. — носком стоптанного ботинка закидывает осколки песком, вытирает подошвы о траву. — Если придут и потребуют, отдам свою». Балеринка стоит на шкафу в родительской комнате, там, где они спали. Родительское ложе осталось нетронутым — всё как было при них: высокие подушки, пестрое покрывало. В эту комнату он не любит заходить. Только по самой крайней надобности. Но здесь не надо искать подавленных детских страхов, связанных с интимной жизнью родителей. Его родители — бесполые существа. Никогда не мог себе представить их любовных объятий. Вдвоем они только работали — строили, корчевали, вскапывали землю, таскали воду, прилаживали самодельные полки. «Да, да... Выше, выше... Еще, еще...» — сколько раз он слышал взволнованный материнский голос. На мгновение ее бесполое тело превращалось в отвес. Разрешающая способность глазомера — плюс-минус миллиметр. Апофеоз — намертво прибитая полка, на которую можно поставить деревянную матрешку или фарфоровую балеринку...

«Половина двенадцатого...» — он смотрит на солнце, в который раз обманувшее его ожидания. Больше никаких сомнений: бригадир не придет.

В дырочки сандалей забился песок. Надо снять и вытрясти. Но он стоит, ссутулившись: на плечах лежит поражение, тяжкое, как душевная тоска. «Какое мне дело до этой двери... До замка, который больше не закрывается, — дойдя до крыльца, садится на ступеньку, развязывает шнурок. — Думали: раз я их сын, должен перенять. Затвердить все эти народные пословицы. *Глаза боятся — руки делают. Делай хорошо — плохо само получится.* Максимы, продиктованные их жизнью. Русские мантры, которые они повторяли...» — снимает ботинок, стучит об угол ступеньки. Песчинки не желают вытряхиваться. Он стучит сильнее, прислушиваясь к глухому звуку.

Надевает ботинок. Притопывает, набираясь решимости. «Всё. Больше звонить не буду, не придет — значит не придет... — под толстым слоем поражения посверкивают осколки свободы. Направляясь к времянке, он думает о смелых детях, разбивающих родительские статуэтки. — Разбили — и молодцы. Я тоже...»

На подоконнике лежат хвостики объявлений. Он собирает и мнет в горсти, бросает в миску с грязной посудой, которая осталась с вечера: само по себе это — уже бунт. Во всяком случае, акт неповиновения. На даче бумагу полагается жечь или бросать в яму.

Надо вымыть посуду. Иначе разведутся мухи...

Не разберешь, отец или мать. Пожалуй, мать. Посуда — ее участок ответственности. Оглядев потолок, зашитый гипсокартоном, отвечает решительно и смело: «Какие мухи? Нет никаких мух!»

А там, за занавеской?

Он прислушивается: действительно, за занавеской кто-то жужжит. Словно в насмешку над его решимостью. Он приподнимает осторожно, двумя пальцами.

На стекле бьется шмель. Толстое тельце отчаянно машет крылышками, всё выше и выше — и вниз! — по скользкой стеклянной глади. На подоконнике, поджав иссохшие лапки, валяются трупики его братьев и сестер. Ни один не вырвался на свободу. Черно-желтое брюшко заходится в конвульсиях. По отношению к этому узнику он чувствует себя если не богом, то уж, во всяком случае, духом времянки. Всесильным существом. «Или... бригадиром. Который может помочь, но не помог. Мне никто не помог...» — подумал и устыдился своей мстительности.

Перейдя какой-то предел отчаяния, жужжание опускалось в нижний регистр.

Он снял с крючка полотенце: чего доброго еще вопьется в руку, — скомкал и накрыл комком. Шмелиная душонка, отчаявшаяся обрести спасение, скорчилась и затихла.

Встав в пролет распахнутой двери, взмахнул полотенцем — как фокусник платком. Черно-желтое тельце, выпавшее из тряпичных складок, метнулось в сторону.

«Ну вот... Никакая не муха...»

Мухи отвратительны. Муху он не стал бы спасать.

— Эй! Хозяева! Есть кто живой?!

Прежде чем выбежать из времянки, он бросает полотенце на гвоздь. В голове жужжат мысли: «Справедливость... Есть справедливость... Я спас — вот и...» — нет времени, чтобы выразить яснее, но общий смысл понятен: в мире, построенном справедливо и правильно, каждый может стать всесильным существом. Пусть на мгновение и, конечно, на своем уровне. Он — для несчастного насекомого, которое отчаялось выбраться из ловушки. Бригадир — для него...

За забором стоит парень, невысокий и жилистый.

— Я... это... короче... Вот, пришел. Чё там у вас?

175

Отвислые джинсы. Красная футболка. На футболке белые буквы:

НЕ ПОМНЮ
ЗНАЧИТ НЕ БЫЛО

— Здравствуйте... — Он вчитывается, но не понимает смысла. Слепой надписи не хватает знаков препинания — точек или запятых, превращающих слова в осмысленную русскую фразу. — Вы... бригадир?

— Это... Меня, короче, послали... Так чё там у вас?

— Замок. Ригельный... Один штырь не закрывается.

— Ригельный — плохо, — посланец бригадира свел белесоватые брови.

— Я знаю, — он кивнул торопливо. — *Запереть на один штырь — больше не откроется.*

— Ага, — посланец кивнул солидно и произнес правильный отзыв: — *Потом только ломать.* — Будто родной брат, отпрыск общих родителей, которые передали свой жизненный опыт обоим сыновьям. — Жарко, а? — и, не дождавшись ответа, словно главное сказано и ответ, каким бы он ни был, уже не имеет значения, оглядел притихший участок. — Ну, где?

— Там, — он распахнул калитку.

Парень вошел и двинулся налево, решительно, будто от века проживал на этом участке. Окинул времянку хозяйским глазом:

— Красили-то когда, давно?

— Красили?

— Ну, это... Времянку, дом. Сарай вон еще... А то давайте. И возьмем недорого. Если чохом, в два слоя, ну... выборочно пройтись харчоткой, проолифить, то да сё... — бесцветные брови снова сошлись на переносице. — Короче, пятьдесят. И учтите: другие запросят больше. Тут, короче, те еще рвачи.

— Я... — он отвел глаза, потому что мало что понял. Будто парень изъяснялся на другом языке, родственном русскому, но непонятном дословно. — Конечно. Потом. Я подумаю. Мне надо...

— Ага, — парень оглядел скамейку, обитую куском линолеума, крапивные будылья, буйно разросшиеся на бывшей клумбе, и покачал головой. Ему показалось: осуждающе, как если бы пришел не по вызову, а с инспекцией. — Думайте. Только недолго. Вон, везде шелушится. Оставите на зиму — сгниет.

— Мне кажется, вы преувеличиваете, — окинув взглядом щуплую фигурку, он попытался отшутиться.

Не принимая шутливого тона, парень скорчил укоризненную мину, как человек, умудренный практическим опытом. Подергал запавший штырь.

Он почувствовал неловкость: брат — не брат, но этот парень говорит разумные вещи. Рассуждает как рачительный хозяин. Родители, будь они живы, наверняка бы с ним согласились: в последний раз и дом, и дворовые постройки красили лет двадцать назад. Хотя какое... Больше, больше! Он вздохнул:

— Да я и сам понимаю. Покрашу. Обязательно. На будущий год...

— Хозяин — барин... — парень откликнулся неодобрительно, всем своим видом давая понять, что не очень-то верит обещанию. — Только глядите. А то тут разные ходят. Особенно эти, хачики. Пользуются, что народ цен не знает. Да и делают — тяп-ляп. На другой год краска слазит, а их уже и нету, тю-тю... — растопырил пальцы и повертел в воздухе, будто и сам изумлялся ловкости иноверцев, из года в год обманывающих доверчивый русский люд. — Короче, масло есть?

— Масло... какое масло?..

— Ну, не сливочное, — парень улыбнулся широкой улыбкой свободного человека. — Это... машинное?

— Нет... Не знаю, может быть там, в сарае... Но вообще-то...

— А эта, — парень мотнул головой в сторону машины. — Ваша или чья?

— Нет-нет, не моя.

— Ага. Соседей, значит... Ну чё, за спрос денег не берут, — подмигнул и направился к калитке.

Он, было, пошёл следом, но остановился, так и не выйдя за калитку. Смотрел, как парень, явившийся на помощь, идёт к машине, поигрывая всеми суставами. Со спины походка казалась развязной и вертлявой, мало того, что-то напоминала: он не успел сообразить. Смотрел на футболку. Там были изображены серп и молот, а ниже белели слова, которые он прочёл, но тоже не понял смысла:

КОСИ И ЗАБИВАЙ

— Хозяева! Есть кто живой! — парень остановился у соседской калитки.

Так и не решившись пересечь границу своих владений, он двинулся вдоль забора. Дойдя до угла, укрылся за кустом шиповника, разросшегося на самой меже. Колючие ветки, обметанные завялыми цветами, тянулись в сторону соседей. С его стороны веток заметно меньше, словно их обрубили. Отсюда виднелся кусочек соседского двора, заросшего буйной травой. Он услышал хруст оконной створки.

— Машинного масла, капельку... — голос парня звучал ясно.

Женский голос ответил неразборчиво.

Парень заговорил опять, но уже тихо, вполголоса. Что-то объяснял, передёргиваясь, как собака, которая вышла из воды и сбрасывает с себя последние капли. Он хотел подобраться поближе, но парень уже шел обратно:

— Ишь... Строгая дамочка. А чего ей... Видать, обеспеченная... — улыбнулся, на этот раз кривовато. — Кстати, могли бы занять. По-соседски. Для нее полтинник — тьфу, плюнуть и растереть.

«Обеспеченная. Занять?..»

Хотел ответить, объяснить, но посланец уже нахмурил брови, будто силился вспомнить истинную цель своего обращения к владелице дорогой машины:

— А... — махнул рукой. — Сказала: нету...

— Но можно же как-то... Не знаю. Есть же инструменты... — он поднял с земли отвертку, которой тщетно пытался отвернуть винты.

Парень глянул мельком:

— Прямая. А нужна крестовая. Где я ее возьму?! — возмущенно, даже с каким-то надрывом, словно идея, высказанная клиентом, оскорбила его в самых лучших чувствах.

— Но вы... — недоумевая: чем он мог его обидеть? — он забормотал, пытаясь сгладить недоразумение. — Я же сделал заявку, все объяснил. Сказал — сломан замок. Девушка-диспетчер должна была записать... Вы же пришли...

— Пришел, — парень сощурился. — Я чё, дух святой? Надо осмотреть, узнать: какой замок? Почему сломан?

— Но обычно... — уверенность парня сбивала с мысли. — Слесари ходят с чемоданчиками... Я помню, ко мне приходил. Там инструменты. Носят с собой...

Ему показалось, на этот раз объяснил толково и правильно.

— Здесь? — парень обвел рукой ближайшие окрестности.

— Нет, — он признался честно. — В городе.

— Ага! — посланец бригадира передернул туловищем и вскинул брови. — То-то и оно!

— Но почему?.. — он переспросил жалко, уже понимая: этот парень все равно окажется прав.

— А потому. Я без машины. Всё на себе — не натаскаешься.

Снова с обиженной интонацией, от которой — как бы глупо ни звучало — ныло сердце и рождалось чувство вины.

— Короче: так. Нужно́ машинное масло. Материалы — не моя забота. Клиент должен купить. Хотя в отдельных случаях... Бывает, просят. Дают деньги. Тогда мы идем и покупаем... Приносим чек. — Во множественном числе, будто не единственный посланец одного бригадира, а полномочный представитель целого сонма таких же, как он, посланцев, предлагающих свои услуги. Теперь он смотрел выжидающе, словно ожидал ответа, от которого зависят его дальнейшие действия.

«Деньги?.. А если?..»

Парень усмехнулся, будто прочел его мысли:

— Боитесь, что сбегу?.. Думаете, раз все воруют... Ладно, — пожал плечами и двинулся к калитке.

— Постойте! — он окликнул, уже устыдившись своих подозрений: нельзя подозревать всех и каждого. К тому же кто его знает, где покупают это масло? Хорошо, если в строительном. А если нет? Ехать в Сосново — считай, полдня потеряно. — Я бы хотел, да, чтобы вы купили. Сколько я?..

— Триста, — парень, умевший вилять задом как трактор, ответил коротко и солидно.

— Я — там. У меня... — быстрым шагом направился к крыльцу, взошел по ступеням, поджимая пальцы, забыв, что на ногах ботинки, а не тапки, которые имеют обыкновение соскальзывать — в самый неподходящий момент. Торопясь, словно парень, которого он неправедно заподозрил, может обидеться и исчезнуть, обшаривал карманы. В кошельке лежало две сотни: потратился в магазине.

— Сейчас! Еще минуту! — крикнул в распахнутую дверь, надеясь, что парень его услышит.

Пакетик с *основными деньгами* прятал в родительском шкафу. Он сунул руку поглубже, развернул и взял еще одну сотню. На верхней крышке стояла фарфоровая балеринка: целая и невредимая. На личике часового, караулящего его наличность, играла безмятежная улыбка.

Парень дожидался у крыльца.

— Ну чё, надумали? — небрежно сунув бумажки в задний карман штанов, он прищуривался.

— Простите?.. — переспросил, не понимая вопроса.

— Красить-то будем или как?

— Но я же... — ему казалось, он объяснил предельно ясно: раньше будущего года о покраске не может быть и речи, но, взглянув в глаза своему собеседнику, почувствовал смутную тревогу. Теперь, когда парень взял деньги, *так* говорить нельзя. Надо действовать хитрее, сделать вид, что не отказывает окончательно. Если заинтересовать выгодным заказом, посланец бригадира обязательно вернется.

— Да-да, но не сейчас, — радуясь, что спохватился вовремя, повел себя хитро́ и дальновидно, добавил: — Когда-нибудь... в августе...

— Так август-то, — парень обвел взглядом тощие березки, тронутые желтизной, словно призвал их в свидетели. — Через четыре дня.

— Разве? — он тоже оглядел березки.

— Дак а сами считайте... Сегодня какое? Ну вот... Двадцать седьмое, двадцать восьмое, двадцать девятое, — монотонно пересчитывая дни, парень загибал пальцы.

Он поймал себя на странной мысли: надо же, умеет считать. «Сущая нелепица: у нас всеобщее образование. Школа. Восемь классов — как минимум. А может, техникум или ПТУ».

— Первое, — дойдя до безымянного пальца, парень закончил подсчет.

— Но в июле... — он возразил. — Тридцать один день.

— Ну дак и чё? — парень смотрел недоуменно. — Разница-то? Июль, август... Все одно красить...

— Да, — он кивнул обреченно и вдруг вспомнил: — Дело в том, что мне надо в город. На несколько дней. К дантисту, — доказывая правдивость своих слов, приподнял верхнюю губу, словно собрался предъявить голые корни.

— К зубнику, что ли?.. — парень насупился, но потом снова расцвел: — Дак потом-то все равно приедете. На той неделе. Как раз у меня простой...

В последней фразе звякнула обида, будто парень, явившийся по вызову, намекал, что оказался в простое именно по его милости.

— Я понимаю. Но у меня *тоже* обстоятельства, — ответил солидно и веско. — И потом: вы оцениваете свою работу в пятьдесят тысяч. Здесь у меня нет таких денег. Возможно, вам стоит поговорить с кем-нибудь... Может быть... с соседями...

— С этой, что ли? — парень мотнул подбородком в сторону машины. — Короче. Ваш номер — в телефоне. Буду звонить.

— Подождите, — он спохватился. — А как же? Я должен знать, когда... Как-то приготовиться, спланировать свое время...

Парень поглядел в небо, будто его ближайшие планы зависели от движения солнца и других космических объектов, естественных и искусственных, в это время суток не различимых с Земли.

— Сегодня у нас?.. Ага, пятница. Завтра суббота. Ну дак... Утром. Не, к обеду... Хотя в обед у меня еще один. Этот, как его... Клиент. Короче, в субботу вечером. Так и планируйте, — посланец бригадира смотрел весело, словно его развеселила сама мысль о том, что клиент собирается что-то там планировать.

Вздохнув, он решил не спорить, принять как неизбежное. В субботу так в субботу. Это не имеет значения — один лишний день.

Мужественно шевеля лопатками, парень скрылся за калиткой. Он взглянул на часы: «Половина второго. Нет, точно не вернется. И концов не найдешь. Жара... ужасная жара... — отер лоб, покрывшийся капельками пота, — ...вот и лезет в голову... Надо прогуляться», — спускаясь с чердака, отгонял от себя неприятные мысли, связанные с шустрым парнем.

Выйдя за калитку, свернул направо — к ручью. Из травы, образующей подлесок, поднимались тощие стволики хвощей, зеленели, несмотря на засушливое лето. То здесь, то там стояли разлапистые папоротники. Тупиковые ветви эволюции отлично приспособились к новым условиям существования.

За ручьем начиналось чужое садоводство. По обоим берегам лежала ничейная земля. Даже в самое жаркое лето она оставалась заболоченной: вековые ели, закрывающие солнце, отбрасывали густую тень. Между сплетшимися корнями лежали гниловатые доски — самодельная гать. Под досками хлюпала вода. Стараясь не ступать на мокрое, он добрался до мостика, перекинутого через ручей. Нынешним летом ручей заметно обмелел. Над водой, слегка подрагивая прозрачными крылышками, висела стрекоза, бывшая владычица мира. «Все приспосабливаются...» — стоял, ощущая вялое оцепенение. Будто голову обернули чем-то влажным и теплым. Или — если перевести на язык птиц, сидящих в клетках, — набросили темный платок.

От елей, стоящих на страже, исходила жаркая липкая волна. «Болотные испарения... Только этого не хватало — хлопнуться в обморок...»

Вверх по склону он шел, задыхаясь. Старался идти по доскам, но пару раз все-таки оступился — вляпался в грязь.

Добравшись наконец до времянки, осторожно зачерпнул воды, боясь спугнуть осевшие былинки, напился прямо из ковшика, все еще чувствуя слабость. Прежде чем скрыться в доме, поглядел на небо: сероватое, будто затянутое дымкой. Дымка, похожая на марево, задерживала солнечные лучи.

Прилег на кровать — как был, в рубашке и брюках. «Ничего, — подбодрил себя. — Полежу — пройдет».

Под веками плыли тонкие стволы. Он различил хвощи и папоротники, в наши дни образующие подлесок. По травинке ползло насекомое. Судя по узору на спинке, обыкновенная божья коровка. Насекомое передернуло ножками. Вдоль красной спинки обозначилась трещина, раскрывшаяся крепкими крылышками. Он ожидал, что божья коровка улетит на небо к своим вечным деткам, кушающим котлетки, но она выпросталась из панциря, будто скинула с себя платье насекомого, и обернулась человечком, стоящим на четвереньках. Человечек, в котором он узнал ловкого парня — посланца бригадира, поиграл спинными мускулами и поднялся с колен. Развернулся и направился в сторону Соснова — видимо, в магазин, где продают машинное масло. Шел, передергивая голым торсом, с каждым шагом становясь всё выше и выше. Одновременно с ним росли членистые стволы: поднимаясь из подлеска, папоротники покрывались корой, поджаристой, как хлебная корка. В какой-то момент их вершины проткнули небо.

Он обмер: слава богу, здесь нет капитана! Глядя на это чудесное превращение, капитан может решить, что здесь, на Земле, люди произошли от насекомых. «Нет-нет, это не так, — он пытался собрать непослушные мысли. — Эволюция... Вперед и только вперед, всегда в одном направлении... Все остальное — тупиковые ветви...»

Посланец бригадира обернулся и зашевелил огромными губами:

Ну и чё? Ишь ты! Тупико-овые... Это если — туда. А если обратно, — существо, чьим эволюционным предком оказалось летающее насекомое, махнуло рукой в сторону Соснова. — *У тупиковых свое преимущество. Этим, которые вырвались вперед, придется догонять...* —

———————

Будильник завела на восемь, но проснулась ни свет ни заря. Уже ничему не удивляясь, обежала глазами этажерку, ширму, абажур, лохматые кисточки, украшающие скатерть. Скользнула по выцветшим репродукциям, задержавшись на той, которую и любила, и боялась в детстве.

Оделась, сварила кофе. С чашкой в руке вышла на крыльцо. Мадрид, Вена, Париж, Мюнхен — во всех музеях, где довелось побывать, искала этих маленьких человечков. Узнавала с первого взгляда. Грешники, слепые, нищие. Разные, но всегда одинаковые. Конечно, в музеях висели подлинники. Почему ей всегда казалось, будто подлинники — там, в России?..

Ровно в девять позвонила заместителю. Такое впечатление, что разбудила. Потом съездила в контору, получила готовые документы. Вместо розового бланка девица выписала дубликат. На обратном пути чуть не пропорола колесо: у магазина на горке какие-то уроды набросали железок. Жигуленку, загоравшему на обочине, не повезло — водитель возился с домкратом.

«Остались подписи соседей. Пятница, вечером все приедут», — объезжает яму, оставшуюся от дерева: не дай бог угодить колесом.

Над чурбаком, неуловимо подрагивая крылышками, висит голубоватая стрекоза. Проходя мимо, вдруг замечает: осколки исчезли. «Кто-то убрал? — неприятно, будто кто-то ходит, следит, вынюхивает. — Наверняка дети», — прислушивается, словно надеясь расслышать детские крики. Перед глазами что-то подрагивает — быстрое, как стрекозиные крылья. Она моргает, сбивая неприятное мелькание.

Душно. До вечера далеко. «Была бы косилка... — она оглядывается с сомнением: такую траву косилкой не выкосишь. Нужен триммер. Приминая ажурные листья папоротника, спускается к ручью. — Засуха, а папоротнику хоть бы хны...»

На этом месте ручей делает петлю, огибая плоский камень. По дну ходят косые тени. Раньше в ручье водились миноги — что-то среднее между червяком и рыбой. Отец ловил и мариновал. Так и не попробовала — не смогла себя заставить.

Хочется ополоснуть лицо, но она садится, подтягивает к груди колени — как сестрица Аленушка, которой некуда идти. *Братец мой, братец, бедный мой Иванушка, зачем ты меня не послушался, напился водицы из козьего копытца...* Соседский дом, стоящий на взгорке, косится подслеповатыми окошками, будто слушает сказку. Много лет назад там жил мальчик, с которым заблудилась в лесу. «Интересно, во что он

превратился?..» Камень горячий, к тому же припека-
ет голову. Еще немного, и мозги окончательно распла-
вятся. Надо уйти, скрыться, но она сидит, бормочет
слова, застрявшие в памяти: *Тяжел камень на дно тянет, шелкова трава ноги спутала, желты пески на
груди легли...*

С трудом, будто сбросив песок и разорвав путы,
встает. Делает шаг.

— Черт!

Неужели подвернула? Вот это уж точно не ко времени. Такое уже было, в прошлом году: боль, опухшая
щиколотка. Шагу не ступишь, не то что управлять машиной. Она трясет ногой: больновато, но вроде ничего страшного. Стараясь не хромать, взбирается по
склону. Открывает кран. Пьет, нагнувшись к теплова-
той струйке, не утоляющей жажду. Проходя мимо
фарфоровых статуэток, задерживает взгляд на вер-
блюде, корабле пустыни. В Репине, в холодильнике,
стоят прозрачные бутылочки. Ледяная вода — мираж,
плод воображения, измученного жарой. Надо отвлечься, переключиться на что-то другое. «Может, действительно почитать?..»

Войдя в дом, оглядывает стеллаж: от обложек веет
советской скукой. Жаль, что не прихватила с собой но-
утбук. Скачать можно и в телефон, но с маленького
экрана читать — мучение. Самое лучшее — живая книга, она привыкла по старинке.

В памяти всплывает пуховый платок. Однажды
шла мимо районной библиотеки. Подумала: Гоголь Го-
голем, но должны же быть и современные, другие,
не *коллеги по писательскому цеху*. «Когда ж это было? В девяностых? Или раньше?..» — мысленно перебирает картинки времени, будто просматривает старую хронику. У нее свои ориентиры: сумки. Своего
рода традиция: раз в году, перед новогодними празд-

никами, обязательно покупает новую сумку. Ее заместитель сказал бы: типа подарок от Деда Мороза. Первую приличную — FURLA — купила в девяносто четвертом. Потом еще долго хранила верность этой фирме — до конца девяностых, когда перешла на GUCCI. Вспомнила: когда ходила в библиотеку, у нее была еще старая, из кожзама — значит, конец восьмидесятых.

Приходила, брала штук по пять. Больше в одни руки не выдавали. Библиотекарша — как-то так получалось, что всегда попадала на ее смену, — смотрела настороженно, словно чуяла в ней чужую. У библиотекарей наметанный взгляд.

К весне поняла: пустое.

— Я хочу закрыть формуляр.

Библиотекарша сидела за стойкой, кутаясь в пуховый платок:

— Вам помочь? Что бы вы хотели? На какую тему? У нас не очень обширные фонды, но есть и новинки...

Неожиданно для себя ответила: про отцов и детей.

— Тургенева? — Библиотекарша удивилась: классику берут школьники или студенты гуманитарных вузов.

Покачала головой: нет, мне что-нибудь...

Библиотекарша задумалась, потом предложила: попробуйте Бёлля, «Глазами клоуна». Отмечая в формуляре, подняла глаза:

— У вас редкая фамилия. Был такой писатель, подавал большие надежды. Потом куда-то исчез.

Ответила твердо:

— Мой отец — инженер. У нас в роду одни инженеры и торговцы. Я тоже *торговка*.

— Ой, извините, — библиотекарша заторопилась. Видимо, напугалась слова. Отдавая книгу, зачем-то сказала: — Конечно, там всё другое: Германия, послевоенное время. Сын обвиняет родителей — в свое время они поддержали нацистов.

Когда прочла, подумала: не такое уж другое.

Купила коробку конфет. Хотела поблагодарить. Пришла, а там молоденькая. Босоножки на каблучках, открытое платьице. Модное, по сезону: никаких оренбургских платков.

— А где?.. — вдруг сообразила: не знает ни имени, ни отчества.

Но та поняла:

— Марья Дмитриевна?.. Уже месяц как. Сердечный приступ. Прямо здесь, на работе.

Отдала конфеты девице. Та обрадовалась:

— Ой, спасибо! Что будете брать?

Ответила: ничего.

Отвлекаясь от воспоминаний, она берет книгу, оставленную на диване: *плод темных ночей и светлых дней.* «Ну и что я тут вычитаю?..» Тоскливо оглядывает комнату. Пустую. Если не считать главного героя триптиха: чучело в шляпе, помесь яйца с человеком.

Правая щиколотка немного опухла. Надо лечь и задрать повыше.

Стараясь устроиться удобнее, ворочается, приноравливаясь к матрасу, продавленному родительскими телами. Подпихивает под ногу подушку. У старых художников были свои секреты: непонятно, кто на кого смотрит. Вот и сейчас — такое впечатление, будто чучело в шляпе смотрит ей в глаза. «Человек-дерево», — так его назвал дядечка в смешной куртке.

Около музея крутились гиды с табличками, предлагали свои услуги. Конец ноября — мертвый сезон. Сперва обратила внимание на куртку: длинная, похожа на старинную. Объяснила: меня интересует только одна картина. «О! — он рассыпался в комплиментах. —

189

У госпожи безупречный вкус. Госпожа разбирается в живописи».

По-русски говорил правильно, только немного странно. Такое впечатление, будто из бывших. Пока шли, рассказывал историю музея. Она почти не слушала.

У триптиха стояла японская группа: детские фигурки в одинаковых синих курточках. «Это недолго. Мы — следующие». Кивнула, не сводя глаз: лицо, повернутое вполоборота, бледное — под цвет яичной скорлупы. Думала: «Не может быть... Неужели сейчас?.. Увижу и пойму», — вдруг бросило в жар, хотя в залах было прохладно.

Гид рассказывал о сотворении мира: «Обратите внимание на левую створку... Художник изобразил Адама и Еву. Адам смотрит изумленно...» Японцы двинулись дальше: дисциплинированно, парами — ни дать ни взять юные пионеры. В зал входила другая группа: рослые, похожие на скандинавов. Скандинавская группа остановилась поодаль, немного в стороне. Их гид смотрел в ее сторону. Она испугалась: сейчас погонит, скажет, у меня плановая группа. Дядечка в старинной куртке рассказывал о земных наслаждениях. Перебила: «Да-да, спасибо. Скажите, это *кто*?»

«Называют по-разному. Я предпочитаю Человек-дерево. Яйцеобразный корпус опирается на стволы деревьев. Обратите внимание на отпавшую часть скорлупы. Внутри вы видите обычную бытовую сценку: люди, сидящие за столом...» — дядечка рассказывал неторопливо и размеренно, не обращая внимания на скандинавов, ожидающих своей очереди. «А это?» — она указала на широкополую шляпу, увенчанную музыкальным инструментом, похожим на волынку: по широким полям шли маленькие фигурки — одни одетые, другие голые.

Ее провожатый вытер лоб, будто ему тоже стало жарко: «Фигуры, одетые в костюмы времени, принято называть демонами. Голые фигурки — их жертвы».

«По-русски говорят: в костюмы *того* времени», — поправила, но тут же спохватилась: неловко, старик может обидеться. Надо извиниться, в конце концов, какая разница.

Но он, если и обиделся, не подал виду. «Обратите внимание на выражение лица. Художник нашел его не сразу. Если госпожа бывала в Вене... На венском эскизе Человек-дерево улыбается. Также обращаю внимание госпожи на сполохи огня — на заднем плане. Может показаться, что художник изобразил пожар, горящие дома. Ничуть не бывало!» — он погрозил пальцем.

Гид, сопровождающий скандинавов, что-то пробурчал по-испански. Старик обернулся. Под его взглядом чужой гид как-то смешался и затих.

«Не пожар? А что?» — спросила и почувствовала себя маленькой, будто рядом с ней не старик в старомодной куртке...

«Конец света. Или, если госпоже угодно, канун Страшного суда. Принято считать, — он говорил мерным голосом экскурсовода, — что в это время случится космическая катастрофа: солнце и луна померкнут, звезды упадут с неба, само небо свернется в свиток. Этого мнения придерживаются некоторые авторы, с которыми трудно не считаться. В частности, апостол Матфей. Похожие картины являлись и автору Апокалипсиса, впрочем, и раньше, в "Книге Даниила"...»

В правом нижнем углу на стуле, поставленном над открытым люком, сидело странное существо. Головой оно походило на птицу, туловищем — на лягушку. Из клюва торчало тельце маленького человечка: придерживая одной лапкой, птица-лягушка запихивала его в глотку. «Оно... его глотает?»

«Нет-нет, — старик понизил голос, будто боялся, что его услышат другие экскурсанты, с которых ему не получить положенной мзды. — Наоборот. Выплевывает. На Страшный суд следует являться в теле. Надеюсь, госпожа помнит Ефрема Сирина, который свидетельствует: земля и море, звери, птицы и рыбы отдадут назад то, что поглощено и переварено. Ученые называют это круговоротом веществ в природе».

«Да, я понимаю. А что потом?»

«Потом... — будто собираясь подхватить ее под локоть, старик протянул руку. Почтительный жест замер на полдороге. — Потом раскроются книги, содержащие свидетельства обо всем содеянном и выстраданном людьми. Если у госпожи больше нет вопросов...»

«Есть, — она смотрела на бледные тела: их выплюнули бессловесные твари. — Этот художник... Он жил в Средние века?»

«Ну-у, — старый гид замялся. — Некоторые судят формально, говорят: в Италии уже Высокое Возрождение. Но здесь, на севере, гуманизм еще продирался сквозь вечные запреты. Отсюда и жестокость, и несвобода. Можно сказать, средневековые...»

Когда расплачивалась, дала больше, чем договаривались.

Старик протянул карточку: «Если госпоже понадобятся мои услуги, буду счастлив. Приятно иметь дело с человеком, который разбирается в живописи... А вы? Как бы *его* назвали?»

Сделала вид, что не поняла: «Всего вам доброго, желаю много туристов». Успела отойти на порядочное расстояние.

«Госпожа, госпожа!» — смешной старик бежал за ней, прихрамывая на левую ногу. Раньше, пока ходили по музею, не заметила его хромоты. Заставила себя остановиться: старый человек, к тому же калека.

«Если госпожа и вправду приедет, — старик улыбался, перемогая одышку, — я устрою замечательную экскурсию, госпожа не пожалеет. Инквизиция. О! — он замахал руками, опережая возможные возражения. — Госпожа не представляет себе, до какой степени это увлекательная тема. В особенности орудия пыток. Прошу вас, только представьте...»

«Я знаю, — дождавшись момента, когда можно вставить слово, она перебила мягко. — Видела в музее». — «В музее? В каком?» — старик ужасно оживился. — «Религии и атеизма». — «О! — Ей показалось, колченогий старик даже подпрыгнул. — Исключительно тонкая мысль. Я всегда полагал, что там, где дело доходит до пыток, религия ничем не отличается от атеизма. Может быть, госпожа подскажет, где находится этот музей?» — «В Петербурге. В России». — «О! — он снова восхитился. — И какие орудия там представлены?» — «Уже никакие. Теперь там просто собор».

«*Просто* собор? Восхитительно, лучше не придумаешь, — стариковские глаза вспыхнули, будто мысль о соборе наполнила его безмерной радостью. — А раньше, раньше?» — он перетаптывался на месте, похоже, от избытка чувств. «Обычные, — ей хотелось закончить разговор. — Испанский сапожок, дыба, какие-то щипцы. Точно не помню...» Старик засопел разочарованно: «А *Кресло допроса*? Поверьте, это тоже самое обычное приспособление, во всяком случае, в Нюрнберге его применяли вплоть до 1846 года. Обнаженного узника усаживали так, что при малейшем движении в его кожу вонзались шипы. Чтобы усилить муки, под сидением разводили огонь... Не правда ли, жаль?» — «Да», — она кивнула, представив себе муки агонизирующей жертвы. «Вот и я говорю: через сто лет очень бы пригодилось. Только представьте, как бы они запели...»

«Вы... Ваша семья пострадала от нацистов?» — она поняла, какой Нюрнберг он имеет в виду.

«А *Охрана колыбели!* — Казалось, колченогий старик ее не слышит. — А *Испанский осел!* Иногда его называют *Креслом иудеев*... Да-да, я всегда говорил: Россия — великая страна».

Она подумала: при чем здесь Россия? Точно из эмигрантов — какой-нибудь первой волны.

«Простите, но мне пора», — на этот раз отбросив церемонии. «Боже мой! — он вскрикнул испуганно. — Госпожа должна простить меня. Всему виною мой возраст. Я забыл самое главное: *Дочь дворника.* Никто не знает, почему оно так названо, но это орудие является великолепным примером огромного разнообразия систем принуждения, которые применялись...» — последние слова он выкрикивал ей в спину.

Свернув за угол, зашла в кафе. Заказала кофе. Сидела над чашкой, прислушиваясь к тихой музыке, механической, будто в кафе играл автомат. Демоны, одетые в костюмы времени, шли по кругу, ступая по полям шляпы — каждый в своем особом обличии: статная дама с высокими средневековыми рожками... толстая тетка, похожая на дуэнью... Рука об руку с ними брели голые фигурки, которых извергли звери, птицы и рыбы...

Человек-дерево смотрел на нее, повернувшись вполоборота.

Под его взглядом вспомнила вопрос старика: «А вы? Как бы вы *его* назвали?»

Отодвинула нетронутый кофе. Это всплыло само: *предвестие Зла.*

— Хозяева! Есть кто живой?

Голос доносится с улицы. Она встает, распахивает створку.

За окном парень — щуплый, одетый в красную футболку: узкий лоб, волосы мышиного цвета. Голубоватые глаза.

— Здрасьте! Машинного масла не дадите? Капельку...

«Помянешь черта, он и явится, — она усмехается про себя. — Видимо, сосед. Вечером идти, подписывать...»

— Ну, здравствуй, коли не шутишь. Ты с какого участка?

— Я-то... — он сводит белесоватые бровки, будто собираясь с мыслями. — А чё? Ну, работаем тут. Бригадой. Дома вон красим. Случайно не интересуетесь? И возьмем недорого. Если чохом, в два слоя, ну... выборочно пройтись харчоткой, проолифить... Короче, пятьдесят...

— Пятьдесят? — она смотрит в голубоватые глаза. — За пятьдесят я сама тебя покрашу. Разрисую в лучшем виде. Как бог черепаху. Так что хромай отсюда, птица небесная.

— Учтите, другие запросят больше, — парень бормочет, как ни в чем не бывало. — Те еще рвачи. Особенно хачики. Пользуются, что народ цен не знает. На другой год краска слазит, а их и нету...

Что-то дрожит в воздухе, марево, похожее на фосфоресцирующий туман. Будь у нее пистолет, кажется, взяла бы и пристрелила...

Она захлопывает створку. Никого бы она не пристрелила, все это глупости, фигура речи. «И что я на него напустилась?.. Парень как парень. Не такой уж идиот, если хочет заработать. Найти выгодный заказ. В наше время таких тысячи: ходят, ищут сезонную работу».

Парень идет направо, в сторону соседского дома. Сквозь стекло она видит его спину: на красной футболке белеют серп и молот. Орудия труда, освященные советской традицией, шевелятся между лопатками — в такт шагам...

Она ложится на диван. Под руку попадается книжка, от которой она отвлеклась, вспомнив смешного старика.

Книжка открывается сама собой, будто кто-то из прежних читателей переломил переплет. Сверху, крупными буквами: ПЯТАЯ ГЛАВА. Убивая время, можно начать с любого места.

Актовый зал озарен светом огромной люстры. Рабочие, инженеры, техники пришли на митинг прямо с рабочих мест. Рабочий день только что закончился. Еще каких-нибудь двадцать минут назад они стояли у станка, у кульмана или сидели за рулем машины, думая только о том, о чем каждый советский человек должен думать на своем рабочем месте. Но здесь, в этом зале, их объединяет общая тревога за судьбу их великой страны. Враг не дремлет! Они собрались, чтобы дать отпор коварным замыслам.

Ряды заполнены до отказа. Некоторые пришли семьями. В третьем ряду — супруги Стоговы. Вот сидит Егор Петрович, глава рабочей династии. Рядом с ним — Нина Андреевна, его спутница жизни. В одном ряду с родителями расположились их дети: Сергей и Наталья. Молодые люди только начинают свой рабочий путь...

«Даже не второсортное... Бред, рассчитанный на птичьи мозги...» — она пытается сосредоточиться на слепеньких буквах.

...начинают свой... путь. На сцене, за столом, покрытом кумачовой скатертью, расположились лучшие люди предприятия: секретарь партийного комитета, директор, передовые рабочие. Над их головами, как солнце, стоящее в зените, — огромный портрет товарища Сталина. Вождь и учитель смотрит на тех, кто собрались в зале. Мудрые глаза заглядывают в каждое сердце, будто вопрошают: с чистым ли сердцем ты пришел сюда?

На трибуну поднимается секретарь парткома. Он тоже взволнован, но скрывает волнение.

— Товарищи! — секретарь парткома обращается к притихшему залу. — События на биологическом фронте со всей остротой поставили вопрос о борьбе двух течений в нашей науке — материалистического и идеалистического. Космополиты от биологии, в своем зоологическом презрении ко всему советскому, покусились на самое святое. Они утверждают, что свойства будущего человечества определяются не успехами классовой борьбы, а лжезаконами генетики, продажной девки империализма...

Она расстегивает кофточку. Слишком жарко. Мертвые строчки склеиваются. Она тянется к телефону, набирает короткий номер: в Петербурге +36 °C. По области на градус меньше.

...По мнению этих горе-ученых... горе-ученых... наше будущее заложено в 1700 спермин, которые могут быть заключены в одну-единственную горошину... — секретарь парткома пережидает смех.

«Нет, не могу. Надо что-то придумать... На озеро, что ли, съездить?» — она смотрит на щиколотку с сомнением: лишний раз беспокоить не стоит... —

———————————

Он отрывает голову от подушки, приподнимается на локте, чувствуя себя разбитым. Неудивительно: заснул среди дня, даже не раздевшись. Надо встряхнуться. В таких случаях помогает кофе. Но, взглянув на часы, отказывается от этой мысли: «Поздно. Ночью не засну».

Нашаривает тапочки. Все еще чувствуя затекшие суставы, выходит на крыльцо.

«Какой уж тут кофе! И так не продохнуть». Вода, нагревшаяся за день, кажется сладковатой и приторной. Но на улице все-таки легче. В доме невыносимая духота.

Ни ветерка. Все замерло, дрожат одни осины. Парень, уехавший в Сосново за маслом, обещал вернуться завтра во второй половине. «Завтра суббота, — шевеля подпухшим языком, ощупывает острые корни. — Поеду в воскресенье. В принципе, можно и в понедельник... С поезда — в редакцию, отвезти готовые главы. Потом к стоматологу. Съезжу, заодно и повидаемся», — поморщился, представив себе женщину, рабыню собственной матери: приходит, садится на кухне. Прежде чем лечь в постель, ей не терпится поговорить. Добро бы жаловалась на материнские капризы, он бы понял и посочувствовал. Но ее-то тянет на философию, хотя какой из бабы философ! Ни фундаментальности, ни глубины, основанной на серьезном и вдумчивом чтении. Сплошь случайные мысли. Недавно сказала: «Все люди связаны меж собою». — «В смысле, родственники? Родители, дети...» — неловко сидеть истуканом, откликнулся, чтобы поддержать разговор. Замотала головой: «Нет-нет! Именно все». Хотел переспросить: и каким же это образом? А главное, что значит — *все*? Человечество или только соотечественники? Или соседи? Или — вспомнил Николая Федорова, которым увлекался в девяностые, — живые и мертвые? Но не стал. Наверняка не читала. У нее всегда так: сегодня — одно, завтра — другое. Мысли-однодневки. Сорная трава. Месяц назад утверждала прямо противоположное: что-то о границах, разделяющих даже самых близких.

Ждал, пока наговорится, уйдет наконец с кухни... В памяти всплывает женское тело, и надоевшее, и в то же время... Он садится на скамейку, сует руку в карман. Взгляд, теряя фокус, плывет, огибая камень...

«Надо туда, в дом...» Над ухом зудит комар. Он машет свободной рукой, отгоняя назойливое насекомое. Но — поздно: птица, зажатая в кулаке, опала, обернувшись снулой рыбой.

В звенящей тишине вьются крылатые тельца. Быстрые и бессмысленные, как женские мысли, похожие на молекулы газа, заполняющего любое пространство. Он чувствует разочарование. Последнее время это случается все чаще: быстрые и бессмысленные усилия, которые ничем не заканчиваются. Во всяком случае, когда воображение подсовывает образ этой женщины.

Всегда нравились молчаливые. И работящие — как его мать.

Или девочка, в которую был влюблен в юности. Стоял, скрывшись за занавеской, смотрел, как она ходит по участку. Когда пришла за цветами, сидел на крыльце. Мать что-то объясняла. Боялся поднять глаза, сидел, прислушиваясь, делая вид, что читает. Обычно она носила брюки. Работая в цветнике, надевала ситцевое платье. Голые ноги заедали комары. Била себя по голеням, по икрам, по коленям. Садясь на корточки, поддергивала платье. По ночам, ныряя с головой под одеяло, он видел эту картинку и слышал звонкие шлепки. Особенно донимали шлепки... Родители спали в соседней комнате. Забивал рот одеялом. Однажды все-таки услышали. Мать — белая ночная рубашка: «Сынок, тебе плохо? Ты так стонал...»

Так стонал. Замер, всеми пальцами вцепившись в полотенце. Лишь бы не подошла, не сдернула одеяло...

Постояла и скрылась. Невнятный отцовский голос, короткий всхлип пружин. Дождавшись мертвой тишины, встал, подкрался к диванчику. Нащупал маленькую подушку. Собственно, даже не подушку — вышитую наволочку, набитую старыми тряпками. Мать называла думочкой. Смял полотенце, пихнул комком. С этих пор держал при себе, пристраивал рядом со своей подушкой. Ночью, когда являлись шлепки и картинка, совал руку в ее нутро. Вытягивал полотенце, расправлял под одеялом. Потом комкал и пихал обратно. Днем, проходя мимо, старался не смотреть: боялся, что родители что-то заподозрят, влезут вовнутрь, разорят...

Когда заблудились, вел себя как настоящий мужчина. Вспомнил все, что читал о лесе. Главный ориентир — мох, растет на стволах деревьев, всегда с северной стороны. Не его вина, что в книгах пишут одно, а в жизни выходит иначе. Не потому, что книги врут. Бывают разные леса. Если бы заблудились в тайге, сама бы убедилась. Не стала бы все портить, говорить глупости...

— Здравствуйте. Вы меня помните?

Он вздрогнул и повернул голову. Солнце, ускользающее на запад, поджало лучи.

За калиткой стояла женщина: глядя против света, он не разобрал лица. Только светлые брюки, желтоватая кофта, коротко стриженные волосы.

— Здравствуйте, — кивнул.

— Дело в том, что я оформляю наследство. Ужасная волокита. Уйма документов. Конечно, надо было давно, но знаете, как бывает... — женщина развела руками. — Соседи должны подписать. Я имею в виду, собственники. Ваша мама... Или отец. Короче говоря, те, на кого оформлена дача...

— Их нет. Собственник — я, — оглянулся опасливо, словно родители, услышав опрометчивые слова, могли обидеться. — Только я не вполне понимаю...

— Честно говоря, — она взялась за штакетину, — я тоже. Приняли закон. Знаете, новая метла... Кадастровый документ должны подписать соседи. Простите, — она сняла руку с калитки. — Вы сказали: их нет. Надеюсь, ваши родители... ваша мама... Как она себя чувствует?

— Авария. — Сказал и прислушался. — Там, на шоссе, — махнул рукой в сторону железной дороги, откуда доносился шум проходящего поезда.

— На шоссе? — она сделала шаг назад.

— Лобовое столкновение. Они ехали по своей полосе. Встречная машина пошла на обгон, — он объяснил словами милицейского протокола и отвел взгляд, лишь бы не увидеть тела, лежащие на обочине. Когда добрался до места, их лица уже прикрыли газетами: скорей всего, сами милиционеры. Или врач, приехавший на скорой. Проезжающие машины двигались медленно, будто оказывая уважение чужой смерти. На самом деле — благодарили свою: слава богу, их смерть опоздала к месту событий, зависла в пробке на выезде из города.

— А... тот, другой водитель? — женщина провела пальцами по вышитому горлу.

На этот раз глаза выхватили что-то белое, похожее на ком. Вздувшись, оно заполнило кабину иномарки. Освобождая дорогу, черный джип оттащили в сторону. По другую сторону дороги корчились останки «Москвича». На них было страшно смотреть. Милиционер объяснил: от удара заклинило двери, пришлось взрезать автогеном. В Соснове нет, вызывали из Приозерска — пока дозвонились, пока доехали, прошло часа три. Потом, будто утешая, сказал: тела совсем не пострадали. В заднем окне зеленели кустики рассады — они тоже не пострадали.

— Другой водитель выжил. Сработали подушки безопасности. Но его оправдали.

— Как? — ее брови взметнулись.

Он почувствовал раздражение: можно подумать, эта женщина живет на другой планете, не имеет понятия о нынешних судах.

— Так. Освободили из-под стражи. Прямо в зале суда.

— Да, я понимаю... Простите, — она прижала к груди папку, надо полагать, с документами. — Можно войти?

Дернув калитку на себя, он позволил ей перейти границу его единоличных владений.

Она села на скамейку. Он остановился у камня. Теперь, когда они поменялись местами — не он, а она против света, — черты ее лица стали четкими и ясными. Женщина кого-то напоминала. Если напрячься, может быть, удастся вспомнить.

Но он стоял, замерев. Прислушиваясь к голосу, который убеждал его в том, что в любых обстоятельствах следует принимать разумные решения. Особенно теперь, когда настали трудные времена. Голос бывшей жены, поднявшийся из глубин памяти, куда он отправил его, словно преступника в каземат, зудел как комар:

...Конечно, трагедия. Но родителей не вернешь. По закону, конечно, осудят. Тебе что, легче станет? Мужик предлагает деньги, хорошие. Сидишь, уткнувшись в свои бумажки. Оглянись, подумай о дочери. Всё рушится. Это катастрофа. Ребенка надо спасать... — жена уговаривала упорно. Пока он наконец не сдался.

Через пару дней принесла какую-то бумагу. Он просто подписал. Втайне надеясь: никакой суд на такое пойти не может. Одно дело — он, сын пострадавших. Другое — судья. Оказалось: не может — это в прежние времена. Теперь — еще как... Вот она, демократия...

На эти деньги жена и уехала в Америку, увезла дочь. Потом выработал подходящую формулу: подпись, поставленная под давлением. Своего рода пытка. Сыновним горем. А разве — нет? Любая экспертиза подтвердит: человек, в одночасье лишившийся родителей, находится в состоянии аффекта, не отвечает за свои действия и поступки...

— Простите, а вы, собственно, кто? — с подозрением, будто женщина, сидящая на скамейке, едва не выпытала из него опасные подробности, застав врасплох. Тоже говорила о какой-то подписи.

— Вы меня не узнали? Я — соседка. В смысле, дочь соседей. Помните, приходила к вашей маме. Она дала мне цветы. Выкопала. Вот здесь, — женщина показала рукой на клумбу, заросшую сорняками.

Склонив голову к плечу, он слушал слова, будто вчитывался в трудный абзац, еще не улавливая смысла:

— Так вы... Вот оно что... — испугался, что сейчас зальется краской, и она догадается, поймет, о чем он думал перед самым ее приходом. Кажется, все-таки покраснел.

На всякий случай оглянулся на солнце, уже умершее дневной пыл:

— Ужасная жара.

— Сейчас ничего. А днем — вообще ужас! Какое-то марево. Позавчера вечером — вы заметили? — вдруг похолодало. Я уж обрадовалась: ну, думаю, всё. Кончилось. А утром — снова-здоро́во...

Ему не понравился ее тон: слишком оживленный. И эти выражения: *снова-здоро́во*... За кого она его принимает?

— ...в Интернете. Говорят, в последний раз — тридцать лет назад, в восьмидесятом. Тоже страшная жара. И, главное, духота. Люди в обморок падали, прямо на улице и в магазинах.

— Не знаю, — он покачал головой в сомнении. В восьмидесятом он как раз поступал. Но особенной жары не запомнил...

Женщина порылась в папке и достала лист.

— Вот. Подпись надо поставить здесь.

Он взял машинально.

Поднес к глазам. На листке был нарисован какой-то план.

Женщина говорила о кадастре, о розовом бланке, удостоверяющем право собственности, о конторе, в которой заказала пакет документов. После гибели родителей он тоже переоформлял, ездил в Сосново, предъявлял свидетельство о смерти. Но соседи ничего не подписывали.

— Это что?

Женщина подошла и встала рядом.

— Смотрите. Это — ручей. Два наших дома. Если встать спиной к лесу, справа — мой. Слева — ваш, — мимоходом перевернула листок, будто уличила его в безграмотности. Он почувствовал досаду: так переворачивают книгу, которую держит человек, не умеющий читать.

— А это? — сделал вид, что разглядывает план, на самом деле смотрел на пустые линейки, где должны стоять подписи.

— Участки других соседей, — она показывала, обводя пальцем. — Те, что граничат с моим.

— Соседей? Значит... они тоже должны подписать?

— Конечно. Сегодня пятница, вечером все приедут. А вы — уже здесь, вот я и подумала... — порывшись в папке, она вынула ручку.

— Я не отказываюсь, — он вдруг обрадовался, будто нашел зацепку, оправдывающую отказ, то есть, конечно, не отказ, всего лишь отсрочку. — Но пусть сначала они. Все равно без их подписей...

Женщина пожала плечами, вынула план из его пальцев.

— Ну, если вы... Хорошо. Договорились. Я зайду завтра, в первой половине.

Он хотел предупредить, сказать: в первой половине я буду работать, потом, после обеда, ко мне придет мастер — чинить замок.

Но она уже вышла за калитку, перейдя границу его владений. Он не стал окликать.

Вернувшись в дом, включил телевизор, левый, не дающий картинки. Как назло, рассказывали про какую-то банду. Во главе стояла женщина-риэлтор. Вступила в преступный сговор с бандитами. Другой раз не обратил бы внимания, но теперь прислушался. В процессе оперативных мероприятий выяснилось: преступники организовали фирму. Под видом представителей социальной службы являлись к одиноким старикам, заключали договоры пожизненного ухода. По истечении определенного срока — диктор не уточнил — старики умирали, как казалось, естественной смертью.

Спохватившись, включил правый телевизор. На экране замаячил корреспондент. Преодолевая помехи, представитель прессы продолжил:

— В интересах следствия мы не открываем лиц преступников. Как нам сообщили в пресс-службе ГУВД, в настоящее время отрабатываются их возможные связи. На сегодняшний день милицией уже изъят целый ряд квартир, загородных домов, машин — весьма престижных иномарок, средняя цена которых колеблется от двух до четырех миллионов...

«Но я — не старик...» — он попытался рассуждать здраво, однако голоса, знакомые с детства, нашептывали свое:

Начали со стариков. Теперь, когда старики умерли, добрались до среднего поколения.

Не досмотрев следующий сюжет, в котором рассказывалось о случаях самоподжога: некоторые непорядочные собственники ветхого жилья, не пострадавшего или в малой степени пострадавшего от лесных пожаров, пошли на эту преступную меру, надеясь улучшить жилищные условия, — выключил оба телевизора.

Ты — человек порядочный, но совершенно неопытный. Надо было оставить бумаги у себя, прочесть внимательно.

— Но она хотела подписать у других соседей.

Вот и подписала бы. Завтра. Впереди два выходных. Наша дача в стороне. Случись что — никто и не заметит. И вообще... Ты уверен, что это именно она?

— А кто?! Кто?! — он вышел из комнаты, хлопнув дверью. Безумные голоса, взывавшие к его разуму, смолкли. Но не так, как смолкают оппоненты перед лицом неопровержимых доводов. Окончательно разозлившись, поднялся на чердак. Вставил в машинку чистую страницу. Сидел, барабаня пальцами по столешнице: «Спросила про родителей. Ну и что? — возразил сам себе, как взрослый разумный человек, умеющий со всех сторон рассмотреть неожиданно возникшую проблему. — Сказала: приходила за цветами... Соседи часто приходят. Угадать элементарно», — положив руки на каретку, ткнулся лбом.

206

В детективах, которые ему довелось переводить, злоумышленников выводят на чистую воду, ставя перед ними вопросы, ответы на которые известны только своим. «Господи, да какие вопросы?.. — встал и принялся шагать из угла в угол, бормоча то, в чем интеллигентный человек его профессии не может признаться — никому и ни при каких обстоятельствах: — Раньше было лучше, конечно, лучше. Да, советское государство. Преступное. Но люди — добрые и честные. Во всяком случае, большинство. Как мои родители. Строили свой собственный мир. Трудолюбиво и молча. И я бы мог... Переводить настоящих авторов, а не эту чушь, которую мне навязывают...»

Сосны, стоявшие за окном, обливались последним вечерним светом.

— *И я бы мог...* — Пушкинская фраза, знаменитая, написанная на полях рукописи — рядом с виселицей, той самой, с телами декабристов. Поэт знал о заговоре, в который были вовлечены те, с кем связан по рождению, по кругу общения. — Как я и Марлен, — сморщился страдальчески: для Марлена он так и не стал своим.

Да, дружили, но все равно Марлен жил какой-то своей, отдельной жизнью. Откровенные разговоры? Еще какие! Нет, не то чтобы побаивался. Разве что вначале, на первом курсе, когда познакомились, точнее, сошлись поближе. В те времена по-настоящему никто не боялся: советская власть, привычная, как осенняя слякоть. Но *так*, как Марлен — никто. Яростно, со страстью, с какой-то личной непримиримостью. И еще: такое впечатление, будто сидел в засаде, только и ждал, к чему прицепиться. Как тогда, после семинара.

Обсуждали какой-то текст. Не собирался никого обижать, просто указал на ошибки, на его взгляд, совершенно очевидные. Потом увлекся: мы, *носители культуры*, не должны...

В аудитории раздался смех. Смеялись так, будто он ляпнул заведомую глупость. Если бы смеялись над Марленом, уж он бы точно смолчал, постарался сделать вид, что ничего этого не было. Но Марлен нагнал его в коридоре: «Старичок, так нельзя». — «Как — *так*? Носители культуры... Что, разве неправда? Тогда зачем мы вообще нужны?.. Культура — форма жизни развитого человека. Тем более переводчик должен проникнуться, стать *alter ego* автора». — «Проникнуться! — Марлен поежился. — Старик, от твоего пафоса бросает в дрожь. Это всё — там, на демонстрации, — махнул рукой за Неву. — Да здравствуем мы, носители самого передового! Мой тебе совет: побольше иронии. И вообще, главное — не *что*, а *как*...»

Так и не понял, при чем здесь ирония — если мысль правильная, какая разница, как она выражена? Но решил не спорить. Все равно Марлена не переспоришь. Даже в житейских делах. Вспомнил еще одну историю. Однажды разболелся зуб. Терпел, пока мог. Потом, когда щеку совсем раздуло, решил идти сдаваться. Не дожидаясь конца занятий: больной зуб — уважительная причина, слинял с последней пары. «Иду к стоматологу». Марлен вызвался проводить.

Стоматолог сделал укол, сказал: посидите в коридоре.

«Всё?» — Марлен удивился. Он мотнул головой, ткнул пальцем в замерзающую щеку: «Сказали вырвать». Марлен осудил: «Ну и зря. Вот я никогда не вырываю. Любой зуб можно вылечить». — «Так уж любой? — пробормотал невнятно: язык уже прихватывало. — И вообще — терпеть не могу, когда сверлят. А тут — раз, и все...» — «А потом? Станес беззубым

208

старикаской», — Марлен зашамкал, передразнивая его будущую беззубость.

Вдруг сообразил: и тут Марлен оказался прав. Сорок шесть, а во рту сплошные протезы. Пошевелил языком, касаясь острого места: «Ладно, как-нибудь да подклеят...»

Тогда Марлен уже перебрался в общагу — ушел из родительских хором. Его родители жили в профессорском доме на набережной Макарова. Университетское общежитие — на противоположном берегу. Казалось бы, ерунда, перейти через мост. Но в общежитие селили исключительно иногородних. Тем более сюда. Здесь, на Неве, жили студенты восточного факультета. Филологи в Гавани. Месяца через два, пришлось к слову, поинтересовался: и как тебе удалось? Марлен дернул губой: «Папаша. Позвонил ректору. Сын, ночующий на вокзале, позорит его доброе имя». Подумал: ничего себе! Это что ж за родитель, если может запросто позвонить ректору... Ни с того ни с сего ляпнул: «Он что, из органов?»

Марлен захохотал — надсадно, будто закашлялся: «Филолог. Доктор ихних наук. Но в каком-то смысле ты, старик, прав».

Любой нормальный человек предпочтет жить дома, а не в этом бедламе, где даже не помыться по-человечески. Однажды мелькнула мысль: может, пригласить? Поговорить с родителями, сказать: другу негде помыться. Должны понять — сами мыкались по общежитиям. Потом представил. Двухкомнатная хрущевка, Марлен приходит, смотрит: рассада на подоконниках, косы из луковиц — мать заплетает и развешивает.

Когда с зубом было покончено, пошли в общежитие. Марлен выставил остатки портвейна. Пододвинул табуретку, выкрашенную синей масляной кра-

ской. Сам расположился на дворовой скамейке — какие-то идиоты приволокли с улицы. Увидев в первый
раз, он удивился: зачем? «Не знаю, — Марлен пожал
плечами. — Может, стульев не хватило. Тебе что, мешает?» — «А вдруг кто-нибудь увидит?» — «Ну увидит,
и что?» — «Да нет, ничего...» — подумал: все-таки нехорошо, чужое имущество, лучше бы вернуть на место.

От портвейна он отказался. Стоматолог предупре-
дил: пить нельзя — по крайней мере сутки. Может от-
крыться кровотечение. «Нельзя так нельзя, — Марлен
убрал бутылку, достал из тумбочки книжку. — По-
французски читаешь?» — «Нет», — покачал головой
и взялся за щеку: десну уже дергало, отходил наркоз.
«За что я благодарен своим предкам, так это за фран-
цузский. Вот чего тебе не хватает, — Марлен потряс
книгой перед его носом. — Проветрить мозги. Это,
старичок, революция. Переворот, сотрясение основ,
прорыв в светлое будущее». Он попытался изобразить
иронию: «Ага, мой пафос устарел, а твой?» — «Дурак!
Это не пафос. Великая теория», — Марлен засопел
обиженно, пихнул книгу в портфель.

«Знаешь, — все-таки он разозлился на *дурака*, — если бы мои оплачивали репетиторов, я бы все-таки...»
Хотел сказать: не устраивал демонстраций с общежи-
тием, но Марлен не дал договорить: «Ты — нет, а я —
да. И что?»

Стоял, опершись о поручень крыльца. *И что?* —
любимый вопрос, на который у него никогда не было
ответа.

«Ничего, — отступил, вернулся к французской
книге. — Ну и что тут особенного? Взаимные влияния, творческое заимствование... Мы — от них, они —
от нас. Для этого и нужны переводчики. Обеспечи-
вают перекрестное опыление: как пчелы или, например, осы». Марлен прищурился: «Перекрестное?» —

не то переспросил, не то съехидничал, по обыкновению. «Конечно! А как иначе, — решил не обращать внимания на подколки, высказаться до конца. — Даже Пушкин заимствовал: у Байрона, у Шекспира...»

«Ну, ты даешь! — Марлен пошевелил бровями. — Карбонарий какой-то. Революционер... Как ее, Вера Засулич, — брови замерли, будто ощетинились. — Вообще-то, гляди, поаккуратнее. Чему нас учит Партия: взаимные влияния — от лукавого. Макбет — великая русская трагедия». — «Ага, — он кивнул, принимая шутку. — А СССР — родина слонов». Думал, Марлен засмеется, но тот сказал серьезно: «Родина слонов — Индия. СССР — страна победившего Зла. Покорят Землю, возьмутся за гуманоидов. Будут влиять и перековывать. Представляешь, демонстрация трудящихся Марса. Или Юпитера. Трибуны, несут портреты великого Сталина», — Марлен выругался грязно.

Он поморщился: «Ну зачем ты так... Во-первых, Сталина никто не носит. А во-вторых... Конечно, дров наломали. Но ведь и хорошее было: фашистов победили. Да и космос... Тоже ведь — не комар чихнул...»

Марлен скривился страдальчески. Будто мысль о космосе — нестерпимая мука, вроде больного зуба. Буркнул: «Ну да. Комары так не чихают. С такими разрушительными последствиями...»

«Для нас — конечно, а для них... Как ты не понимаешь! Они — другое поколение. Мне мать рассказывала: когда запустили спутник, для них это было счастье! Оказалось, все не напрасно: и война, и нищета, и тяжкая работа... Говорила: мы и сами летали, будто у нас выросли крылья! Поздравляли друг друга: дожили, мол, до новой эры, космической! Догнали и перегнали Америку! Теперь мы самые первые, а американцы — вторые!

211

Ему показалось, Марлен вот-вот поймет: дело не в том, как мы сами относимся к космосу, а в уважении к собственной истории.

Марлен поднял голову:

«Спутник — это какой год?»

«Вроде пятьдесят седьмой».

«Точно, — Марлен кивнул. — Пятьдесят шестой — Венгрия. Кстати: не помнишь, а американцы когда запустили? А я помню. В пятьдесят восьмом. А теперь взвесь: стоило ли ради одного года?»

«Но они-то не знали!» — он заступился за родителей.

«Они не знали, а мы знаем».

Хотел переспросить: и что? Задать вопрос, которым срезал его Марлен. Но тот уже не слушал. Смотрел куда-то мимо, в пустоту. В этот момент, проследив направление его взгляда, он и понял — окончательно, так, что дернуло вырванный зуб, точнее, лунку, в которой ничего не осталось: у них разная история. У Марлена она — своя. А еще. Вдруг почувствовал: прав не он, а Марлен.

«Знаешь, о чем я мечтаю? Найти великого автора и перевести», — это вырвалось само, на волне Марленовой правоты. Все-таки остановился вовремя. Признался, но не до конца. Не решился высказать самое сокровенное: перевести, чтобы почувствовать себя *почти* богом. А как иначе назовешь существо, разговаривающее на равных с великим автором?

Думал, Марлен скажет: старик, ты опоздал. Всех великих уже перевели. Но он сказал: «Старик, ты опоздал. Автор умер. Остался только текст. Как его воспринимает читатель. Все остальное — от лукавого: сраный марксизьм-ленинизьм».

«А куда ты дел переводчика? — на этот раз он решил стоять на своем. — Переводчик — лучший читатель. И вообще самая лучшая профессия. Древняя». — «Ну уж, — Марлен хмыкнул. — Не древней проституции». Его покоробило сравнение: «Да нет, ты подожди. Я серьезно. И вообще не о том. Переводчик — это шире профессии. Каждый человек — переводчик божьего замысла...»

Сказал и почувствовал ноющую щеку: сейчас уж точно поднимет на смех. Но Марлен сказал: «Ага. Согласен. Вот и я говорю: мы — херовые переводчики».

Он возмутился: «Да как ты можешь! В СССР — блестящая переводческая школа», — торопясь, перечислял имена.

Марлен выслушал мрачно. Потом сказал: «Старик, не суетись. Речь не о школах. О божьем замысле. Я тебе говорю, замыслов два: один — для них, — он кивнул на портфель, в который спрятал французскую книгу. — Другой — для нас, для одной шестой. Всё, что несут на лекциях — достижения их науки, — надо просто сжечь. Какие из них переводчики? Брось! В большинстве — обыкновенные прохвосты. Вот западные ученые — молодцы. Тоже история — не дай бог... Но сумели, выкарабкались. А мы все барахтаемся», — Марлен стукнул кулаком.

«Но послушай, — ему не терпелось восстановить справедливость. — У нас тоже были прекрасные теоретики. И в Москве, и в Ленинграде... особенно в Ленинграде», — хотел привести примеры, но в памяти будто что-то схлопнулось.

«Ага. Вот именно. Особенно в Ленинграде. Пока мой папаша со товарищи их всех не...» — ребром ладони Марлен резанул себя по горлу.

«Что значит — со товарищи?» — он поелозил на колченогом табурете.

«Тебе, — Марлен осклабился, — списком? Ну нету у них имен. Исключительно партийная принадлежность. Имя им — легион. Моя бы воля, взорвал к чертовой матери. Не постигаю, чего ждет бог, если он, конечно...» — Марлен скис.

Он подумал: что-то путает. Одно дело — в тридцатых. Тогда действительно уничтожали. Но те, чьи имена вылетели из памяти, умерли своей смертью. Спорить все-таки не стал. Спросил: «Ну взорвешь, а что потом? Думаешь, человечество проснется в Раю? — ему хотелось продолжить, раз уж такое дело, договорить до конца. — Вот ты ругаешь наше прошлое. А как тебе такая теория: великие произведения рождаются исключительно в аду? Нынешняя Европа с ее райской жизнью...»

«Насчет рая — не знаю. Не бывал, — Марлен оглядел комнату: стол, покрытый драной клеенкой, заставленный немытыми чашками; кровати вдоль стен; чьи-то штаны, рубашки, полотенца вперемежку с библиотечными учебниками и книгами — как человек, проснувшийся в чужом незнакомом доме, недоуменно, будто пытаясь понять — как он здесь оказался. — Да кто меня выпустит!»

«А ты бы... хотел? — он переспросил шепотом — вдруг кто-нибудь услышит.

«Хотел, не хотел. Какая разница? А ты?»

«Нет, я бы нет, — затряс головой. — Это же навсегда. Не знаю... как в космос, на другую планету».

Марлен вынул бутылку. «Что касается ада... В этом говне нам даже ад не светит. Так, случайная нарака... Может, кто-то и выберется, но большинство... Дальше — только бардак, последовательная деградация. Знаешь такое слово: вырождение? — Налил до рисочки, поднял стакан. — Пью за тебя, наш путь!»

Он сидел, уставясь в пустое пространство, понимая: космос космосом, тут можно и поспорить, но в главном Марлен оказался прав. Может быть, и не вырождение — пожалуй, слишком жесткое слово, — но уж точно деградация — чудовищный культурный откат.

Из всех, с кем учился на потоке, Марлен был самым талантливым. Переводил немецких неоромантиков. Про себя всегда изумлялся: откуда он берет такие слова? Не вполне совпадающие с оригиналом, но в то же время звучащие как музыка. До боли, до сердечной тоски. Переводы Марлена ходили в самиздате. При жизни не опубликовал ни строчки. Зато потом... «*Sic transit gloria mundi*... Это у римлян. У нас все иначе: *так приходит посмертная слава*». Сам Марлен не застал. Говорили, спился. Довольно быстро и, главное, уже после перестройки. К тому времени их дружба давно рассохлась.

«Зачем я поддался? Надо было стоять на своем. Как *они*, которые преуспели. Создали себе имя». Опустив голову на руки, думал о том времени, когда дружил с Марленом. В сущности, это и было счастьем. Единственным — другого не знал.

Это и есть его главная печаль, мучительная грусть, стеснение духа: он, с юности любящий *слово*, остался в стороне. Не приобщился: «Господи, что? Что я мог сделать, если они меня отвергли... Даже Марлен...»

Марлен был вхож в любые компании. Одно время посещал какой-то тайный семинар. Собирались на квартире одной девицы: ее отец работал в Смольном. Марлен смеялся: самая безопасная хата, никто не заподозрит. Ждал, что пригласит. Положа руку на сердце, ревновал. В плохие минуты думалось: связавшись с другими, Марлен предает их братство, скрепленное цитатами из Макбета. Как-то раз даже намекнул. Марлен намек понял, но так и не пригласил. Потом и сам перестал ходить. Сказал: андеграунд — мура. Художественная самодеятельность. Нечего тратить время.

«Братство-то — братство...» Но тут, как во всем, что ни возьми: хоть лечение зубов, хоть историю, — тоже было свое расхождение. Их обоих влекла тайна Макбета, но все-таки по-разному. Марлена мучила кровавая подоплека. Его — нет. Думал о первенстве: мечтал стать первым среди равных. Если не король, то хотя бы Кавдорский тан, предсказанный болотными ведьмами...

Он садится на топчан, покрытый линялой попонкой. Полку, набитую старыми папками, освещают слабые солнечные лучи. Черновики и рукописи. Он вспоминает имена авторов: лет двадцать назад прикидывал, делал наброски. В папках, покрытых пылью, — его наследие. Когда-то казалось: поприще для будущих исследователей...

«Может, перебрать?..»

Поздно. Немецких писателей, давших миру великие книги, давно перевели.

Встает, чувствуя боль в затекших суставах. Подходит к столу.

Пишущая машинка пучится клавишами. За тридцать лет многие буквы стерлись. Он привык печатать вслепую. Но сегодня это не так-то просто. Что-то разладилось в голове. Будто разошлись контакты или клеммы, соединяющие его немецкий язык с русским. Слова, не соответствующие друг другу, бьются как рыбы. Еще немного — и совсем затихнут, заснут...

Сжав пальцы в кулак, он бьет по клавишам. Пишущая машинка охает. Одновременно, словно они связаны невидимыми проводками, гаснет настольная лампа.

Он выбирается из-за стола. Раздраженно щелкает выключателем.

Так и есть: электричество вырубили. Верхний свет тоже не горит.

«Да, на историю мы смотрели по-разному. А как иначе, если у Марлена была *личная* причина. Поэтому и спился, не выдержал, сошел с дистанции. Но у меня-то нет. Слава богу, мои родители — не филологи, не доктора наук. Простые люди, не имевшие отношения к истории. Работали на своем участке, выращивали фрукты и овощи...»

За окном сумерки.

«Вот тебе и поработал...» — подавляя досаду, он идет к окну. Покосившись на пишущую машинку, трет ушибленное место. Неприятное чувство: будто поднял руку на человека. Больше того — на женщину... —

«Подпишет, куда денется! В крайнем случае дам денег...» Выйдя из соседской калитки, шла, прикидывая на ходу: тысяч десять. Это — с гарантией. Хватило бы и пяти.

Думала: надо было действовать умнее. Спокойно, по-деловому. Я из правления. Меня направил председатель кооператива. Кто здесь собственник? Ах, вы? Надеюсь, документы в порядке? Будьте добры предъявить розовый бланк. Так, так... Позвольте, а где кадастровый план?.. Как — нет?! Разве вам не приходило *уведомление*? Выдержать паузу. Пускай прочувствует. Наконец, с горестным вздохом: хорошо, сделаем так. Сейчас вы подписываете документы, чтобы не стопорить общую процедуру, а на неделе — в правление... Наши люди иначе не привыкли. Дура. Завела про родителей...

Она чувствует боль в виске: женщина, одетая в ситцевое платье, единственная на всем свете, которая назвала ее доченькой, лежит на обочине... При лобовом столкновении советские жестянки разбиваются в хлам. Их владельцы — заведомые жертвы. «Я не виновата... Будь она моей матерью, ездила бы на приличной машине... Идиот. Позволил, чтобы убийцу освободили. Наш советский суд, самый справедливый в мире... Вот бы и поглядели, кто у нас тут хороший и справедливый. У меня бы точно присел, лет на пять. Это еще как минимум».

Ее родители тоже погибли. Но разве ей придет в голову рассказывать об этом первому встречному...

До вечера, когда приедут другие соседи, еще далеко. «Почитать или пообедать, доесть остатки грибов?» — мысль о грибах отзывается тошнотой. Может быть, ближе к ночи, когда станет прохладнее. Впрочем, на это надежды мало: такое впечатление, будто природу зашкалило.

Она ложится на диван, открывает книгу, которую отложила, чтобы сходить к соседям.

...1700... в одну-единственную горошину... Я не спрашиваю, с чьей подсказки наши враги пытаются протащить в науку эту «точную» цифру. Нам, советским людям, победившим фашистскую гидру в ее собственном логове, это и так понятно. Я спрашиваю: доколе нам терпеть происки врагов, прикинувшихся учеными? Разве это не наша святая обязанность — разоблачить? Они думали, им сойдет с рук. Нет, не сойдет. Мы не позволим прикрываться пустыми словами. Пусть разоблачатся, разденутся донага, предстанут перед нами во всей своей отвратительной наготе. В этом залог нашей грядущей победы — подлинной эволюции нашего общества и каждого отдельного человека! — последние слова оратора тонут в волне бурных аплодисментов...

Под набухшими веками плывет картинка: стол, покрытый красной скатертью... За столом — какие-то лю-

218

ди. Такое впечатление, будто уже видела: и этот зал, и кумачовую скатерть, и усатый портрет, украшающий задник сцены — под ним растянут транспарант. Буквы, написанные белой краской, дрожат и двоятся:

ЛУЧШИЙ ДРУГ ЧЕЛОВЕЧЕСКИХ ДУШ.

Кумачовая тряпка, рожденная ее воображением, ежится, будто кто-то — может быть, враг, таящийся за сценой, — тянет ее на себя.

Она трясет головой: не только природа — кажется, она тоже сошла с ума. Ничего удивительного, от такой жары недолго и рехнуться.

«Может, все-таки съездить?.. Искупаюсь, полегчает. Или облиться под краном? Космополиты, биология...»

В юности она читала об этом: Ленинградское дело, разгром генетики... По рукам ходили запрещенные книги: кто хотел, мог узнать. Будь у нее сын, сумела бы объяснить: в те времена безродными космополитами называли евреев.

Она закрывает глаза. Последнее время она часто с ним разговаривает. Ее заместитель сказал бы: подсела на разговоры. Усмехнувшись, думает: «Ну и что? Некоторые вообще с кошками или с собаками...»

Сын спросил бы: *А сколько тебе было лет?*

Дай подумать. Когда прочла в первый раз пожалуй, двадцать.

Странно, он пожал бы плечами. *Зачем ты это читала?*

Она прислушивается. Неужели скажет: *Ты же русская.*

Но сын говорит: *Ты же была торговкой.*

Ну, понимаешь (она улыбается, будто и вправду воспитала хорошего сына), — все-таки девочка из интеллигентной семьи. Остались друзья, с которыми иногда встречалась. Им было плевать, что я изменила интеллигенции, тайному ордену, хранящему духовные знания. И вообще выгодно. В то время торговцы могли многое. Называлось: достать из-под прилавка.

А с отцом ты об этом говорила?

Она поправляет себя. Скорее всего, сын сказал бы: с дедом. Когда родятся внуки, родители становятся дедами и бабками: ты позвонил деду? Или: звонил дед, просил передать, они с бабушкой обижаются, ты их забыл, совсем не приходишь. Нет, с дедом я говорить не могла. К тому времени они считали меня отрезанным ломтем, предательницей, променявшей их идеализм на убогий материализм.

Это правда?

В общем-то, конечно. Торговка живет земными интересами. (Разговаривая с нерожденным сыном, ей не хочется врать. Он — не плоть от ее плоти. Душа от ее души.)

Поэтому вы и разошлись с отцом?

В данном случае он имеет в виду именно отца, а не деда. Только кого именно: мужа или другого, с которым недавно рассталась? В разные времена у ее сына были разные отцы. Все зависит от того, сколько ему сейчас лет.

Двадцать, ты что, забыла? Так почему вы разошлись?

Если двадцать, значит, твой отец был музыкантом, играл в оркестре. Почему разошлись — вопрос второй. Первый: почему сошлись? Скорей всего, потому что он был из *другого цеха*. Когда разговаривал со своими *коллегами*, не понимала ни слова: будто на чужом языке. Потом оказалось: в сущности, на том же самом, пустом и беспомощном. К тому же у меня нет музыкального слуха.

220

А у меня?

Что ты, милый! Тебе медведь наступил на ухо. Или слон. В мире моей души законы генетики не действуют. В этом смысле твоя мать — советская девочка.

Теперь она ждет. Если сын — душа от ее души, он непременно спросит: *А сами-то они понимали, куда летят их бурные аплодисменты?*

Вопрос, которым задавалась в юности.

На всякий случай она бы уточнила: Кто?

Эти: Егор Петрович, супруга Нина Федоровна, их дети, Сергей и Наталья?.. Ну и вообще... — он пытается обобщить. Молодые люди имеют склонность к широким обобщениям. — *Все эти советские души, обожающие своего Создателя... Знаешь, у меня такое впечатление, что они — не совсем люди.*

Большинство, возможно, и не совсем. Но на его месте она бы не спешила. Каждое обобщение грешит максимализмом. Твой дед тоже выступал на собраниях: рассказывал о своей юности, о том, как мечтал стать писателем — давно, когда работал в газете.

Сын переспрашивает: *В газете?*

Ну да, а что тут такого? — она отвечает вопросом на вопрос.

Сама же сказала: тогда травили евреев.

Да он-то здесь при чем! Работал простым корреспондентом, разъездным, мотался по всему Советскому Союзу.

Сын качает головой недоверчиво. Нынешние дети никому не верят на слово, подвергают сомнению.

Но послушай, — она начинает горячо, будто в чем-то заранее оправдываясь. — Человек, который вешает у себя в кабинете картину ада, не может быть закоренелым грешником! И вообще ты должен понять: души, сидящие в зале, одеты в костюмы *своего времени —*

пиджаки, синие халаты, фланелевые платья. Но для их
ЛУЧШЕГО ДРУГА И СОЗДАТЕЛЯ костюмы — не
преграда. Для него они всегда были голыми. И вообще
одно дело — триптих, метафора жизни и смерти... Если
бы все было так просто, никто не попал бы в рай. Рай
так и остался бы пустым.

Ее сын оборачивается, смотрит на левую створку:
разве ты не видишь? Этот рай и так пустой...

Как пустой? — она приподнимается на локте, вглядывается в старую репродукцию, будто не доверяет
своей памяти. — Там же Адам и Ева.

Так их вот-вот выгонят...

Голос сына, которого она должна была родить в му-
ках, но до сих пор не родила, стихает, исчезает в зазоре
между створками.

Она поворачивается на бок, подтягивает к груди колени. «Господи, зачем?..» Надо смириться, раз и навсегда: никакого сына не будет. Ни умного, ни глупого.
Ни плохого, ни хорошего. Спускает ноги, дрожащей
рукой приглаживает волосы. Сидит, уставившись в пространство, пустое, как ее жизнь.

Лучший способ борьбы с тоской — осмысленная де-
ятельность. Надо встать и идти. «С чего я взяла, что
соседи приедут к вечеру?..»

Торопливо сбежав с крыльца, обходит машину, направляясь к бетонным блокам. Отсюда улица видна
как на ладони. «Похоже, не приехали. — Во всяком
случае, их машины нет. У себя в Репине она бы не со-
мневалась: отсутствие машины — верный признак. —
Кто их знает, а вдруг до сих пор на электричке?..» —
Бетон пышет жаром, как раскаленная сковородка. Она
садится, подложив под себя папку.

— Да когда ж ты наконец закатишься! — обращается к жаркому солнцу: раздраженно и требовательно,
будто отчитывает работника, который не справляется

со своими обязанностями. Солнце замерло над верхушками сосен. Словно у него и вправду есть выбор: вперед или все-таки назад. Это — ее солнце. Оно тоже родилось здесь. Чтобы принять решение, надо оценить последствия, понять, что страшнее: известное прошлое или неизвестное будущее?.. Раскаленный диск медлит. В его медлительности есть что-то зловещее, это нельзя объяснить словами: ее тело — песчинка, застрявшая в песочных часах. Вдох, выдох. Она чувствует слипшиеся минуты — комок настоящего времени, с которым ей не справиться...

Где-то вдали, может быть, на соседней улице, сигналит машина. Она переводит дыхание, будто глотает резкий звук. Песчинка, застрявшая в узкой стеклянной перемычке, устремляется вниз.

Теперь, когда солнце сдвинулось с места, ей легко отбросить сомнения: «Пойду и проверю».

Соседская калитка замкнута на щеколду. Прежде чем просунуть руку, она заглядывает за ограду: дорожки, вымощенные тротуарной плиткой, кадки с цветами. На веревке, натянутой между двух сосен, сушится белье.

Идет, осматриваясь настороженно, как человек, проникший на чужую территорию.

У крыльца расстелен половичок. Вытирает ноги. Стучит: сначала тихо, потом сильнее. С той стороны шаркающие шаги. Кто-то возится с замком.

Старуха, открывшая дверь, шевелит пальцами, словно собирается схватить ее за руку:

— Слышу, стучат вроде. Или, думаю, примстилось? Опять слушаю: и вправду стучат. Напугалась. Даже звук выключила. Кто ж это, думаю? Мои-то к ночи приедут...

— Здравствуйте, я... — она улыбается, будто хочет успокоить: бояться нечего.

— Входи, входи. Я новости смотрю, — старуха направляется в комнату. Она идет следом, прижав к груди папку с документами.

На комоде, массивном — едва втиснули между ждановским шкафом и металлической кроватью с шариками, — вспыхивает плазменная панель. Запустив руку в карман передника, старуха достает пульт, подслеповато щурясь, перебирает кнопки: чудо современной техники, чьи габариты сделали бы честь самой просторной гостиной, откликается послушно, предлагая на выбор множество каналов, большинство из которых либо не открываются, либо дают смутную картинку. Уверенно ловятся только «Первый» и «Россия».

— Я — ваша соседка. Оформляю документы...

— Никак не привыкну... — старуха оборачивается, протягивает пульт. — Где тут у них звук включать?

Она берет пульт, нажимает кнопку.

— Вот что значит глаза-то молодые! А я тычу, тычу... Садись. Вон, на табуретку. *Самого* показывают...

Мельком взглянув на экран — «Снова про погорельцев...» — она оглядывает комнату, отмечая приметы прошедшей жизни: череду слоников на буфете, шаткие — даже на взгляд — стулья, вазочки цветного стекла. Верхнюю крышку шкафа оккупировали обувные коробки — старые, теперь таких не делают. Но в то же время это никак не похоже на музей. Каждый слоник, каждая обувная коробка в этом интерьере кажутся живыми. Просто кто-то выключил звук. Но его можно включить, и тогда они снова заговорят, расскажут о своей долгой и трудной жизни, главная удача которой заключается в том, что их оставили в живых, не вынесли на помойку.

— Ох, бедные-бедные, — старуха вздыхает, сложив на груди руки. — Ничего, потерпите, милые. Еще заживете. Помощь-то поспела, — отводит от экрана повлажневшие глаза.

Она прислушивается к голосам, доносящимся из телевизора:

— Если государство поможет, ничего, мы справимся...

— Дети уехали, одним-то совсем тяжко...

— Хорошо бы газ протянули... И дорогу. Хоть какую. А то ведь у нас как? Весной и осенью не выбраться. Скорая — и та не едет.

Поборов первое смущение, старики, собравшиеся на краю леса, жалуются наперебой, улыбаясь счастливыми губами. *Он*, чье появление в их деревне не назовешь иначе как чудом, годится им в сыновья — которые давным-давно уехали или спились. Если б не пожар, *он* бы тоже не приехал — в глубине души они благодарны пожару. Конечно, не сын. На сыновей нельзя полагаться. Для них, доживающих свои жизни, *он* — всесильный отец, который обязательно поможет, выполнит их скромные просьбы: газ, электричество, водопровод. Неужели им это не снится и отец нации действительно стоит рядом, время от время бросая красноречивые взгляды на отца района, который кивает, улыбаясь бледно?

Она обегает взглядом пространство комнаты. Никакому инсталлятору не достигнуть этого уровня подлинности: тут работает непрерывность времени. Каждый предмет — любая коробка, склеенная из небеленого картона, — слагается в историю жизни. Ее вершиной стала шикарная плазменная панель. Казалось бы, без мощной цифровой антенны в ней нет никакого смысла. На самом деле — есть. «Еще какой... Мне ли не знать...» Единственное дополнительное условие, которое выговорили для себя бывший полковник с супругой, когда нанимались к ней на работу: в их домике должна быть плазма.

Решив проблемы со стариками, главный федеральный канал переключается на молодежь. Голос диктора рассказывает о субботнике, который устроили в бывшем колхозном саду: «За прошедшие двадцать лет плодовые деревья мичуринских сортов, когда-то составлявшие славу и гордость колхоза-миллионера, выродились. Теперь, по решению "Единой России", на этом месте закладывают новый сад». Юноши и девушки — не то внуки колхозников, не то активисты молодежного отделения — несут тощие яблоньки, каждой из которых предназначена своя лунка.

— Прошлый год яблок было! Девать некуда. В яму закапывала. И грибы. Уж и не знала, что с ними делать. Так ведь еще и страшно: грибы-то, говорят, к плохому.

— Да, да, — она кивает. — Я тоже слышала. Раньше считалось: много грибов — к войне.

— Ох, не приведи господь, — старуха крестится широко и истово. — Раз выхожу: пятнадцать подберезовиков! И где? Не поверишь: на участке, прямо тут, под березой. Чистые, один к одному. А в этот год — не-ет... Тихо все. Сушь. Грибница — и та посохла. Поливаю, поливаю, а завязь падает. Болезнь, что ли, какая... И яблони пустые стоят. А ты-то, — спохватывается. — Чего пришла?

— Я — ваша соседка. Оформляю документы... — она начинает заново.

Старуха слушает тревожно. Дослушав, переспрашивает:

— Так а зачем им? Вон, забор-то стоит, по нему и граница...

— Да кто их знает... Требуют.

— Требуют, требуют... — старуха ворчит недовольно. — Они требуют, а нам подписывай. Ну, где твоя бумага?

— Вот, — она протягивает. — Там внизу пустые линейки.

Старуха надевает очки. Шевеля губами, выводит фамилию, ставит подпись.

— Я опят нашла. Целый пень... — она прячет документ в папку. — Иду, а они растут. А у меня — ничего: ни корзинки, ни целлофанового мешочка, — она не понимает, зачем рассказывает об этом. Может быть, ей хочется поблагодарить старуху, которая подписала, поверив ей на слово, даже не заглянув в кадастровый план. — Пришлось снимать, — она встает, чтобы исполнить пантомиму: снять воображаемую блузку, связать рукава, наполнить тряпичный сосуд грибами. — А там, кроме лифчика — ничего! Можно считать, голая... Представляете!

Старуха смеется легко и радостно, молодея на глазах:

— Да что ты говоришь! — всплескивает руками. — Голая... Это ж надо... А я и не ходила. Думаю, сушь, грибница посохла. Теперь схожу. Да заткнись ты, балаболка! — обернувшись к плазменной панели, жмет на кнопку. — Говорит, говорит... Прям слова не вставишь. Дорогущий. Сын подарил. Теперь стиралку обещает: руки-то скрючило, совсем не владают. Обещал на будущий год. Он бы и в этот купил, да невестка жадная. Внуков ей вырастила, теперь уж не нужна. Хорошую хочу, немецкую. По телевизору говорили: немецкие — самые лучшие. Как думаешь?

Бесхитростная гордость, проступившая в старческом голоса, царапает сердце:

— Да, — она встает и идет к двери. — Немецкие — самые лучшие.

— Вон ведь как в жизни-то, — старуха идет за ней. — Мы победили, а у них самые лучшие.

— Ничего, у вас тоже будет, — она крутит колесико замка.

— Так разве ж я про себя... Иногда лежишь, думаешь: как же так?.. А потом сердце-то схватит: война проклятая вспомнится. Однажды, прям не знаю, что на меня нашло: а если б не мы? Они бы, положим, победили, а у нас все самое лучшее: и телевизоры, и стиралки эти... Не-ет, думаю. Лучше уж так. Мы — победители. А они... Пусть подавятся своими стиралками.

Она оборачивается, смотрит в старушечьи глаза, в которых блещет непреклонная правда.

— Да-да, — сходя с крыльца, бормочет. — Пусть подавятся...

Торопясь, идет по дорожке, вымощенной плитками. Оказавшись за калиткой, вздыхает с облегчением: какое ей дело до чьей-то непреклонной памяти? «Главное — подписала». У нее своя задача: добыть еще одну подпись.

Спускается по склону, одолевая заросли папоротника. Граница участка проходит по ручью. В этом месте ручей делает петлю. Она встает на плоский камень. Поднявшись на цыпочки, оглядывает соседский двор. На крыльце пластмассовый таз, в котором замочено белье. Значит, тоже кто-то есть. Когда-то здесь была калитка. Она подходит ближе, раздвигая высокую траву.

Калитка открывается с трудом. Отсюда к дому тянется тропинка. Справа парник, слева — клубничные грядки. Крыльцо, заросшее диким виноградом. Она поднимается по ступеням, стучится:

— Есть кто-нибудь?

Дверь открывается на щелку. В просвете старушечье лицо.

— Здравствуйте. Я — ваша соседка...

— Входи. Только быстро.

«Почему быстро?» Она заходит в прихожую. За спиной щелкает собачка замка. Когда входишь в чужой дом, этот звук не назовешь приятным.

— Совсем ополоумел! Видно, от жары. Прошлый год сидел как пришитый, — бормоча на ходу, хозяйка направляется в комнату. — А на той неделе — будто сглазили. Демон, чистый демон! Сам дверь открывает! Утром является: одно ухо на сторону, весь оборванный... Я уж караулю.

«Демон?.. При чем здесь?.. Да какая разница...» — держа папку наготове, она идет следом.

— Мурзик, Мурзик! — старуха ходит по комнате, заглядывая во все углы. Демон, обернувшийся котом-невидимкой, не высовывается. Не иначе зализывает раны, полученные в драке с другими кошачьими демонами. — Ну, видала! — старуха всплескивает руками. — Обиделся. Под кровать забился, горе мое!

Стол, покрытый вязаной скатертью. Высокая кровать с шишечками, под которой притаилось старушечье горе. На веревке, протянутой из угла в угол, сушатся пучки травы. Пряный дух приятно щекочет ноздри.

— У вас не жарко. А у меня ужас какой-то.

— Так не открываю: ни дверей, ни окон. Жарища-то с улицы... Ну и бес с тобой! Забился — сиди.

Отчаявшись выманить своего гулящего демона, старуха машет рукой, будто снимает с себя ответственность за его незавидное будущее.

— Я — ваша соседка, — запнувшись, чтобы сориентироваться на местности, она тычет пальцем в стену.

— Дочка писателя? — в глазах хозяйки доброжелательное любопытство.

Она кивает: притворяться не к чему. Здешние соседи знают все.

— От горе-то какое... — старуха прикладывает руку к щеке. — Я уж и своим говорю: не балуйтесь с этими грибами... Нынче сплошь ложные, и пробовать нечего — одна горечь, — выполнив мимический ритуал, отдающий дань чужому горю, старуха снова улыбается. — Семьей приехала? Я ведь помню твоего мужа — такой видный из себя.

Старуха не может помнить: с мужем никогда не приезжала. Но это не имеет значения.

— Нет, — качает головой. — Мы разошлись.

— Тяжело, — старуха морщится горестно. — В семье-то ведь — как? Каждый на своем месте. Я вон тоже: блокадница, ветеран труда. Сорок лет на одном производстве. В собес пришла, а они смеются. Вот бы, говорят, и все так. А то, бывает, и трудовая распухшая, и вкладыш полный. Бегают, бегают... Ищут, где лучше. А — нигде... Сына хоть успела вырастить?

— Почему... сына? — она переспрашивает изумленно, будто старуха и вправду угадала.

— Дак по женщине всегда видно. Вон я. По молодости тоже парня хотела, а погляжу в зеркало: судьба. Хоть дюжину рожай, а парня не будет. Одни девки...

— А как вы... это определяете?..

— Да никак, — старуха вытирает сухие руки о фартук. — Это пусть они определяют, узи какое-то выдумали. А я гляжу и вижу.

— Дело в том... — она собирается с мыслями. — Я оформляю документы. Вчера приезжали из Соснова, делали кадастровую съемку, уточняли границы участка. Соседи должны подписать. Вот здесь... Если дача оформлена на вас.

— А на кого еще! Мы с Василием строили. Так и сказала своим девкам: умру, все вам отойдет, с собой не заберу. А пока — шиш! Была хозяйка и останусь хозяйкой. И отец бы, говорю, одобрил. Василий Петрович — мой покойный муж. Ты должна помнить.

— Да-да, конечно, — она подтверждает с торопливой готовностью.

— Садись, — старуха подвигает стул. — Очки поищу, так-то не увижу. Куда ж я их?..

На столе, покрытом вязаной скатертью, лежат фотографии. Загородный дом — недостроенный, успели подвести под крышу. На переднем плане улыбаются парень с девушкой.

— Ваши внуки?

— Внучка, — старуха шарит на полке, роется в ящике стола. — С мужем со своим, в Москву перебрались. Работают, работают, а денег все одно не хватает. Всё в кредит. Я говорю: страшно, вон, по телевизору — приходят, вымогают, эти-то, из банков. Служба у них специальная: чистые бандиты. Так разве остановишь! Ничего, говорит, бабуля, пробьемся! Ох, смелая девка, вся в меня.

— Ничего, теперь так многие делают. Зато хороший дом будет.

— Не дом, а хоромы, — старуха поджимает губы. — Раньше и понятия не имели. Да что — мы! У начальства — и у того не было. А все равно жили хорошо. Ну и что — в коммуналках! Зато дружно. Справедливо. И люди были хорошие. Это теперь избаловались. — Старуха идет к телевизору, покрытому вышитой салфеткой. — Вон же они. Прям горе с памятью: положила — и из головы вон... И света нету. Пятница. Полчаса как отключили...

Ей хочется спросить: а когда включат? Но она останавливает себя: старуха — не местное божество, чтобы знать ответы на все вопросы. Лишь бы подписала...

— Теперь только завтра, — хозяйка тянется к ручке, — утром, в девять часов.

«О господи...» Она чувствует мурашки, бегущие по коже.

— Ну, где тут?..

— Здесь, — она показывает на пустую линейку. — Подпись и фамилию...

Примериваясь, старуха заносит ручку:

— Ну вот... Руки-крюки, там-то поглядят — напугаются, — старуха улыбается, протягивает лист.

«*Там*... Где — там?» Неловко: просто встать и уйти.

— Знаете, — она оглядывается, — так получилось, я давно не приезжала. Как тут?

— Ничего, живем помаленьку.

— А дочери ваши? Приезжают?

— Да где им... — старуха вздыхает. — У них теперь свое: построились, своих дел по горло.

— А как же вы справляетесь?

— Так и справляюсь, как всю жизнь. Руки вон только болят. На огороде ничего, а как стирать начну... Вода-то горячая, ох, крутит... В холодной пробовала — не отстирывается. Вот я и задумала: машину стиральную купить. Коплю, откладываю с пенсии. Уж года четыре. По телевизору говорили: немецкие — самые лучшие. Как думаешь?

— А дочери? Почему не помогут?

— Да куда им! — старуха отмахивается. — Был бы сын... Не поверишь, — переходит на шепот. — Отродясь смерти не боялась. Чем такая жизнь... А теперь боюсь. Лежу и думаю: вдруг усну и не проснусь? Так и не узнаю: как это, когда машина стирает, а я рядышком сижу...

Она опускает голову: хочется встать и сокрушить этот новый мир, в котором есть все, кроме самой элементарной справедливости.

— Не надо, — она слышит свой потерянный голос. — Не копите. У меня есть лишняя. Вам привезут. На той неделе.

Старуха смотрит недоуменно. Глаза, выцветшие в борьбе с жестоким временем, подергивает тень.

— Нет-нет, денег мне не надо. Пожалуйста, не отказывайтесь, — она просит торопливо, боясь, что тень сгустится и примет форму нищенской гордости — единственного спасения от векового рабства и вековой нищеты.

— Я... Нет... — старуха делает шаг, протягивает руки. — Спасибо тебе, доченька... — обнимает, гладит по спине.

Ее пронзает электрический ток. Сильный. Сильнее, чем все силы разума. Торопясь, пока не хлынули слезы, встает и идет к двери. Дверь не поддается.

— Я т-те вырвусь! Морда паразитская!.. Стой, нечистая сила!

Она оборачивается растерянно. Из-под кровати что-то порскает. Загораживая дверной проем, старуха машет руками. Огласив дом отчаянным мяуканьем, тощая тень кидается в угол.

— Всю ногу оцарапал... — припадая на правый бок, хозяйка кота ковыляет к двери. — Гляди-ка, — задирает юбку. — Думала, с мясом вырвет.

Она смотрит сочувственно: царапина, но неглубокая. Не до крови.

— Ох, дождешься у меня... Когти-то повыдергаю, — старуха возится с замком. — А ты весной приходи. Дам тебе отростков. Черной смороды. У меня хорошая, крупная...

— Спасибо, — она выскальзывает на крыльцо. — На моем участке не вырастет. Земля плохая...

— Дак хорошую купи, — старуха выходит следом. — Пару машин. Договоришься в ДЭКе. Грядки сделаешь.

— Времени нет. Работа...

— А сын на что? Сына попросишь. Ты помрешь, ему отойдет. Тоже дети народятся. Он помрет — всё им...

— Да-да, попрошу...

Она идет по тропинке. Из глаз льется вода. Горячая, как кровь. Течет по щекам. Она ничего не видит, только чувствует слабые руки — утешают, гладят по спине.

«Помирилась. Я с ними помирилась», — бормочет безумные слова.

Прижимая к груди папку с документами, поднимается по склону. Дойдя до калитки, оборачивается к лесу, словно они там: родители, с которыми как будто помирилась. Во всяком случае, с матерью. Обещала стиральную машину. «Проще отсюда, из Соснова. Отправлю Василия Петровича. Купит, заодно и подключит».

Она понимает: это все иллюзия. С живыми бы не вышло, ничего, никакого мира. Но так все равно лучше, чем злость, горечь, непримиримость.

Вдали, меж деревьев, сияет что-то красное.

— Идиоты. С ума сошли. Им-то что, сядут и уедут... — она срывается с места. Идет по тропинке решительным шагом. Впереди, за дорогой, ведущей к линии Маннергейма, мелькают березовые стволы. Обочины поросли молодым ельником. Можно поискать тропинку, но она идет напрямик, раздвигая еловые лапы: сейчас она им покажет...

Перед ней пустая поляна. «Сбежали?..» Ни дымка, ни следа от костра. Только красный диск: солнце — хозяин света и тени, блага и зла, рождения и смерти — догорает между сосен, прежде чем уйти с земли.

Старуха сказала: «Попросишь сына...» Теперь, когда умершая мать назвала ее доченькой, мысль о сыне не кажется безумной. Сорок семь — не старость. Полгода назад прошла диспансеризацию, сдала все анализы. Гинеколог сказал: гормональный фон в норме. В Италии хорошие клиники. Если поставить цель...

«Надо только решиться...» — закатное солнце, жаркое и открытое, звенит в ушах.

234

Когда сын подрастет, она свезет его в Мадрид, найдет смешного дядечку, одетого в старинную куртку. Это нетрудно, у нее осталась карточка. Наберет номер, скажет: «Я — та самая женщина из России, которую интересует одна-единственная картина». Он спросит: «Госпоже понадобились мои услуги?» — «Да, — она ответит. — Только не мне. Сыну. Теперь ему пятнадцать. Это я — торговка. А он — талантливый мальчик. Мечтает стать писателем». — «Госпожа хочет, чтобы я рассказал про инквизицию?» — «Нет-нет, — она покачает головой. — Инквизиции не надо. Я хочу, чтобы вы показали ему подлинник: фигуры, одетые в костюмы времени. И другие: маленькие и голые. Помните, вы назвали их жертвами? Скорей всего, он будет писать по-итальянски, но его родина — Россия. Тот, кто хочет стать писателем, должен знать и помнить...»

Она стоит на краю поляны, дожидаясь, когда солнце наконец закатится. В темноте такие вещи выговорить проще: если сын спросит, она найдет что сказать. Твой дед был хорошим человеком. Второсортный писатель — не смертный грех.

Последние лучи обливают стволы сосен. На мгновение ей кажется: не деревья — багровые отсветы. Лес — щит дикаря, пляшущего перед древним костром... —

———

Он сидит над горячей чашкой, дожидаясь, пока чай немного остынет.

Если один пускался в дебри зауми, другой прерывал: «Вещуньи, стойте! Ваша речь невнятна». Если в споре захлестывали эмоции, кто-то обязательно вопрошал: «Иль мы поели бешеного корня, связующего разум?..»

«Жаль, что не купил водки... — Водка — лекарство от тоски. Он не умеет пить в одиночестве. В сущности, даже в этом всегда себя контролировал. — Ну нет, — отодвигает чашку. Случалось, и напивался, но по-настоящему, как тогда с Марленом, — за всю жизнь, может быть, еще раза два.

Праздновали день рождения. Именинник запасся портвейном, купил две бутылки. Казалось бы, здоровые парни, на двоих — нормально. Но «Солнцедар» — жуткое пойло, бьет по башке. Смеялись, рассказывали дурацкие анекдоты.

«Под стол, под стол!» — этого правила Марлен придерживался неукоснительно. Пустые бутылки называл трупиками. «Извини, — он кивнул и сунул под стол, неловко, бутылка покатилась, уткнулась в тапки — плоские, как глубоководные рыбы. Выудил, пристроил на подоконник. Пьяными глазами оглядел пустую комнату. — Слушай, пол-одиннадцатого, а где народ?..»

Марлен сидел, съежившись. «Мой отец — кровопийца. Поднялся на чужой крови».

«Ты чего?!» — он растерялся: с одной бутылки так не напьешься — молоть такую чушь.

«Слыхал про космополитов, беспачпортных бродяг в человечестве? — Марлен откупорил вторую, разлил. Хватанул полстакана. — Ух и пойло! Ядовитое», — закусил черной коркой. Колбасу, купленную на закусь, уже сожрали.

«Ну да...» Антисемитская кампания. Государство преследовало евреев. В конце сороковых и, кажется, до смерти Сталина. Университета тоже коснулось: кое-кого из ведущих профессоров уволили. Но при чем здесь его отец?..

«У тебя что, отец — еврей?»

Марлен усмехнулся: «Нет».

Он вдруг почувствовал разочарование: подспудно, в глубине души, не признаваясь себе, надеялся, что

Марлен — еврей. Хотя бы *половинка*. Просто скрывает. Спросил: «А мать?»

«Старик, — Марлен допил до дна, налил по новой. — Ты у нас чего? Отдел кадров?»

«Да нет, просто так. Извини». Нет, не обиделся. Человек имеет право скрывать такие вещи, во всяком случае, не афишировать. Но они же друзья. Другу признаться можно. На то и друзья, чтобы не таиться.

«Представь себе, чистокровный ариец. И оба родителя. И деды с бабками. — Марлен жевал хлебную корку. — И даже имя собственное».

Он хотел поправить: не имя собственное, а собственное имя. Но не стал. Просто переспросил:

«Разве? Мне казалось, немецкое».

«Маркс и Ленин. Точнее, их обрубки. — Марлен смахнул колбасную шкурку, прилипшую к запястью. — Если что, пройду любую селекцию».

Селекцию. Он допил и понял, почему надеялся на Марленово еврейство. Вспомнил: один разговор, давно, еще на первом курсе. В туалете болтали два первокурсника, правда, с другого потока. Один сказал: «В этом году было легко. Всех евреев резали». Другой: «Да. Проскочили. Считай, повезло». Он вышел из кабинки. Хотел сказать: «Вы что, идиоты?» Но не успел — этих двоих как ветром сдуло. Потом, когда подружились с Марленом... Нет, конечно, он об этом не думал. Ему-то без разницы — у кого какая национальность. Но окажись Марлен евреем, это бы означало, что сам он поступил честно, преодолел огромный конкурс. Потом вроде бы забылось. Тем более, в сущности, домыслы и ерунда. Критерий истины — практика: на их курсе было несколько евреев. Это если говорить о чистокровных. А уж половинок, которые скрывают...

Взглянул на часы: без четверти одиннадцать. Как бы не опоздать на метро.

Но Марлен уже завелся, оседлал своего любимого конька — рассуждал о регрессе, к которому семимильными шагами движется наше общество: «До войны — хоть какая-то надежда. А после — всё. Филология, история, экономика, биология... — загибал пальцы, перечисляя области науки, которые постигла окончательная катастрофа. Если верить Марлену, это случилось в сороковых-пятидесятых. — Разрушены ведущие научные школы. Когда вырваны культурные растения, на пустом месте вырастают сорняки. Можешь спросить у своих родителей. Они ж у тебя садоводы».

Ему не понравилась интонация, с которой Марлен упомянул его родителей. Парировал: «Не пори ерунды. Наука — не грядка. Так не бывает. Все равно остаются какие-то корни. Вон и французы твои — ты же сам сказал, великая теория. Если что, воспользуемся».

Он выходит из времянки.

В сумерках силуэты деревьев проступают особенно ясно. Вдали, за березовой поляной, пылает солнце — тяжелый красный диск. Издалека оно похоже на костер, бросающий багровые отсветы. «Заблудились. Мы все заблудились...» Он думает о свободе. Еще каких-нибудь двадцать лет назад он тоже надеялся. Оказалось: гнилые мостки. Теперь, когда это стало ясно, единственный выход — вернуться назад, туда, где осталась их дружба с Марленом. Их разрыв — катастрофа. Марлен тоже страдал от одиночества. Поэтому и спился, загубил свой талант. Если бы не расстались, он бы не дал, не позволил. Объяснил, нашел правильные слова: сын не должен отвечать за отца. Вина не передается по наследству. У каждого своя. Его вина в том, что он не понимал Марлена. Не дал себе труда проникнуть в его мысли. Эту вину он готов признать. Марлен говорил, что ненавидит *все это*, потому что живет чужой жизнью, работает в котельной — сутки через трое. Последние двадцать лет он тоже живет чужой. Бессмысленной.

«А я, что стало бы со мной? — Раньше не задумывался об этом. Теперь, когда понял главное, ответ очевиден: рядом с Марленом у него тоже прорезались бы крылья. Он поводит лопатками, будто прислушивается. — Еще прорежутся...» Пусть не такие, как у Марлена, но он сумеет взлететь.

Багровое солнце, которое легко принять за костер, закатывается. Гаснет прямо на глазах.

Кое-чем придется поступиться. Он осознает это, отдает себе отчет. Во-первых, цензура. Но цензура так и так возвращается. Разве не об этом говорил главный редактор? К тому же ее нельзя назвать абсолютным злом. Цензура острит ум. Переводчик вынужден идти на всяческие ухищрения. Текст, прошедший цензуру, не равен себе — в нем появляется глубина, многослойность, рождающая неконтролируемые ассоциации. Одно это способно победить тоску, ужас бессмысленного существования.

Он подходит к крыльцу. Кладет руку на поручень. Вспоминает однокурсника, который назвал его тупиковой ветвью.

Вступая в сумрак веранды, думает: «Это мы еще посмотрим...» Когда время движется вспять, у тупиковых ветвей появляется преимущество. Этим, которые вырвались вперед, возомнили себя во главе прогресса, придется догонять.

ЖИВОТНЫЕ, ЧЕЛОВЕК
(суббота)

Он проснулся от тупой боли. Пошевелил языком и открыл рот, будто надеясь, что боль, воспользовавшись образовавшимся отверстием, выползет наружу, но она, царапнув по десне, забилась поглубже, свернулась горячей улиткой. Нетерпеливо запустив палец, покачал корни: они не подавали признаков жизни — как и подобает мертвецам. «Во всяком случае, не пульпит». Исключив самое неприятное, означающее необходимость срочных мер, в его случае — безотлагательного отъезда, пошарил во рту, пытаясь нащупать источник. Боль гнездилась в расцарапанном языке. Подушечкой пальца чувствовал ранки, похожие на язвочки.

Встал и подошел к зеркалу. Вывалил опухший язык — как пес, измученный жарой. «Странно, я же спал...» — разозлился, хотя на кого тут злиться: неужто на язык, который должен был почивать мирно, но на самом деле вертелся и крутился, царапаясь об острые корни. Словно, пользуясь сонным беспамятством хозяина, с кем-то болтал — ночь напролет.

— И что теперь делать? — вопрос, заданный предательским языком, прозвучал глухо и невнятно, но они поняли.

Как — что? Есть народные средства. Прополоскать отваром ромашки. Или заварить кору дуба.

Насчет дуба он не был уверен. Кажется, кора — слабительное. Но даже если они и правы, где эти средства взять? Представил, как отправится в лес искать кустики ромашки — кстати, что у них заваривают: листья? цветы? корни? — или ковырять дубовый ствол. Чем? Вилкой? Ножом? Может быть, грызть зубами?

Пощелкал выключателем: «Безобразие! Форменное! Половина девятого...» — переступая с ноги на ногу и путаясь в штанинах, натянул брюки, чувствуя тайное облегчение. Народные средства полагается заваривать. Электричества нет, плитка не работает — можно считать, вопрос снят.

Вышел на крыльцо, потянулся. Взглянул на градусник: +30 — еще один адский день. Единственное утешение: в городе еще хуже, тут хоть чистый воздух.

Повернул голову и замер: СНОВА ОТКРЫТА. Черенок лежит на земле.

— Ну что ты будешь делать! — устремился вниз, поджимая тапки. У самой времянки, вдруг — не то чтобы понял, скорее почувствовал: что-то не так. Неужели все-таки вор?!..

Помедлил, но взял себя в руки. «Да сколько можно!.. Дрожать. Шарахаться от собственной тени...»

Ведро... Электрическая плитка... Стоял в дверях, опешив.

На столе, покрытом клетчатой клеенкой, лежал кот.

— А ну-ка — брысь... — негромко, голосом, еще хриповатым со сна.

Наглое животное скосило золотушный глаз и, на мгновение задержавшись на человеке, широко зевнуло, обнажив белые резцы и серые десны. Длинное тулови-

241

ще потянулось сладко, до дрожи: от холки до кончика хвоста.

— Брысь, кому говорю! — на этот раз получилось громче и уверенней.

Кот повел надорванным ухом и окинул его бесстрастным взглядом, выражающим вечное презрение к твари, стоящей на низшей ступени эволюции, к тому, кто — по прихоти судьбы или замыслу Творца — стоит выше.

— Ну сейчас ты у меня... — решительно (все-таки, не вор, не опасный злоумышленник) стянул с гвоздя полотенце — орудие спасения давешнего шмеля — и шагнул вперед, замахиваясь. — Брысь! Брысь!

Кот лежал, постукивая кончиком хвоста. Делал вид, что не понимает по-кошачьи.

Прикидывая, как бы половчее спихнуть узурпатора, он обошел стол. Золотушные глазки, в которых не брезжило ни тени испуга, ни света разума, неотступно следовали за ним.

— Сейчас поймешь... — ухватил угол клеенки, дернул на себя.

Животное шевельнулось и, не особенно утруждая лапы, спрыгнуло: сперва на скамейку, потом на пол — и направилось к выходу. Напоследок, уже в дверях, кот все-таки обернулся: в узких щелках, испещренных золотистыми искрами, мелькнула ирония. Явственно, он готов был поклясться. На него смотрели осмысленные глаза. Лишь по какому-то недоразумению они достались твари, которую человек — по вечному обыкновению — ставит ниже себя.

Как бы то ни было, инцидент был исчерпан.

Прислушиваясь к непривычной тишине — холодильник не издавал ни звука, — собрался позавтракать, но передумал: пока не врубили электричество, лишний раз открывать не стоит...

Холодильник закрой. Не держи открытым.

Он изумился:

— Да я же не открывал!

Не открывал, — даже признав очевидное, родители не сдавались. — *Но собирался открыть.*

Возразить было нечего: действительно собирался. Тут только сообразил: плитка. Тоже не работает. Похоже, горячий завтрак отменяется. Обернулся: дверь во времянку открыта. Кот наверняка где-то рядом — ходит, ждет своего часа. «Может, закрыть? — Разозлился на себя. Только этого не хватало — плясать под кошачью дудку. — Вернется — выгоню». Сел за стол. Шевельнул наболевшим языком и вспомнил: ночью он разговаривал с Марленом.

Даже во сне знал: друга нет в живых, а значит — по логике вещей — все должно происходить в особом, искаженном пространстве, но комната выглядела обыкновенно. Разве что очень большая, метров сорок. Судя по высоте потолка, старый фонд.

Казалось бы, должен испугаться, но он стоял, озираясь с любопытством, оглядывая замысловатую лепнину, высокую — под потолок — печь, обложенную майоликовой плиткой. Кое-где плитки выкрошились, оголив кирпич.

Если судить по мебели — старинной, красного дерева, — хозяину полагалось кутаться в стеганый халат или шлафрок с тяжелыми оперными кистями, но на Марлене были вечные джинсы, протертые на заднице, и старый вытянутый свитер. Может быть, поэтому и выглядел молодо — максимум лет на двадцать пять. Помогало и слабое освещение: из трех гнезд люстры, висевшей под потолком, горело только одно. И короткая стрижка — в прежние времена Марлен ходил заросшим. Рядом с другом, сохранившим молодой облик, он чувствовал себя пожившим.

Свет, не достигавший углов комнаты, казался пыльным.

— Ты здесь ... ? — он проглотил *живешь*: не был уверен, подходит ли это слово к нынешнему Марленову существованию.

— Угу, — выступив из тени, Марлен ответил — ему показалось, равнодушно. В сердце шевельнулась обида, но он по обыкновению проглотил.

— Хорошая квартира...

Сквозь щель в приоткрытой двери проглядывал ломтик коридора. Каким-то образом он понял: там множество дверей, за каждой огромная комната — и все это принадлежит Марлену. По нынешним временам — целое состояние.

— Угу, — Марлен кивнул. — Родительская.

— Ты с ними помирился? — он обрадовался от всего сердца. Сколько лет мыкаться: сперва в общежитии, потом по чужим углам — снимать комнаты в коммуналках.

— Отошла по наследству, — Марлен ответил неохотно.

— А *это...* мы с тобой... где? — опасаясь насмешек, выбрал нейтральную формулировку.

— Черт его знает, — Марлен подошел к стеллажу, снял с полки книгу в синем коленкоровом переплете. Пролистал, ловко пропуская страницы сквозь пальцы — как заядлый картежник свежую колоду. Коротким прицельным жестом отбросил в угол, где (только теперь он обратил внимание) высилась груда книг. — Нам с тобой без разницы.

— Без разницы? — переспросил осторожно. — Почему?

Марлен снял с полки еще одну — тоже в коленкоре, но отдававшем прозеленью.

— Почему-почему... По кочану, — бормотнул и, на ходу поддергивая рукава, словно его ждала черная работа, направился к печи. Взвыла и застонала тяга. Коленкоровая обложка вспухла голубоватым пламенем. Он смотрел на занимающиеся страницы: они вертелись, будто небесный огонь пропускал их сквозь пальцы.

— Вот, — Марлен взял следующую. — Жгу. Папашины. И его коллег.

— Это... — он догадался. — Суд?

— Как бы, старичок, как бы... — Марлен глянул усталыми глазами. — Суд, но не такой уж страшный. Бывает и пострашнее.

— А что потом? Когда... когда... — он хотел спросить: когда сгорят? — но, глядя в Марленовы глаза, отчего-то не решился.

Небесный огонь погас, оставив горку пепла.

— Когда-когда... Закогдакал! — Марлен передернулся зябко. — Работа. Просто работа. Сутки через трое. Прихожу, а они стоят. Целые и невредимые.

— Так ты здесь работаешь? — он совсем запутался. — Но... Это же твоя квартира. Ты здесь живешь.

— Живу, — Марлен подтвердил. — И работаю. Где живу, там и работаю. Где работаю, там и... — махнул рукой.

— А эти, — он кивнул на книги, которые Марлен не тронул, оставил в шкафу. — Кто их авторы?

— Авторы? — Марлен откликнулся равнодушно. — Умерли. Отдали души, — теперь он заговорил торжественно, будто перенял интонацию у какого-нибудь древнего царя или вестника. — Смертью Автора оплачено рождение читателя, — усмехнулся и сменил интонацию: — Ты их видел — наших читателей? Короче, эти мудаки доигрались.

«Смертью автора...» Он опознал скрытую цитату: один из Марленовых любимых французов. Но так и не понял, кого именно Марлен имеет в виду.

— Так ты... — помедлил, подбирая правильные слова. — Разочаровался в французах?

— Французы? — в глазах Марлена что-то мелькнуло. — Они-то здесь при чем? Не они, старичок, а мы. Уроды, слизняки, мокрые курицы... Заставь дураков богу молиться! Нам же пофиг: хоть тебе марксизьм-ленинизьм, хоть литературная теория... Была бы дырка, глядишь, дикари уже лопочут: дискурс, нарратив, бла-бла-бла, конец истории... Если история умерла, значит — и я умер...

— А разве?.. Ведь ты... — он смешался, не смея высказать прямо.

— Не дождешься, — Марлен поддернул джинсы. — А кстати, если я умер, с кем это ты здесь разговариваешь?

Он решил не углубляться — оставить как есть.

— А эти? — обернулся к куче, предназначенной в растопку: если *все* авторы умерли, чего особенно стараться.

Марлен подошел к куче и пнул ногой:

— Не бойсь! Эти и захотят — не умрут: они и так нежить. — Вернулся к печке и, засунув внутрь кочергу — железный палец, пошевелил горячий пепел, будто мало было небесных, листающих страницы.

— Послушай, — ему хотелось утешить. — Может, когда-нибудь... Сгорят.

— На чудо надеешься? Угу. Это — по-нашему. Говорят, случаются, — Марлен кивнул стриженой головой. — Когда рак на горе свистнет. Или Бирнамский лес... Поднимется и пойдет на за́мок. Так что ликуй, мой друг Макбет...

Теперь он отдавал себе отчет: связный диалог — мнимость. Разговор с Марленом он воспроизвел условно, перевел с языка сна. Какие-то звенья вообще выпали, будто перевод прошел жесткую редактуру: что-то оставили, что-то отмели. Сосредоточившись, вспомнил звено, вымаранное редактором. На эту тему он заговорил сам. Сказал: вот ты киваешь на Европу, дескать, тамошняя жизнь — рай. Но ведь это тоже миф. В мире не существует страны, где божий замысел воплотился бы в полной мере. В каком-то смысле земная жизнь — вообще катастрофа: то наводнения, то смерчи, не говоря уж о террористах и вооруженных столкновениях. Сидел, шаря пальцами по пустой клеенке, пытаясь вспомнить, что ответил Марлен. Слова Марлена вылетели из памяти. Но на то и дружба, чтобы знать заранее: «Не пори ерунды! Одно дело — мир, другое — мы. Наши катастрофы не лечатся. Время их только усугубляет...»

Тут, будто подтверждая эти слова, чихнул и ожил холодильник. Он вздрогнул и взглянул на часы: 9:03. Разговор получился болезненным, но главное — боль осталась. Словно Марлен сорвал с его души металлическую коронку, обнажив гнилые корни, за которые цеплялся язык — русский, родной, на котором он думал и чувствовал.

До разговора, случившегося в ином пространстве, существование друга — во всяком случае, с его точки зрения, — определялось словом *тоска*: хаотическое брожение, смутное ощущение реальности... У него не было сомнений: Марлен жил не рассудком, а чувством, временами — чему он сам был свидетель — впадал в бешенство, заливал душу портвейном, томился, ощущая в себе какие-то тайные нереализованные силы — иными словами, был русским человеком. Теперь не то чтобы понял, скорее почувствовал: тоска-то тоска — но другая, которую нельзя свести к хандре, сиротству, беспомощности. Тоска Марлена глубже. «Тайные нереализованные силы... Мне тоже знакома эта му́ка. В этом смысле мы — близнецы-братья. Геракл и Ификл. — Сыновья одной матери, но разных отцов. В древнем мифе над близнецами, одному из которых судьба предназначила стать героем, летала сова — посланница Афины, богини мудрости. — Мудрый человек не предается саморазрушению, не сводит себя в могилу. — Значит, не Афина... А кто? Клио, богиня истории?..» — он почувствовал, как заныло сердце, и по этой *нойке* — странное слово, на которое однажды наткнулся в словаре Даля, — понял: он на верном пути.

Встал и вышел из времянки.

— Эт-то что такое?!

Прямо перед ним, на валуне, глубоко вросшем в землю, возлежал кот. Отмечая его появление, наглое животное шевельнуло надорванным ухом. Кончик хвоста белел на сухом мхе. Он стоял, раздумывая: прогнать или...? «Там, — оглянулся на дверь, — понятно. Но здесь, на участке... Животное имеет право пересекать границы. Бессловесная тварь — не человек».

Кот, выгнанный из времянки, не смотрел в его сторону, казалось, не обращал внимания, но, он чувствовал — следит. С той же потаенной страстью, с какой следил бы за воробьем, скачущим — прыг-скок! — по тропинке, или мышью-полевкой, шуршащей в высохшей траве. Что это, если не демонстрация? Явное нарушение иерархии, чтобы не сказать божьего замысла. «Выгнать. Взять, — он огляделся, — вон, черенок лопаты. Черенком замахиваться глупо. Можно только метнуть». Ну и кто он после этого будет? Дикарь, мечущий копье...

— Глупость какая! — Вдруг вспомнил: селедочная головка завалялась в холодильнике.

Чертов холодильник выл, набирая потерянный холод. Словно предпринимал все от него зависящее, чтобы забыть прошедшую ночь. Он распахнул дверцу: под ноги полилась вода. Казалось бы, тонкой струйкой, но натекло существенно. Снял с гвоздя полотенце, кинул в изножье — будто прикрыл срам. Селедочная головка лежала на верхней полке.

Не решаясь подойти близко, примерился и кинул. Угощение угодило прямо под нос узурпатора. Кот не шелохнулся, как говорится, ухом не повел. Точнее, повел, только в другую сторону, откуда слышались голоса. Две женщины поднимались по склону. Не замечая его, остановились у калитки. Поставили на землю сумки.

Подумал: «Из магазина». Поблизости есть еще один, по ту сторону ручья.

— А я им говорю: конечно, понимаем. Для нас главное — когда поправится? — женщина, та, что помоложе, нагнулась к сумке.

— Ну, а они? — другая — постарше, пожалуй, его возраста.

— Мы, говорят, не боги, а врачи. — Молодая вытащила бутылку воды, отвернула пробку. — Будешь?

— Так болезнь-то, болезнь какая? — взглянув на бутылку, та покачала головой.

Молодая сделала глоток и закрутила пробку:

— Не знаю. Темнят. Говорят: депрессия. Ничего себе депрессия! Четвертый месяц лежит носом к стенке. А то встанет и ходит. Свекровь говорит: бес в него вселился. За попом сходить надо.

— Дожили! — женщина средних лет откинула со лба челку. — У нас что, Средние века?

— Так это не я, свекровь, — другая сбросила босоножку. Подняла, вытрясла песок.

— А ты возьми и скажи: нет тайных болезней. Все это — мракобесие. Бывают плохие врачи...

Подхватив тяжелые сумки, женщины двинулись дальше.

«Да-да, именно болезнь... Тайная, историческая», — в случае Марлена это обретало двоякий смысл: с одной стороны, все помыслы человека, зараженного этой болезнью, обращены к истории, с другой, — источник болезни таится в самой русской жизни, точнее, русско-советской. Советская болезнь не лечится. Уж в чем-чем, а в этом его друг был уверен: для него именно советская жизнь стала квинтэссенцией национального бытия.

«А для меня?.. — он прислушался, будто ожидая, что ответ снова придет откуда-то извне. Как подсказка, которую, затаившись, невольно подслушал. — А может быть, правильнее говорить о другой болезни? Не советской, а русской». Вспомнил: Рильке, которого переводил Марлен, утверждал, что именно из этой тоски-болезни народились чудотворцы и богатыри русской земли.

В данном случае — сидел на скамейке, вперившись в пустое пространство, — о чудотворстве не может идти речи, разве что с большой натяжкой: стихотворные переводы — удача, отличная работа, но чудо — это уж слишком... Пусть не чудо, но что? Как так вышло, что даже посмертная жизнь Марлена оказалась осмысленной? Осененной трагизмом Сизифова труда. Тут уж никаких сомнений: его покойный друг, переводивший немецких неоромантиков, ухитрился стать героем, поднявшим бунт против отца — великого Зевса, ну, может, не Зевса, а мелкого божка советской филологической науки, но Марлен — своей непреклонностью — сумел поставить себя вровень с богами, бросить им вызов. Дело не в нынешней ночи. Сон — следствие. Об этом он догадывался и раньше, но боялся себе признаться: порвав с отцом, его друг катил тяжкий камень истории, в котором поблескивали крупицы правды-руды.

Интересно, как бы тот поглядел на все эти рассуждения? Насмешливо? Или презрительно, угадывая за ними ненавистный ему советский пафос?..

Наглая тварь вылизывала лапу. Странно... Вылизывая подушечки, кошки втягивают когти. Этот — наоборот выпускал. Словно чистил оружие перед решающей схваткой. Он пригляделся: кривые и острые. Ни дать ни взять, маленькие ятаганы.

Рыбья голова как лежала, так и лежит.

— Не хочешь, не жри... — Грубое слово, на которое кот не мог ответить, восстанавливало попранную было иерархию.

«Хотя... преувеличивать тоже не стоит. Герой, но тоже не без греха». Во сне он не успел сообразить, но теперь понял: выходит, Марлен, обвиняющий отца, отрицает свой собственный грех, переваливает на тех, кого сам же крестит дикарями?.. Но ведь он — живой свидетель: разве не Марлен таскал в портфеле книжку, пестовал французские всходы? Да что там! Переводил на русский. Сам, сам высаживал на пустое место, расчищенное его папашей со товарищи. Надеялся, что на нашей почве эти теории разрастутся и забьют советские сорняки.

Обернулся, услышав тихий скрежет. Не столько пугающий, сколько неприятный. Покончив с гигиенической процедурой, кот точил когти о камень.

«Советская история — широчайшее поле. Едва ли не каждое десятилетие — повод для скорби. Но тогда — почему?» Не революция, не Гражданская война, не репрессии тридцать седьмого, в конце концов, не Великая Отечественная — *почему* Марлена замкнуло именно на евреях? Его отец имел прямое отношение к кампании против космополитов. Но если так, разве сын — герой!? Геройство, замкнутое на личной, семейной, истории, нельзя назвать подлинным. Истинный герой — фигура *надличная*.

251

«Уж если на то пошло, подлинным героем мог стать именно я — если бы меня, что вполне можно вообразить, по какой-то причине замкнуло на советской истории. И наоборот: если бы не отец, обличавший космополитов, не исключено, что Марлен вел бы себя как я. Нет, конечно, я всегда понимал: та антисемитская кампания — преступление, — но оставался в границах разума. Во всяком случае, не преувеличивал свое отвращение перед всем советским: не валил в одну кучу... — Провел рукой по затылку: давило голову. — Но так, как Марлен, тоже нельзя — припирать к стенке, выкручивать руки, требовать от каждого. Историческая ответственность — добровольный выбор. Вот если бы мой отец поднялся на чьей-нибудь крови... Или наоборот — подвергся бы репрессиям. Конечно, я бы тоже страдал. Еще неизвестно, в каком случае больше. Но он всего лишь строил дачу, это не возбраняется ни при каком режиме... У кого поднимется рука обвинить его в этом? И вообще, — мотнул головой. — Космополиты — в медицине, в филологии, в биологии. Мои родители — технари».

Кот выпустил наточенный коготь. Будь это человеческая рука, он сказал бы: указательный палец. Брезгливо фыркнув, вонзил в рыбью голову. Подцпил и, не меняя брезгливого выражения, кинул в пасть... —

Снился музыкальный автомат.

Темное кафе... Окна задернуты глухими шторами. За стойкой маячит фигура бармена. Она не видит лица — только пятно, белеющее над рубахой. Ее раздражает музыка — мерная, похожая на марш. Кому пришло в голову включить! Она оборачивается: в углу на невысоком подиуме стоит пианино. По вечерам здесь, должно быть, играет живая музыка, но у нее нет времени дожидаться вечера. И вообще... Отсутствие живой музыки — еще не повод слушать мертвую. Она подает знак официанту. Угадав ее желание, тот направляется к автомату. Сейчас наконец выключит. Ничуть не бывало! Музыка гремит все громче. Она приходит в ярость и открывает глаза.

В комнате страшная духота. Но самое неприятное — зуд. Кажется, чешется все тело. «Комары? Неужели искусали? Конец июля — какие комары... Или мошки?» — внимательно разглядывает руки: от укусов остаются красные точки. Никаких следов. Сбрасывает с себя одеяло, задирает рубашку. В ноздри лезет приторная волна — пот, пропитавший постельные принадлежности. С вечера поленилась вымыться как следует, нагреть воды. Ополоснулась под краном.

— Откуда эта чертова музыка!.. — встает и идет к окну. Приторная волна тянется за ней шлейфом. Послушалась соседку, закрыла с вечера. Она распахивает створку.

На бетонных плитах сидят мальчик и девочка, обоим лет по тринадцать. Магнитофон орет как оглашенный — включили на полную громкость.

— Эй! — она выглядывает, машет рукой, надеясь привлечь внимание. Дети, увлеченные разговором, не слышат. Девочка что-то рассказывает. На детском лице — гримаска, обнаруживающая истинную природу дочери Евы. Сын Адама слушает недоверчиво, почти испуганно. У их ног крутится щенок — комочек, обросший густой шерстью. Мальчик смеется, спрыгивает с бетонной плиты. Девочка одергивает платье, слезает с бетона, идет в лес, не оборачиваясь. Щенок устремляется за ней. Мальчик, подхватив магнитофон за дужку, торопится следом.

Во всяком случае, с музыкой покончено.

Как была, в ночной рубашке, она выходит во двор: набрать воды, поставить на плитку. «Кстати, о плитке, — возвратившись на веранду, щелкает выключателем: свет есть. На часах половина одиннадцатого. Старуха сказала: электричество включат в девять. — Жаль, теперь не проверишь... — открывает холодильник. — Да что тут проверять!» Про себя она знает — *что*. Старуха сказала: смотрю и вижу. Если б знать, что *угадала* со светом, могла угадать и с...

Внимательно перебирает пакетики: овсянка с наполнителями, мюсли, чищеные орехи — ее личная диета, к которой давно привыкла.

— Нет. Этого не хочу.

С вечера хотелось котлет — холодных, покрытых жирной пленкой. Или макарон по-флотски: толстых, серых, теперь такие не делают. Она прислушивается к себе, глотает слюну. Хочется гречневой каши. Полную тарелку, с маслом — желтый кусочек, холодный, тающий по краям. От кислых щей она бы тоже не отказалась — густых, с кусками мяса, с мозговой косточкой. «Беременным назначают белковую диету», — оглядывается испуганно. Будто кто-то может подслушать.

«Это всё — грибы... Стоило начать...» Сколько лет отучала себя. Овощные супчики, гренки, свежие фрукты, если рыба или мясо — всегда на пару́.

«Черт меня дернул с этими грибами! Я похожа на завязавшего алкаша, которому поднесли рюмку. — Все-таки достает мюсли, заливает молоком. Молоко должно быть натуральным, 2,5%. Она не признает восстановленного, за этим следит Наташа. С трудом проглотив пару ложек, отставляет тарелку. — Это — дача, тут всё по-прежнему. Как выяснилось, даже еда».

254

Щи да каша — пища наша. Так говорил отец. Мать готовила простую русскую пищу. А еще он говорил: на даче останавливается время. Раньше злилась, но теперь... В каком-то смысле это даже приятно: время, замершее на отметке ее юности. «Главное — не смотреться в зеркало... — возвращаясь в комнату, бросает взгляд на триптих. — Стекло — другое дело». Лицо, отраженное в пыльном стекле, теряет приметы возраста. Человек-дерево смотрит ей в глаза. Для него она осталась девочкой — юной, как дочь Евы, которая ушла в лес.

Всегда завидовала дочерям Евы, их умелым гримаскам, от которых сыновья Адама сходят с ума. У нее никогда не получалось. Видимо, тоже божий дар, полезный и в тяжбах с соседями мужского пола. Не подписал, но обещал подписать. Она выполнила его условие: собрала подписи соседей. В сущности, он — единственная препона. Заполучив его подпись, она уедет.

«Ничего, как-нибудь договоримся». Если б не вода, которая никак не закипает, сходила бы прямо сейчас. Чтобы мужчина и женщина договорились, нужен запретный плод: страсть, соблазн, в конце концов, общий ребенок. Честно говоря, она изумлена: для нее этот человек — не мужчина. Если не мужчина, то — кто? Она пытается подобрать сравнение: «Мы — существа разной породы. Как собака и кот. Или кошка и пес».

Из-за забора доносится заливистый лай. Видимо, дети возвращаются. Хорошо хоть выключили музыку. Тишина — земное наслаждение.

В детстве у нее тоже был щенок. Что-то с позвоночником — не то врожденное, не то родовая травма. Продавец клялся, что ничего не знал: больных щенков выбраковывают сразу. Выбраковывают — лживое слово. На самом деле душат или топят. В Средние века так расправлялись с незаконнорожденными. Когда обнаружилось, кинулись в ветеринарку. Лекарства, уколы. Сперва подволакивал задние лапы. Через месяц отнялась вся нижняя половина: ползал, подтягиваясь на передних, ходил под себя. Ветеринар разводил руками: «Зачем мучить несчастное животное?» Пришлось усыпить. Это человек рожден для страданий. Животное безгрешно. *Так* больше никогда не плакала. Даже когда родители... Отец утешал. Говорил: знаешь, я где-то читал, у животных нет собственной души. Только общая. Умирая, они не страдают. Просто возвращаются в стаю. Зайцы — к зайцам, жирафы — к жирафам, волки — к волкам.

«Интересно, — она смотрит в небо. — Куда попаду я? Неужели в стаю своих соотечественников, в их общую русскую душу?.. Темную, как их сознание». Эта мысль кажется невыносимой. Еще один довод, чтобы свалить, смыться, унести ноги.

Когда сын подрастет, наверняка спросит:

Как ты думаешь, что такое Русский рай?

— Не знаю... Видимо, идеальное пространство, соответствующее русской душе.

Русской душе? А что это такое?

Мысленно она разводит руками: не так-то просто определить, что объединяет ее соотечественников: и родителей, и старуху из церкви, одетую в обтерханную кацавейку, и старух-соседок, и этого — побоявшегося поставить подпись.

— Ну, во-первых, мы терпеливы, довольны тем, что у нас есть, — она дергает плечом, — лишь бы соседям жилось не лучше.

Почему только русские? Зависть, как ее ни назови, свойственна всем народам.

— А еще мы подозрительны. Всюду видим врагов.

А потом возьмем да и доверимся первому встречному — причем от всего сердца.

256

— Согласна, хотя... Тогда вот: русские творят себе кумиров, ради которых готовы приносить неисчислимые жертвы.

Сын засмеется: *Можно подумать, только они! Человеческая история полна кумирами. Почитай хоть Библию.*

Ей хочется сказать: тогда не знаю, оставь меня в покое. Но с выросшим сыном так нельзя. Она — терпеливая мать, готова отвечать на любые вопросы.

— Русские не умеют жить настоящим: либо прошлым, либо будущим.

Но ты ведь тоже живешь будущим. В котором есть я.

— Ну, во-первых, я тоже русская. А во-вторых, что мне остается?! Всю жизнь ходила по грани, за которой — пропасть, один неверный шаг, и...

Ты имеешь в виду?..

Сын не договаривает, но она знает: он понял. Страстное желание, которое накатывает время от времени: вбить в пол педаль газа, направить машину в столб — чтобы все наконец закончилось, мгновенно и навеки.

— Не выдумывай. Когда-то было, мало ли что приходит в голову. Но теперь, когда есть ты... Незачем торопиться туда, где мы и так окажемся...

А знаешь, что я думаю: на самом деле они не связаны ничем. Кроме общих предков: каких-нибудь русских Адама и Евы. Мифологических родителей. В каждой паре, дающей жизнь новому русскому младенцу, они повторяются вновь и вновь...

Нет, она не согласна: бог, кем бы он ни был, создал мир один-единственный раз. Адам и Ева — прародители всего человечества, на которых лежит первородный грех, за это и изгнаны...

«Русский рай... А все-таки интересно, как он может выглядеть?»

Конечно, ни слонов, ни жирафов. Коровы, козы, куры, кошки, собаки. Птицы тоже местные: вороны, воробьи, галки, сороки. Она вспоминает детали триптиха: на левой створке — озеро. Здесь тоже есть озера. Например, Блюдечко, в котором плавала в детстве. Она улыбается, будто включаясь в детскую игру. Деревья. Там, у них, — помесь кактуса с пальмой. У нас — ели и сосны. Осины. Березы, но не так уж и много. Во всяком случае, меньше, чем принято считать.

С флорой и фауной более-менее ясно. Осталось вообразить прародителей — мифологическую пару, давшую жизнь двум русским братьям: Каину и Авелю.

За оградой что-то шевелится. Она всматривается: кот. Не иначе кастрат. Нормального так не раскормишь... Животное поворачивает голову. В глаза бросается странное несоответствие: огромное туловище, но мелкие черты лица. «В смысле, конечно, морды. Да, прародители... Адам в посконной рубахе? Ева в сарафане? Хоть русские, хоть нерусские — в раю они голые. Одет только бог».

Она переводит взгляд на среднюю створку: сад земных наслаждений.

«Неужели вот эти заборы, участки, дачные домики, грядки, парники, укрытые рваной пленкой?.. У нас свои наслаждения. То, что для других — картина ада, для нас — нормальная жизнь. Весь этот бред со сперминами и горошинами, врагами и отравленными стрелами, секретарями парткомов и передовыми рабочими... Русские души, терзающие друг друга — под присмотром их создателя и отца. Который вечно висит на заднем плане — наш собственный Человек-дерево, губящий и соблазняющий души. Из земли торчат обрубки, но корни уходят в самую глубину. Будто не было ни Адама, ни Евы. Будто для нас — иной замысел:

жизнь, берущая начало от Каина и Авеля — двух русских братьев: один — жертва, а другой...

С веранды доносится бульканье. Она бежит, срывает крышку: закипевшая вода бьет ключом.

«Все это в прошлом. Во всяком случае, я — ни при чем. Я русская, но разве я кого-нибудь терзала? Наоборот, если могла, всегда старалась помочь, — стягивая рубашку через голову, она идет в комнату. — Мои родители — тоже. Если отец кого и мучил — сам себя... Что еще? Да, полотенце».

Все-таки приятно походить нагишом. Сто лет себе не позволяла. Дома всегда кто-нибудь: Наташа, Василий Петрович — не очень-то разгуляешься. А потом... В Репине всюду зеркала. Уже не в том возрасте, чтобы радоваться, глядя на свое отражение.

Она роется в косметичке: дезодорант, шампунь, кондиционер... Спохватывается: мыло. Вечером ополаскивалась, оставила под краном. Придется сходить. Надо что-то накинуть... Она приоткрывает дверь: до крана рукой подать, всего несколько шагов.

«А вдруг кто-нибудь?.. Да кому здесь! Кот, и тот... — привстав на цыпочки, смотрит за калитку. — Смылся восвояси. — На всякий случай оглядывает окна, выходящие на ее сторону. Когда-то давно этот мальчик, сын соседей, за ней подсматривал. Будто что-то щекочет, соблазняет, подталкивает. — Смотрит — и пусть смотрит».

Она выходит на крыльцо: спускается спокойно и неторопливо. «Ничего! — хихикает про себя. — Не маленький. Небось, не ослепнет!»

Туда и обратно: на самом деле какая-то минута, но она чувствует легкость, будто помолодела на двадцать лет.

Ставит таз на табуретку, наливает: сперва кипяток, потом холодную. Еще одно земное наслаждение — горячая вода! —

Он карабкается по лестнице. Взойдя на чердак, выдыхает: «Уф!»

Пишущая машинка проглядела все глаза, дожидаясь своего друга и соратника по работе. «Сейчас, сейчас...» — на ходу приласкав каретку, он подходит к окну. Отсюда соседский двор не виден. Но, конечно, она там. Ее присутствие выдает машина, стоящая у калитки.

Впереди, за деревьями, мелькает что-то пестрое. По тропинке, держась за руки, идут мальчик и девочка. Девочка — в коротком платьице, открывающем стройные ножки. Совсем дети, обоим лет по четырнадцать. Мальчик останавливается у чурбака, оглядывает траву, будто что-то ищет. Девочка садится на корточки. «Неужели они?..» — он всматривается в лица детей, разбивших фарфоровую балеринку.

Девочка поднимает с земли осколок. Издалека он похож на кусочек мыла.

Острым краем царапает чурбак — по распилу, по годовым кольцам. Скорей всего, пишет свое имя. Протягивает осколок мальчику. Тот мотает головой. Девочка надувает губки. Еще одна попытка. Мальчик отворачивается. На его лице написано решительное «нет».

Он чувствует зависть: этот мальчик настоял на своем, не стал ничего подписывать. Вообще говоря, странно — дети любят оставлять имена. В своем роде животный инстинкт: подписать — значит пометить территорию. Дети — узурпаторы. В этом лесу мальчик — он. Ему хочется прогнать, крикнуть: «Это наша территория! Просто мы не догадались пометить...»

Из леса выбегает щенок, тычется в голые коленки. Девочка смеется, встает на ноги. Щенок устремляется вперед — уверенно, как охотничья собака, взявшая свежий след. Подбежав к яме, лает отрывисто и громко. Мальчик и девочка проходят мимо. Он ждет, когда они уйдут подальше от опасного места. Яма — местная нарака, ничего не стоит угодить...

Детские фигурки уменьшаются — их уже почти не видно. Щенок бежит за ними, теряясь в густой траве.

В детстве он тоже мечтал о собаке. Однажды нашел щенка: еще слепого, в коробке из-под обуви. Кто-то снес на помойку. До сих пор помнит это счастье, когда тащил домой: щенок, которого он спас от смерти, станет его верным другом. «Нет. Категорически — нет. С помойки, скорее всего блохастый». Сколько ни упрашивал, заставили снести обратно. В те времена еще не строили дачу, иначе он нашел бы аргумент: а вы? Разве вы сами не носите с помойки?

Он жмурится, на мгновение погружаясь во тьму — в мир слепого щенка.

На другой день специально ходил к помойным бакам. Щенок исчез вместе с коробкой. «Вот и хорошо, — мать варила обед, резала сырое мясо. — Значит, кто-то взял».

Почему он поверил и утешился? А что, если именно тогда?.. Не настоял на своем. Предал верного друга. С этого все и началось... «Господи, что?! — он ходит по душному чердаку. — Что может начаться с щенка!»

— Хватит! — В конце концов, он должен работать.

Машинка поблескивает клавишами. Радостно, как верная жена, о которой наконец-то вспомнили. Потерев руки, он вставляет чистый лист. Крыша уже успела раскалиться. На чердаке нечем дышать. Впору позавидовать пришельцам, чье снаряжение предусматривает аппараты искусственного дыхания. Астронавты не зависят ни от духоты, ни от химического состава атмосферы. Стоит задвинуть лючок гермошлема, и в легкие хлынет чистейший прохладный воздух или как уж он там называется — на их планете.

Готовясь к предстоящей посадке, капитан напоминает членам команды основные правила. На корабле остается дежурная группа. Ее командир имеет приказ: в случае форс-мажорных обстоятельств немедленно взлетать, не дожидаясь тех, кто оказался в безвыходной ситуации. Так гласит «Правило разумного выбора». В Своде Правил этот пункт стоит первым.

Капитан еще помнит времена, когда вокруг этого пункта ломались копья. В настоящее время спор потерял былую актуальность. Не в последнюю очередь потому, что единственный случай такого рода произошел много лет назад. Тогда из экспедиции вернулись два члена команды. Остальные погибли. На начальной стадии расследования эти двое давали противоречивые показания, сходясь лишь в одном: командир корабля, возглавлявший группу разведки, приказал взлетать. Его приказ они расслышали ясно. Потом связь оборвалась.

Расследование велось скрупулезно, но подробности не обнародовали: такие вещи космическое ведомство предпочитает не выносить за порог.

Посмертно командир корабля был представлен к званию героя. Его именем назвали звезду, до того имевшую лишь порядковый номер. Семьи погибших получили значительные денежные компенсации. Их детей, пожелавших продолжить дело отцов, зачислили в Академию Астронавтики без вступительных экзаменов. Неизвестно, сумели бы они поступить без государственной поддержки. В Академии стабильно высокий конкурс: порядка 100 заявлений на место.

Капитан смотрит в иллюминатор, за которым уже восходит голубая планета. В каком-то смысле смерть отцов обеспечила детям интересную и содержательную жизнь...

Он отодвигает стул. Рывком — деревянные ножки скрежещут по дощатому полу. Пишущая машинка, верная подруга, замирает в недоумении.

— Неправда! — произносит громко, будто обращаясь к кому-то невидимому. — Твой отец жив.

Недавно встретил. Шел по набережной Макарова. Навстречу — его отец: похудевший, будто высохший, но все равно молодцеватый — для своих-то лет. Призрак, *которому некому являться...*

Он встает, словно ему не усидеть на месте. Во сне Марлен сказал: ликуй, мой друг Макбет! Фраза прозвучала. Он уверен в своей памяти. Похоже, на этот раз Марлен говорил серьезно. Не просто слова — фразочки, которыми они привыкли обмениваться. А еще Марлен смеялся над его надеждами на чудо. В шекспировской трагедии чудо — Бирнамский лес. *От всех врагов Макбет храним судьбой, пока Бирнамский лес не выйдет в бой!*

Он садится на лежак, сводит пальцы на затылке: «Лес-то здесь при чем? Не хватает приплести сюда ведьм — вещих старух, живущих в шотландских болотах. Где мы, а где Шотландия! В наших болотах одни подберезовики, да и те червивые. Хотя старух тоже хватает».

Откинулся на подушку, вспоминая овощных бабок: старуха-огурец, старуха-картофелина, старуха-кабачок... Что ни говори, уморительная картинка. Только представить: наш лес, болото. Три ведьмы — каждая с полной корзинкой. Усмехнулся: в наших краях даже ведьмы — грибники.

Макбет! Макбет! — вообразил себе их безумные завывания. — *Не знай препон. Никто из тех, кто женщиной рожден, тебе не повредит...*

Расплел взмокшие от жары пальцы. Его препона — замо́к. «Сиди и жди, подстраивайся под их расписание: то придут, то не придут. И этот, насекомое в красной майке: видите ли, у него свои клиенты. Захочет — утром. Не захочет — после обеда... Когда рак на горе свистнет... А еще она, со своей дурацкой подписью...» Он ощупывает брючный карман: телефон молчит. Что бы ни говорил Марлен, главное — он ни от кого не зависел. Уж он бы точно плюнул на всех, включая посланца бригадира.

«А я? Я тоже могу». Надо найти выход, не сидеть сложа руки.

Он идет к люку. Спускается особенно осторожно. Теперь, когда решение почти созрело, как-то особенно глупо: упасть. Он чувствует головокружение. Один неверный шаг, и... Ему легко представить себе собственное тело, скорчившееся под лестницей. Или, наоборот: раскинувшееся в нелепой позе. Если сорвется, никто не придет на помощь. «Разве что она... Рано или поздно все равно явится со своими бумагами».

Странно, но эта мысль придает уверенности. Будто женщина, соседка — в каком-то смысле она тоже досталась в наследство от родителей, — укрепляет его тело, вливает энергию в ослабевшие члены.

Он осматривает веранду, прикидывая деловито: во-первых, кресло. Убрать, втащить в родительскую комнату. Встает в дверях, растопырив руки: если столешницу развернуть боком, с трудом, но, кажется, пройдет... —

Со стороны может показаться, будто женщина, идущая к соседской калитке, замедлила шаги. На самом деле она крадется, ступая мягко и неслышно, по-кошачьи. За чужим забором происходит что-то странное. Кастрюли, миски, тарелки... Из времянки выходит сосед. В руках — пластмассовый таз, доверху наполненный чашками. Она стоит за кустом боярышника, пытаясь понять: это что — ремонт? Или распродажа домашней утвари?.. Тарелки с синими ободками, чашки в голубой горошек — у нее тоже такие. Кому он надеется продать? Ей? Которая только и мечтает, как бы пристроить свою рухлядь...

— Здравствуйте! — она распахивает калитку. — Инвентаризация? Или генеральная уборка?

Он стоит над камнем, бережно расставляя чашки. Разогнув спину, откликается неохотно:

— Перестановка.

— Откуда — куда? — она улыбается. Ее задача: рассеять вчерашнюю недоверчивость, смягчить напряжение: свести к недоразумению, недостойному их давнего соседства, восходящего к родительским временам.

— Из времянки на веранду.

— А там что будет?

— Ничего... — в его голосе слышится растерянность.

— Может быть, я могу вам помочь? — Про себя она морщится: вопрос звучит искусственно — так учат на тренингах. Стараясь снять неловкость, которую он наверняка не заметил, она подходит к времянке. Заглядывает. — Здесь же мебель. Стол, холодильник, шкафчики... Тяжелые, одному не справиться. — Отступление от инструкции должно внести человеческую нотку. Впрочем, в хорошую инструкцию эта нотка тоже входит.

— Я не один. Вечером. Договорился. Придет человек, — он отводит взгляд, смущенно переминается с ноги на ногу.

265

— Челове-ек? — она тянет насмешливо. — Уж не это ли существо в красной футболке?

— Нет, — он прячет глаза. — Да.

— Надеюсь, — она интересуется с материнской участливостью, — вы не дали ему аванс?

— Но... А что тут такого? В конце концов... Он поехал в Сосново, там — магазин, машинное масло. У меня сломался замок... Сказал, захватит инструменты...

— Замок, этот? — она дергает запавший штырь. — Что ж вы мне не сказали... — оглядев расставленную посуду, идет к калитке...

Он подхватывает пустой таз. «Зачем мне столько посуды?» Для своих нужд ему хватило бы пары тарелок — глубокой и мелкой, — одной кастрюли, одной сковородки... Из глубины кухонного шкафчика появляется тяжелая емкость без ручек: чугунок. Он сует нос, будто надеясь уловить дух распаренной гречки — мать варила на ужин. Но ржавое донце пахнет пылью. На полке отпечатался рыжий след. «Черный металл... Надо было отдать», — вспоминает скромных сборщиков, чья машина чуть не угодила колесом в яму...

— Ну вот... Сейчас попробуем... — Голос и какой-то запах — приторный, механический.

Он оборачивается.

Женщина дергает штырьки. Один из двух не поддается.

— Нет. Тут дело серьезное. — Излишки машинного масла катятся вниз густыми желтоватыми каплями. — Советую сходить в ДЭК, найти рабочих. Если хотите, я все равно поеду мимо. Мне ничего не стоит: выйду, скажу, объясню, куда идти...

Какое ей дело до его замка?! Пришла, влезла... Еще неизвестно, что у нее за масло! Посланец бригадира придет, принесет настоящее. Пусть не сегодня, пусть

266

даже в понедельник... В глубине души он чувствует: она права. Машинное масло не поможет. И парень это знал. Но все равно потребовал денег. Значит?.. Значит... Врал. И про масло, и про то, что нет инструментов. Он чувствует подступающий ужас. «Господи, неужели снова? Идти, отрывать проклятые объявления. Зачем, зачем я их выбросил?..»

Женщина наклоняется к канистре. Ловким движением наворачивает крышку — будто треплет за ухом кошку, которая жмется к ее ногам.

Он смотрит остановившимися глазами: во всем виновата она — явилась, отняла последнюю надежду...

Она открывает папку:

— Вот, как договаривались. Другие соседи подписали. Остались только вы...

Он вздрагивает, как собака, которую пнули со всего размаху.

— Я же ясно сказал: во второй половине. А еще лучше — вечером.

— Но вы... Вы... — женщина смотрит ошеломленно. — Это не займет много времени.

— Да, — он пытается сохранить видимость вежливости. — Да, не займет. Но это — мое время. И я никому... никому не поз-зволю... — Во рту что-то присвистывает. Это — зазор. От выпавшего протеза. Другой раз он бы застеснялся, но теперь, когда она...

Медленно, будто и впрямь боясь раздразнить собаку, женщина наклоняется, подхватывает канистру. Пятится к калитке. К собаке, сорвавшейся с цепи, нельзя поворачиваться спиной.

Он тоже ошеломлен: сумел дать отпор. Стал взрослым? Уподобился родителям? Кому-кому, а родителям он не хочет уподобляться.

Стоит, озираясь растерянно, словно впервые видит: чашки, тарелки, кастрюли. Откуда они взялись —

здесь, на камне?.. «Это же я сам...» Как он мог забыть: история с замком кончилась. Он принял решение: перенести кухню на веранду. Запереть на замок, чтобы больше никогда не открылось. Обезопасить себя на будущее, на тот случай, если снова сломается: исправный замок может сломаться, неисправный — нет.

«Надо же... Заморочила голову». Он смотрит под ноги: ярость ушла в песок.

Спохватывается. Торопливо идет к калитке: догнать, извиниться, объяснить: жара, просто никакого спасения. Подписать ее документы.

Но женщина успела скрыться. Может, и к лучшему: в ее глазах ему не хочется выглядеть дураком. «Раз уж так вышло... — он возвращается к камню, подхватывает пустой таз. — Никакой срочности. Схожу. После обеда».

Нагружаясь новой порцией посуды, думает: столы, кухонный пенал, холодильник — одному не справиться. Тут соседка права. Но все это — мелочи, как-нибудь да устроится. Главное — блестящий план.

«На меня больше не рассчитывайте. Да, изменились обстоятельства. Переводчик моей квалификации... Моей квалификации... — у него есть время, чтобы обдумать разговор с главным редактором, найти точные слова. Эту книгу, конечно, закончит. Он — человек ответственный. Обещал, значит... Квартиру надо сдать. С осени. Вряд ли выручит много денег: хрущевка, в Ульянке, к тому же без ремонта. Но одному хватит. — Запасусь дровами: зимой придется топить. Топить и работать. Заведу собаку. С собакой не страшно... Буду как Марлен: читать, думать, переводить — не по заказу, а что душе угодно. — Их дружба, которую он в себе восстановит, придаст смысл жизни, вернет чувство собственного достоинства. Это и станет настоящим чудом: сочувствие, единство, глубокое взаимопонимание, которое не смогли обрести в реальной жизни. — Первородство? Господи, да о чем речь! — Уж если на то пошло, первородство он готов оставить за другом. Марлен — король. Он — Кавдорский тан.

Такое впечатление, что посуда никогда не кончится. Потирая спину, он думает: своего рода тоже сизифов труд. Сравнение, пришедшее на ум, греет сердце, еще теснее сближает с Марленом, придает сил рукам и ногам... —

———————————

Она задыхается от гнева: кретин!.. слизняк!.. убогий идиот!.. Все слова мира, способные выразить бессильное презрение, сходятся в одной точке — как скрещенные клинки. Ее память — кладезь уничижительных слов; дровник, набитый сухими чурками. Она подбрасывает, шевелит, кормит костер ярости: хам!.. безрукое ничтожество!.. тупой урод!.. Надо было жахнуть чем-нибудь тяжелым: палкой, чугунной сковородкой. Пусть брызнуло бы во все стороны — вдрызг, фарфоровыми искрами! Вот бы он заплясал!.. Упоительная картинка — слон в посудной лавке... Топчется среди осколков...

Утолив первый приступ ярости, она подносит руку ко лбу. Вытирая пот, вдыхает запах машинного масла — резкий, как нашатырь. Она морщится. Приходит в себя.

При любых обстоятельствах следует вести себя интеллигентно, — слова отца. Интеллигентно — значит сдержанно. Своего рода завет, которому следовала всю жизнь: не позволяла себе срывов, держалась в рамках, не выпускала демонов гнева. «Полная канистра» —

269

ярость, загнанная вовнутрь — топливо, на котором работала машина ее души. Теперь, когда сорвало крышку, она чувствует огромное облегчение. Сворачивая к своей калитке, думает: как больной зуб. Однажды, в юности — распухшая щека, адская боль. Надеясь дотерпеть до утра, ходила из угла в угол. Обессилев, забилась в кресло. Мычала как корова, замученная слепнями. А потом — благословенный миг: хлынуло, обжигая десны. И — всё. Как рукой сняло: ни адских мук, ни отчаяния... Вот и сейчас — будто выплеснула не гнев, а гной.

«Эка невидаль — отказался! Это-то как раз по-нашему». Недаром она насторожилась, когда конторская девица упомянула про соседские подписи. Чудо — согласие старух.

Она нюхает руку, пахнущую маслом ее гнева: божественный запах! Лучше всех ароматов Аравии. Век бы не мыть: пусть проникнет в поры, останется на коже. У нее достаточно опыта, чтобы разрулить любую проблему, даже такую идиотскую. Главное — не пытаться понять.

«В наших краях работают два рефлекса — страх и выгода. Ну, и чем я его напугаю?..» — она оглядывает деревья, подступающие к дому, словно это тихое собрание стволов может рассесться, образовать пролом, через который хлынет что-то страшное. Взгляд скользит, выхватывая штабеля бревен, лежащих вдоль бывшего забора. Там, где строят из дерева, древесина — твердая валюта.

Она подходит, отворачивает край рубероида: на первый взгляд, кажется, не погнило. Во всяком случае, можно предложить. Соседа не видно. Она ходит взад-вперед, не заступая границу его участка. Уже не кошка — тигрица.

Нет, лучше подождать: пускай остынет, войдет в берега. Ей самой тоже не мешает. Она возвращается в дом.

270

«Надо позвонить Наташе. Предупредить, — на ходу заглянув в зеркало, видит красное лицо, распаренное жарой и гневом. — Ну хватит. Где мое чувство юмора? Идиот сорвался с катушек, — роясь в памяти, извлекает устойчивые выражения, подходящие к случаю, — озверел, белены объелся...»

Чужие слова, куда более веские, чем ее собственные, катаются на языке как гладкие камешки — галька, отполированная языками предков, от которых она вскоре уедет, может быть, даже сегодня вечером... —

В который раз кланяясь камню, он выгружает последнюю стопку тарелок. Переводит дух. «Кажется, закончил. Вот тебе и сизифов труд... Пообедать или?..»

Тыльной стороной ладони вытирает взмокший лоб. Сходить и покончить со всем этим. Чтобы больше не думать, не отвлекаться. В конце концов, она хотела помочь: и с рабочими, и с машинным маслом. «Думала, стану плясать под ее дудку. Я... я ей показал, Видите ли, она торопится. Интересно знать, куда? Не иначе в магазин — тратить деньги богатого муженька. Все они одинаковые... — он идет к калитке. — Чуть что — сразу в крик: хватит просиживать задницу! Нормальные люди не сидят, а зарабатывают!..»

Кто ж тебя неволил! Сам надумал: жениться в двадцать-то лет. А мы говорили: У этой барышни — запросы. А у тебя — духовные интересы.

Деревья, подступившие к дому, замерли, словно боясь шелохнуться.

Обратить на себя внимание слепых стихий: например, гнева свекра и свекрови.

«В принципе, можно иначе: жить в городской квартире. А дачу продать. Оно и проще: не возиться с дровами. И денег хватит надолго... Если, конечно, ничего не случится. Вроде новой Перестройки. Хотя вряд ли... Наоборот...»

Женщина стоит на крыльце. Он замечает: в ее руке ключи. Похоже, от машины. По странному совпадению он тоже держит ключ. Только от времянки.

— Я... Простите. Должен признать, я вел себя непозволительным образом. Не знаю, что на меня нашло... Видимо, от жары.

— Да-да. От этой жары у меня тоже ум за разум... — ей надо зацепиться за разумное объяснение. — В доме прохладнее. У меня есть кофе. Или, может быть, чаю?

Он теряется: здесь, на даче, не принято ходить в гости. Во всяком случае, так было раньше, во времена родителей. Может быть, теперь?..

— Спасибо, с удовольствием. — Родительский закон нарушен, но при такой жаре это вполне объяснимо. Да что там! Простительно. — Я бы... выпил воды. Обыкновенной, из-под крана.

— Из-под крана?.. Но она теплая.

— Ничего, — он упрямится. — Это не имеет значения.

Она наливает полный стакан. Жестом хозяйки, приглашающей к столу, отодвигает стул. Так и не присев, он пьет большими глотками. Возвращает пустой стакан.

— Я пришел... Где ваши документы? — Он надеялся, что она обрадуется, оценит его великодушие. Но она просто кивает. Уходит в дом, выносит кожаную папку.

— Вот, — достав лист, указывает пальцем, — здесь. Одну минутку, я забыла ручку...

Пользуясь ее отсутствием, он рассматривает план: *жирная линия, разделяющая их участки, проходит по соснам.* На плане эти сосны — на его стороне. Он оглядывается, примериваясь к штабелям, покрытым рубероидом: если сосны — на его участке, выходит, бревна — тоже. Во всяком случае, наползают краем.

— Пожалуйста, — она протягивает ручку.

— Извините, но эти бревна... Мой отец... Граница участка — здесь, — он ведет пальцем, рисуя воображаемую линию. — Сосны, те, у забора, — они на вашей стороне. Я помню: за зиму упал забор. Отец выкорчевал столбы. Если сомневаетесь, давайте проверим, — он спускается с крыльца, не спеша, с достоинством.

Она идет следом: зачем ему это понадобилось? Сосны видны и отсюда.

Он протискивается между штабелями. Оказавшись на своей территории, садится на корточки, шарит в густой траве. Будто ищет грибы. За двадцать с лишним лет ямки, конечно, заросли, теперь едва заметны.

— Что я говорил, — поднимает голову. — Можете пощупать. Лунка от столба. Здесь.

— Но послушайте... Зачем мне щупать? Я вам верю, — она отвечает легкомысленно, ему даже кажется, с оттенком пренебрежения. — Как раз хотела вам предложить, — отворачивает край рубероида. — Возьмите бревна себе. Здесь кубов семь, не меньше. Понимаете, я все равно собираюсь продавать. Что-нибудь построите... Например, баню.

— У меня ванна. — Коротко и ясно. Пусть не думает, что он — нищий, живущий в развалюхе.

— Или... хозблок, — она растопыривает руки. — Большой. Материала хватит.

Теперь ему ясно: эта женщина задумала продать древесину, тем самым втравить его в идиотскую историю, которая будет длиться до смерти. Уж он-то знает:

здесь, на даче, каждая стройка затягивается на годы. Вместо того чтобы переводить великие книги, придется нанимать рабочих, договариваться, приобретать дополнительные материалы... На него накатывает страх. Тихий. Первобытный.

— Почему я должен что-то строить? — он старается держаться ровного тона. — Всё, что надо, у меня есть.

— Разумеется, бесплатно, — женщина надевает связку на палец. Вертит. Ключи падают на землю.

Он наклоняется, шарит в траве.

— Если бы я нуждался в бревнах, разумеется, — последнее слово он выделяет голосом, — я бы заплатил. Конечно, по остаточной стоимости. — Ему нравится это выражение. Так говорил один из героев детектива, который ему довелось переводить. Теперь пригодилось, пришлось как нельзя кстати. — Но речь не об этом, — подает ключи.

— А о чем? — она берет машинально. Снова надевает на палец.

— Граница. Дело серьезное. Возможно, мне тоже придется продавать. Не исключено.

— Но по плану ваш участок получается больше. Сантиметров на тридцать. Конечно, это мелочь...

— По вашему плану, — он возвращает листок. — Когда в документах расхождения, могут возникнуть проблемы. Охотно верю, для вас тридцать сантиметров — мелочь. А для тех, кто приобретет ваш участок? Мне тоже понадобится их подпись. Положим, они откажутся? Вы можете исключить подобную ситуацию?

Будь он ее клиентом, сказала бы: «Да». Еще бы и наплела с три короба, чтобы у него не осталось и тени сомнения.

Но он — сын женщины, которая когда-то, много лет назад, назвала ее доченькой. Если не считать вчерашней старухи, которой обещала стиральную машинку, это слово она слышала единственный раз в жизни.

Она говорит правду:

— Нет.

— Ну вот... — он разводит руками, чувствуя во рту неприятный привкус: железный или, скорее, медный.

— Но мы же... — она подбирает слова. — Разумные существа. Прошу вас, поймите и меня. Я очень тороплюсь. Завтра утром надо быть на работе, обязательно.

— Завтра? Но завтра выходной...

— Да, но мне...

— Позвоните своему начальству. Уверен, вам пойдут навстречу.

Она опускает глаза.

— Я тоже заинтересован. Не меньше вашего. Чтобы документы были в порядке, — он торопится закрепить успех. — Давайте съездим в сосновскую контору...

Даже если предположить, что это возможно, в чем она совсем не уверена, перенос границы потребует времени: пакеты документов, кадастровая съемка, нотариус, подписи остальных соседей. Неделя? У нее нет лишней недели! И главное, ради чего?! Чтобы ублажить демонов, привыкших ходить по кругу?

— Завтра там, видимо, закрыто, — его голос звучит веско. Он думает: по-мужски. — Утром, в понедельник. Они — представители государства. Вот пусть и исправят — как говорится, своей государственной рукой. Мне безразлично, в чью пользу. Пусть хоть в вашу... Если они подпишут, я обещаю. Немедленно, у них на глазах. — Он тоже вертит ключом. — Чтобы в будущем ни у кого не возникло сомнений: ни у них, ни у нас, ни у наших... — в голову лезут «наследники». — Ни у наших преемников.

Они стоят друг против друга. Со стороны это должно выглядеть странно: два человека, мужчина и женщина, оба с ключами — словно привратники, караулящие запертые ворота. Каждый — свои.

Не дойдя до своей калитки, он сворачивает на тропинку. Прежде чем вернуться к работе, надо проветриться, отрешиться от неприятного разговора. Казалось бы, настоял на своем, но разговор не отпускает. «Надо же, древесина... Нашла чем соблазнять. — Впрочем, соблазн — не слишком подходящее слово. — Не-ет, — сглатывает слюну. — С ее стороны — чистая *провокация...*»

Снова этот привкус во рту, медный, от которого тошно. По тропинке, ему навстречу, идет кот. Заметил. Косится желтоватым глазом. Тот самый — утренний знакомец, узурпатор времянки. Одно ухо надорвано. Здесь, в лесу, они — на равных: животное и человек. Кот ныряет под ветки, скрывается в густом подлеске.

Он тоже сворачивает, выходит на поляну. Поддернув штаны, садится на голый пень. Вытягивает ноги. Щиколотки заметно опухли — конечно, от жары. Жаль, не прихватил с собой воды — прополоскать рот, выплюнуть, избавиться от этой меди. Подняв глаза, оглядывает замершие деревья. Такое впечатление, будто мертвые.

«Слишком много себе позволяет. Думает, если женщина, значит...» Раньше, когда он следил за ней из окна, это что-то значило. Теперь заставит ее играть по своим правилам. Доведет начатое до конца.

Он чувствует темное возбуждение. В старину говорили: в чреслах. Будто это и впрямь война грибов — мужских и женских; выпуклых и вогнутых. В наши дни — всего лишь метафора, но даже она свидетельствует о зыбкости границы, отделяющей сознание от древней памяти, от темных верований, в которых чужой — всегда враг. Для Марленова отца враги — космополиты... В глубине сознания занимается огонек радости: с какой стороны ни возьми, в своей стране он — свой, русский, родители из крестьян — техническая интеллигенция в первом поколении. Сам он — во втором, только не техническая, а гуманитарная.

Кот шуршит где-то поблизости. Он старается не обращать внимания.

«Но все равно из народа... Которому я — чужой... — Огонек гаснет. — Нет-нет, — он торопится себя утешить, выйти из трудного положения, — это — другое. Чужим может стать кто угодно — даже родной отец. Жизнь Марлена это доказывает».

Хруст веток, короткий писк — предсмертный. Наглая тварь выходит на поляну: в пасти съежилась мышь. Серому зверьку не повезло. А ведь мог дожить до осени, спокойно перезимовать в чьей-нибудь времянке...

Последний раз виделись в девяносто втором — столкнулись на перекрестке: угол Невского и Литейного. Вроде бы одна улица, но названия разные: слева от перекрестка Литейный, справа — Владимирский. Марлен выглядел постаревшим. Хотелось поддержать, подбодрить: «Ну вот, а ты говорил — катастрофа. Еще лет двадцать, и всё образуется». — «Не думаю», — Марлен поморщился. В первое мгновение он растерялся: «Не думаешь? Почему?» — «А ты оглянись», — Марлен поддернул лямки рюкзачка, обшарпанного, видавшего виды.

Он оглянулся. Мимо шли люди — каждый по своим делам. Спросил: «Ты что, физиономист? Люди как люди...» Ему показалось, Марлен нахохлился, как старая птица. Подумал: ворон. «Нет, старик. Рабские души». — «Значит, — не то чтобы разозлился. Давно привык к эдаким демаршам, — они — рабские, а ты?»

Ожидал, что тот скажет: а как иначе, если я — сын раба?

Но Марлен не ответил, махнул рукой, двинулся в сторону Владимирской площади. Он — в противоположную, к Литейному мосту. Чувствовал себя обиженным: столько лет, а ведь даже не поинтересовался — как да что, чем занимаешься, над чем, в конце концов, работаешь?..

Из-за кустов снова слышится хруст. И голос, похоже, женский.

«Все-таки интересно: сын раба, сумевший стать свободным... Да какое там! — чужой голос приближается. — Человек, одержимый манией, не может судить разумно — тем более сам о себе. Чувствовал себя избранником истории. Поэтому и замкнуло на евреях: тоже божьи избранники. Во всяком случае, так к себе относятся...»

— Мурзик! Мурзик! — на поляну выходит старуха. В руке корзинка, судя по всему, пустая. Голова повязана платком. — Кота не видели? — она смотрит, прищурившись, будто подозревает его в чем-то нехорошем.

Он качает головой.

— Запропастился, демон. Кричу, кричу... — старуха обходит пень, бесцеремонно, будто его здесь нет. Из-под платка выбились седые патлы. В морщинах, будто в маленьких лужах, стоит пот. — А вы чего ж без корзинки? — она стягивает с головы косынку, обтирает лоб.

— Я — не грибник. Ваш кот, я видел, ушел вон туда.

Может, теперь наконец уберется!

— Не грибник... Ишь ты...

Он смотрит ей в лицо: значительное, но одновременно бессмысленное — и как в них это уживается?

— К тому же в этом году нет грибов.

— Как это нет! — хозяйка кота (кажется, соседка. Для него все старухи — на одно лицо) хихикает. — Грибы всегда есть. Надо уметь искать.

— Ваш кот залез ко мне во времянку.

— Так чего ж вы ее не заперли? Времянку надо запирать.

— У меня сломался замок, — он отвечает со сдержанным достоинством.

— Ну? И при чем здесь мой кот?

Он встает. Старая ведьма — таких не переспоришь. Ты ей слово, она тебе десять. Идет к тропинке, сворачивает к своему дому.

— Мурзик! Мурзик! — за спиной надрывается старуха, до которой ему нет ни малейшего дела. Ни до нее, ни до ее кота.

«Вбил себе в голову, что рабы — другие. А сам? Особый человек? Дескать, это мы, простые смертные, родились от отца с матерью... — Спина немного побаливает. Все-таки натаскался посуды. Он наклоняется, подбирает сучковатую палку. Идет, опираясь, ступая осторожно, словно под ногами не сухая тропинка, а болото, за которым никогда не был. — Можно подумать, родил сам себя».

Самое интересное — перекладывает палку в другую руку, — это похоже на правду. В той мере, в какой Марлен сам вдохнул в себя неприкаянную душу, оскорбленную советской историей. Его душа не рождена естественным образом, а вырезана из чрева сечением советского кесаря.

«Но если так... — замирает, прислушиваясь: старухи не слышно. Но он знает: она там. — Значит... в каком-то смысле Марлен не рожден женщиной?..» — догадка, подступающая исподволь, безумная, переворачивающая все с ног на голову. Кладущая между ним и Марленом меч вечной вражды.

Он ускоряет шаги, будто спешит выбраться на твердое: доски — надежную гать, под которой ничего не шевелится. Не вспухает болотными пузырями.

«Как же ломит руки...» Он чувствует себя разбитым. Дело не только в мышцах. Изнеможение, полное, кажется, *так* никогда не было. Словно тело потеряло связь с мозгом. Будь он капитаном, сказал бы: бунт на корабле.

Заходит в дом, из последних сил добирается до кровати. Неловко дрыгая ногами, сбрасывает тапочки. Перед глазами уже плывет, вспыхивает — как огоньки над болотом. Но это — последнее. Мозг, преданный разбитым телом, погружается в спасительную тьму... —

Она стоит на крыльце, высоком, будто приподнятом над землей.

Зря она вела себя сдержанно. Надо было рявкнуть, спустить на него своих демонов. Но внутри пустота. Обернувшись к лесу, она кричит беззвучно: на кого вы меня покинули?! Демоны гнева хихикают: не покинули, а променяли — на мальчика и девочку, юных существ одной породы, скрывшихся в лесу. Лес земных наслаждений расступается перед ними, открывая заветные опушки...

Жаль, не воспользовалась случаем, не успела рассмотреть: даму с высокими рожками; толстуху, похожую на дуэнью; демона-птицу с широко раскрытым клювом — на нем шапка с кисточкой, достающей до земли. Точнее, до поля шляпы, по которой идут голые человечки, движутся по замкнутому кругу.

Демоны, сошедшие с правой створки, ухмыляются, таясь за забором. Европейские, блистающие порочным великолепием...

Правый глаз слезится. Нет, она не плачет. Просто реакция на солнце. «Штабеля преткновения, — она стирает слезное марево. — Ладно, преувеличивать тоже не стоит: один лишний день. Заплачу девице, пусть делает что хочет — исправляет, перерисовывает. Своей государственной рукой. Скажу: это ваша ошибка. Что еще?.. Да, снять деньги. — *Деньги, деньги, деньги* — слово тенькает птичкой. В городе — никаких сомнений. Но здесь?.. Здесь, на даче, другие демоны: лешие, лесовики, барабашки. Пометившие свою территорию — чужим хода нет. А вдруг девица упрется, наконец, просто испугается? Десять? Плевать — отдам, сколько скажет».

Поборы — норма жизни, она давно привыкла. Был момент, когда показалось: всё. Новая жизнь, новое время. Как бы не так! Таились как клопы под одеялом. Перестроились. Полезли из всех углов. Счастье, что вышла на эту тему: декоративные ткани, оформление интерьеров. Глянешь со стороны: фук! А если бы, к примеру, строительство? Была одна история, предлагали вписаться. Слава богу, отказалась, хватило ума. Она садится на ступеньку, кладет голову на руки. Триумфаторы, победившая шелупонь. У них свой бог, благословивший, создавший по своему образу и подобию: плодитесь и размножайтесь. Семья — святое. Все ради детей. Думают: дети — их индульгенция. Крапивное семя, гнилая кровь... В деревнях клопов вымораживают. Рано или поздно этим и кончится. Границы — на запор. Как вариант исключить нельзя. Аннулируют загранпаспорта. Ничего, успею, должна успеть.

В глубине души она понимает: эти мысли — дымовая завеса, маскирующая правду. Во-первых, *десяткой* не обойдешься. Конторская девица не возьмет на себя, отправит к местному начальству. «Пятьдесят — как минимум. В лучшем случае. В худшем — тупик». Это он теперь такой сговорчивый — тридцать сантиметров туда, тридцать — сюда. А завтра возьмет да и упрется: дескать, нам чужого не надо, но и своей земли не отдадим. Местное начальство пустит ее по кругу: съемки, подписи, согласования — вплоть до суда. Из Италии не разъездишься. Придется нанимать адвоката.

Она садится на грязные ступеньки. Бессилие, от которого сводит руки — впервые за много лет. Снова этот зуд: ноги, живот, голова... Будто набросились орды кровососов. Запустив ногти под волосы, чешет долго и сладострастно...

— Мурзик! Мурзик!

Мимо идет старуха. Та самая, обещавшая ей сына. Похоже, не укараулила — ее демон тоже сбежал. Хозяйка за него боится, думает: бедный котик бьется с другими котами. Как бы не так! Наверняка нашел себе кошку... Она чувствует возбуждение. Темный зов, вскипающий в глубине. Шершавый язык — будто кто-то лижет щиколотку... Вставшие дыбом волоски... «Еще, еще», — в темной глубине загорается точка, горячий сгусток крови... Взрыв, из которого рождается вселенная... Она бессильна остановить...

Вселенная тела еще пульсирует, излучает свет. Не волны — вспышки. С каждой секундой они становятся короче...

Так — в самой ранней юности, когда понятия не имела, думала: тайное свойство — только у меня. Теперь-то каждый младенец — и в Интернете, и по телевизору: и покажут, и объяснят. Но тогда... Время абсолютной невинности. Никаких физиологических подробностей: не человек — силуэт. По-нашему, по-советски: как в отцовском опусе, главный герой обнимает свою Нину...

Никаких тебе губ или рук. Отец говорил: рай — вечное блаженство. У нее свой опыт. Блаженство не бывает вечным. Это, чему не знала названия, — случайный рай, который длится мгновения.

Потом, конечно, узнала — от девчонок. Девчонки хихикали: у балетных все рвется само. Даже в первый раз не будет никакой крови, вот и доказывай, что ты не верблюд. Вообще-то отличная отмазка — гуляй не хочу. А потом: да как ты такое подумал! Я — девушка, это всё — балет.

Когда вышла замуж, убедилась: девчонки говорили правду. Муж спросил, но мельком — в среде музыкантов это не диво. Хотела объяснить, а потом подумала: мое дело. «Самое смешное — так и оказалось...» Ни с мужем, ни с мужчиной, которого любила, не говоря уж о мелькнувших в промежутке, — не было этой полноты. Всеобъемлющей, достижимой в одиночестве. С этим она давно смирилась. Его не существует: Адама, для которого она — плоть от плоти, кость от костей.

Вселенная уже не пульсирует. Она встает, чувствуя легкость в теле, которое действует отдельно от души. Осталось дожить до вечера, когда жара немного спадет. В сущности, не стоит преувеличивать: выход есть всегда. Послать все к черту — и соседа, и местное начальство. Развернуться и уехать. Пусть подавятся.

Она заходит в дом, сворачивает, останавливается на пороге. Смотрит внимательно, будто в первый раз. Или в последний...

В углу письменный стол. Учебники, сложенные аккуратными стопками. Узкая кровать, покрытая байковым одеялом. На ней — рядком — мягкие игрушки: собака с опавшими ушами; черный кот — нарядный, в красных сапожках; заяц — серый с белесыми ушами. К подушке притулился слон. Хобот свернут на сторону, будто девочка, жившая в этой комнате, мучила несчастное животное долго и нещадно. Она закрывает дверь.

Другой порог: родительская комната. Кровать, комод, выцветшая занавеска... В воздухе — запах лекарств, слабый, но все-таки уловимый. Родители — ни при чем. Здесь стоит запах ее старости, если бы передумала, решила остаться...

Ее бьет озноб. «Чаю, что ли, попить? — щелкает выключателем. Слава богу, хоть электричество не вырубили. Жаль, не захватила чего покрепче. Пару глотков, лишь бы отпустило голову. — Или поспать?.. — Сна ни в одном глазу. — Дело не в деньгах», — пустое слово звенит колокольчиком. Не такие уж это деньги, проще заработать заново.

Она выходит на крыльцо. Стоит, обливаясь потом, вглядываясь в пустое небо: ни солнца, ни звезд. Отец говорил: должно быть что-то надличное. Иначе ничего не получится. Она складывает ладони лодочками, подносит к груди, как женщина на средневековой картине: «Господи, сделай так, чтобы безумие кончилось... выведи меня из тупика», — если Он есть, этих слов достаточно.

В небе что-то поблескивает — маленькое, похожее на звезду. Такое впечатление, будто оно движется. В сумерках трудно разглядеть. Мать говорила: утро вечера мудренее. Она уверена — Бог ее услышал. Все уладится, надо просто поспать.

Лучшее средство — бездарное чтиво. Она запирает входную дверь, возвращается в комнату. «Где ж она?..» — ощупывает одеяло, шарит под подушкой. Нагнувшись, заглядывает под кровать. Скорей всего — там. Можно отодвинуть или сходить за шваброй... Хотя какая разница: все эти книжки друг друга стоят. Подходит к стеллажу. Близоруко щурясь, разглядывает корешки, стараясь прочесть выцветшие названия. Слепые пальцы тычутся в слепенькие буквы — не жизнь, а азбука Брайля. В качестве снотворного сойдет любая.

Ложится, подпихивает подушку. *Издательство Советский писатель. Москва. 1952.*

На титульной странице надпись — выцветшая, чернильным пером. Четыре черненьких чумазеньких чертенка чертили черными...

Другу и соратнику по газетной работе. В память о нашей совместной бескомпромиссной борьбе со всей этой нечистью!

Вместо подписи стоит закорючка. Безымянная. К тому же нет никакого обращения: *просто* другу и соратнику. Это может быть кто угодно, не обязательно...

Она садится. Нет, не страх. Слабость — ей не пошевелиться. Не двинуть ни рукой, ни ногой. «Не может быть. Их разговоры. Всегда — *против*. ...И анекдоты — за столом... И он, и его друзья...» — какой-то привкус, тошнотворный, будто рот забили глиной. На даче никакой глины — только песок. Рука шарит по одеялу — будто силится нащупать ошибку, опровергнуть то, чего быть не может: отец — соратник этой сволочи?..

Что-то шуршит за ушами. Вспыхивает бледными искрами: слова, потерявшие связь с мозгом: «Это не он... не я... — Изнеможение, не выразимое никакими словами: — Я — крапивное семя».

Не глина. Это — грибы, которые съела, встают поперек глотки. Шевелятся внутри. Воздух густой. Странно, что она еще дышит. Но это — последнее. Мозг, отравленный грибами, погружается во тьму... —

...*Трехмерное изображение корабля, спроецированное на мониторы, казалось, стоит на месте — движутся только космические тела. Все они, и большие, и малые, виделись одинаково далекими: эффектный аттракцион, к которому привык еще в Академии Астронавтики, когда работал на тренажерах. Занятие, несомненно, полезное, но в то же время опасное. В первых экспедициях приходилось себя одергивать: на этот раз — не иллюзия. Абсолютная реальность.*

Через несколько минут летательный аппарат войдет в зону притяжения планеты. Бортовой компьютер обеспечит переход на орбиту искусственного спутника. После третьего оборота летательный аппарат, идущий по касательной, развернется в нормальное положение и двинется вниз.

Обшивка вспыхнула первыми слабыми искрами. «Ну вот, — капитан кивнул головой, будто одобряя действия компьютера. — Вошли в верхние слои...»

Бортовая система запустила программу, анализирующую химический состав атмосферы. Он следил за бегущими формулами. На этот раз теоретики оказались правы: местной атмосфере не хватает фтора — вещества, не только ускоряющего эволюционные процессы, но, главное, укрепляющего разум. Впрочем, если вдыхать недолго, эта смесь не представляет опасности, ядом она становится на длительных отрезках времени, сопоставимых с продолжительностью жизни нескольких поколений. Но о таких сроках речи не идет.

Капитан ощущает легкую вибрацию. Сейчас начнется спуск по баллистической траектории. Отсканировав поверхность, система выберет место, оптимальное для приземления...

Он поворачивается на другой бок, кряхтя, чувствуя, как ломит спину. В таких случаях мать говорила: *вступило*. Строки, бегущие перед глазами, гаснут. Когда много работаешь, книга не отпускает и ночью: прикидываешь, крутишь в голове варианты. Во сне они кажутся подходящими... Пытаясь сосредоточиться на тексте, он прислушивается к себе: «Что это было?.. Перевод или подлинник?» Чтобы развеять сомнения, достаточно вспомнить буквы: латиница или кириллица? Вглядываясь во мрак, он надеется воссоздать утраченное. Сонный мозг отказывается служить. «Душно. Мало кислорода. Надо было открыть окно». Если б не спина, конечно, он бы поднялся... —

———————————

В комнате темно. Протянув руку, она нащупывает мобильник: без двух минут одиннадцать. Телефон заряжен — в правом углу светятся три рисочки. Но она все равно встает, идет, натыкаясь на стулья, будто ищет зарядное устройство — черный шнур, воткнутый в розетку. Или не воткнутый?.. Обшаривает скатерть: на ощупь плюшевая ткань кажется теплой. Хочется стянуть и закутаться — скрыться, стать вещью: пусть придут и выкинут на помойку или отправят в музей.

По ночам в музеях нет света, иначе она различила бы вещи: этажерку на бамбуковых ножках, рваную ширму, за которой уже не скроешься, дубовый буфет, источенный насекомыми, рыжий лохматый абажур, украшенный материнскими кисточками... Отцовскую репродукцию — «Сад земных наслаждений». Экспонаты, выставленные в ее витрине, — стоит вытянуть руки, кончики пальцев упрутся в стекло. Там, снаружи, осталась прежняя жизнь: время абсолютной невинности, если сравнить с новой, в которую изгнана. Чтобы вырваться — надо разбить...

Порывшись в сумке (этот экспонат, купленный в новом тысячелетии, выставят в другой витрине), она нащупывает зажигалку — огниво, чей принцип действия открыт дикарями. Щелкнув карманным кресалом, высекает огонь. Слишком слабый, чтобы высветить картину рая, пустого: ни Бога, ни Адама, ни Евы. Смешной старик, который водит туристов по музею Прадо, сказал бы: невосполнимые утраты. Жаль, что Художник выбрал нестойкие краски — со временем высохли, превратились в чешуйки. Тот, кто прошелся варварской щеткой, знал свое дело. Можно посочувствовать реставраторам — их ждет адская работа: восстановить то, что существует разве что в чьей-то невинной памяти, девственной, как нетронутый лес.

Раздвигая венские стулья, она идет к комоду. Нижний ящик не выдвинуть — сломаны направляющие. Но нижний ей и не нужен. Взявшись обеими руками, она вытягивает другой — набитый коробками из-под обуви. Там собрана мелочь, до которой у музейных работников вечно не доходят руки: пустые пузырьки, желтые квитанции, катушки, клубки — она перебирает, глубоко погружая пальцы, — перегоревшие лампочки, использованные батарейки, патроны с вонючей помадой, резинки — бесполезные, которыми ничего не сотрешь. Наконец, огарок свечи.

Огонек высвечивает лицо, повернутое в пол-оборота: бледное, обрамленное бесцветными прядями. Человек-дерево — подлинник ее детства. О чем думал ее отец, когда смотрел в *эти* глаза? Кем он видел себя: голой фигуркой, которую вели за руку, или мелким демоном, одетым в костюм проклятого века?

Колченогий старик обещал рассказать про инквизицию: *Госпожа не представляет себе, до какой степени это увлекательная тема. В особенности орудия пыток...* Госпожа представляет, еще как! Например, *Охрана колыбели.* Чтобы понять принцип действия, надо иметь отца, который отделывался туманными намеками: вырастешь — узнаешь.

Выросла. Узнала. Днем, когда в музей придут школьники, под абажуром загорится лампочка, чтобы дети, которых приведут на экскурсию, могли прочесть табличку, привинченную к изножью: ДОЧЬ ПАЛАЧА.

Расплавленный воск катится полновесными каплями, прижигая пальцы, но она не чувствует физической боли. Душа и тело окончательно отделились друг от друга.

Она любила отца. Почему он не спрятал ядовитую книгу, оставил на полке? Не сказал: всякую книгу можешь читать свободно, кроме этой — ибо в день, когда прочтешь ее... «Не успел? Или надеялся, что найду противоядие, чтобы прочесть и остаться в живых? Если бы и вправду любил меня, мог бы вырвать титульную страницу, чтобы его дочери не пришлось подбирать название тому, что он натворил, прежде чем написать свой единственный бездарный роман...»

По губам Человека-дерева скользит глумливая улыбка.

Что она скажет сыну, когда он вырастет? Ты — ВНУК ПАЛАЧА?

Она выходит на веранду. Стоит, вглядываясь в пустоту, которая образовалась там, где они сидели, вели свои разговоры — за столом, под электрической лампой... «Электричество... Забыла», — будто и впрямь угодила в прошлое, где нет электричества. Она щелкает выключателем. Задувает свечу.

Охрана колыбели. Теперь ее очередь охранять. Если сын спросит, она готова солгать: сделать вид, что не видела этой надписи, выведенной фиолетовыми чернилами. Мальчик, которому она купит другую землю, имеет право не знать...

Прошлое надо задуть, взорвать, уничтожить к чертовой матери! Будь в ее силах...

С трудом, будто к ногам приделаны гири, она выходит на крыльцо.

Вселенная, доступная ее взгляду, лежит во тьме. Приноровившись к темноте, глаза различают силуэт сосны. Крона топырится черными ветками.

Снова этот привкус глины — она сплевывает, обтирает рот тыльной стороной ладони.

«Почему так холодно?..»

Небо, черное, как погасший экран, пронзает молния: карикатурный зигзаг — так, как рисуют дети: не тронь — убьет. «Предупреждение?.. Поздно. Надо было раньше». Золотые зигзаги вспыхивают, раздирая ветхое полотно. Из прорех ничего не льется — ни воды, ни благодати.

«Сухая гроза... Только почему нет грома?..»

Высохший воздух шипит, будто спускают огромную шину. Что-то искристое, наплывающее на земные преграды... Встав на цыпочки, она пытается засечь источник: *это* ползет из-за ручья. Вековая сосна, стоящая на отшибе, ломается ровно посередине: растопырив волосатые лапы, крона устремляется вниз. Сосны, растущие на краю леса, хрустят, схлопываясь перочинными ножиками. Гигантские ели, шевеля тяжелыми юбками, падают как стебельки.

Она следит с недоверчивым любопытством: картинка, сошедшая с правой створки, нелепа до такой степени... «Так не может... Морок. Вот-вот рассеется». Стоит закрыть глаза, деревья вернутся на место — восстанут с земли.

Небо гаснет. Вокруг темнота. Непроглядная, но она все равно видит: бледное лицо, длинные волосы, похожие на спутанные ветки. Ноги — обломки деревьев. Его шляпу сорвало ветром — разметало маленькие фигурки, идущие по кругу. *А вы, госпожа? Как бы его назвали?* Оно высовывает язык. Плотоядно облизав уцелевшие кроны, искристый язык изгибается, принимая форму ятагана — кривое лезвие обрушивается на лес. Она слышит треск и предсмертные хрипы. Зажимает ладонями уши — пусть оно исчезнет, то, чего не может быть. Не может, конечно, не может! Иначе ее машину завалило бы деревьями... Она выбегает за калитку. Ей хочется крикнуть: ну вот! Что я говорила! Джип стоит как ни в чем не бывало, помаргивая огоньком.

Она идет на огонек, медленно, не зная, как поставить ногу — во тьме, как в толще воды. Нащупав ручку, дергает на себя. Машина взрывается звериным воем. Фары, лезущие из орбит, вспыхивают белесыми огнями. Каждая вспышка — зубы, вырывающие кусок из плоти темноты. Раненая тьма истекает черной кровью... Она шарит в заднем кармане — выхватывает, жмет на курок.

Холодные капли, срываясь с неба, прожигают кожу. Передернувшись всем телом, она забирается в нутро — туда, где фосфоресцирует панель приборов. Дрожащей рукой включает дальние огни.

Тропа, ведущая к ручью, завалена телами сосен. Фары упираются в месиво веток — все покрыто обрубками стволов. Она подает назад, медленно разворачиваясь. Задний бампер приближается к кромке леса. Лес — владения Человека-дерева. Граница щетинится вывернутыми комлями. Корни дыбятся как противотанковые ежи. Фары, наведенные на ее участок, выхватывают березу — ветки шевелятся, будто пробуют встать с земли. Других жертв и разрушений нет. Боковым зрением она ловит сосну, обозначающую спорную границу, — ствол повело на сторону. Если б не штабеля, наверняка рухнула бы на дом. В лобовом стекле встает соседская крыша: похоже на шалаш — в детстве строили из еловых веток.

Поворотом ключа она гасит фары. «Звонить... Кому? И главное, зачем?..»

Она чувствует обмякшее тело. Что бы ни было — буря, торнадо, — все равно кончилось. В любом случае надо ждать до утра... —

———————

Его разбудило шуршание — мягкие лапки, бегущие по крыше, орда пушистых зверьков. Потягиваясь, нащупал ногами тапочки: «Неужели все-таки дождь?.. Слава богу! Наконец-то все кончится». Не зажигая света, подошел к окну.

Ель, стоящая за забором, била лапчатыми крыльями — ни дать ни взять мокрая курица, силящаяся взлететь. Шуршание становилось слышнее. «Странно... Шум дождя — другой, тихий», — этот звук он помнит с детства.

Перекрывая шуршание, грохнуло и рассыпалось горохом. Отзываясь на сухие раскаты, оконное стекло задрожало мелко — не в такт. Он повел плечами: «Все-таки гроза. Правильно, к тому и шло... Жара. Небывалая... Когда-то должно же... разрешиться...»

Он морщится: *разрешиться* — неприятное слово. Многозначное. Одно из значений — родить. «Кому здесь рожать?..»

Черное небо высветилось короткой рваной вспышкой, на мгновение озарившей сплошной лесной массив. На его фоне ель, выступившая вперед, смотрелась солисткой темного хора. Не выпуская ее из виду, он потянулся к занавеске — задернуть, но не успел. Коротко содрогнувшись, ель упала, как подрубленная, — будто отбросила собственную тень. Глядя на пустоту, занявшую ее место, он стоял, изумляясь, не веря своим глазам: «Привиделось. Не может быть».

Моргнул, но пустота не исчезала. Деревья, образующие первую линию, кланялись, словно вышли на аплодисменты. Тень упавшей ели топырилась ветками, темнела у их ног. Снова грохнуло и рассыпалось: обезумевшая публика нещадно била в ладоши.

«Ничего, — подумал, — бывает. Завтра распилят, уберут...» — вспомнил трактор, своротивший огромное дерево.

Надо антенну отключить. Ударит в дом.

Спохватившись, кинулся к телевизорам. Шаря слепыми пальцами, выдернул штекеры из гнезд.

А посуда? — родители не унимались. — *Там, на камне. Как бы не раскидало. Останутся одни черепки.*

«Да что я могу! Это же... — хотел сказать: стихия. Но решил не перечить, сходить. — Одеться. Где ж моя куртка?..» — последний раз надевал в начале июня, потом куда-то пихнул — теперь уже не вспомнить. Махнул рукой.

Прежде чем выйти на крыльцо, помедлил, прислушиваясь к порывам ветра. Зажав лицо в ладони, прижался к стеклу. Стоял, вглядываясь с любопытством, будто природа в буквальном смысле бушевала *in vitro*. По ту сторону ручья горели окна. Глаза домов моргнули и закрылись. «Ага. Свет отключили», — отметил с удовольствием: тот, кто отвечает за безопасность дачного поселка, бдит, держит руку на пульсе.

Сбросив дверной крючок, приоткрыл и уже было выглянул, но дверь шатнуло назад. «Это ж надо, как разгулялось...» — уперся обеими руками. На этот раз ветер уступил.

Ели, темнеющие за времянкой, стонали, раскачиваясь из стороны в сторону — как огромные метрономы. Он дождался очередной вспышки — единственного источника света. Молния осветила чашки и тарелки — желтоватые, облепившие камень как грибы.

«Ну вот, — обернулся, будто отчитываясь. — Ничего страшного, все цело».

Похоже, представление, устроенное природной стихией, подошло к концу. Во тьме зрительного зала, уже опустевшего, раздавались отдельные хлопки — громкие и резкие. Последний зритель аплодировал, не щадя ладоней. Он упустил мгновение, когда аплодисменты переросли в хруст. Вспыхнуло снова, будто рабочие сцены, перепутав рычаги, раздернули занавес. Прежде чем они разобрались наконец с рычагами, он успел бросить взгляд: на фоне задника, завешенного темными полотнищами, стояли сосновые стволы — короткие, как огрызки карандашей, очиненных коротко и косо. «Эт-то что такое?!» — выдохнул возмущенно, но стволы, с которых срезало кроны, уже исчезли из глаз.

Темное пространство расступилось и рассыпалось искрами. Что-то шевелилось, шипело, ползло над руслом ручья. Новая вспышка полоснула лезвием. Он стоял, вцепившись в сухие перила. Снизу, из-за времянки, ему навстречу, шли темные фигуры, высокие — их головы терялись во мгле. Фигуры надвигались, шевеля еловыми лапами. Искрами, осыпа́вшими пространство, вспыхнуло: «Марлен... Чудо... — мысль изломилась молнией, пронзая темное сознание. — Все-таки... сдвинулся, пошел!..»

Ветки, сухие и жесткие, похрустывали, заполонив собою крыльцо. Кололо лоб и щеки. Ель, рухнувшая на его за́мок, пахла пронзительно. Он отшатнулся, прижимаясь к стене. Чувствуя острый запах — аромат новогоднего праздника. Отводя от глаз колючие лапы, двинулся вниз, ощупью, преодолевая ступень за ступенью. Нога нащупала землю. В темноте вытянул руки. Пальцы ловили пустоту. Стараясь не потерять ориентиров, повернул к времянке, каждым шагом прощупывая почву. Под ногой что-то хрустнуло. Догадался: чашка. Или тарелка.

Колени уперлись в скамейку. Запах праздника стал слабее, но все-таки не исчез — дрожал в груди: «Переспорил, выиграл...» В очередной раз, когда они встретятся, Марлену придется признать его правоту.

С неба уже лилось, охолаживая руки.

Два шага в сторону — пальцы нырнули в мокрую хвою. Готовясь к атаке, солдаты славно поработали топорами — Бирнамский лес, подступивший к самому дому, занял все пространство двора. Когда возможно одно чудо, можно ожидать и другого: рано или поздно сизифов труд завершится. Камень истории, который его друг катит наверх сутки через трое, удержится на гребне горы. Пытаясь преодолеть колкую препону, он поднырнул под ветки, но солдаты героя, не рожденного женщиной, стояли сомкнутым строем.

«Ничего, как-нибудь образуется...» — подаваясь назад, к скамейке, не чувствовал ни холода, ни боли — как зуб, которому дали наркоз.

МУЖЧИНА И ЖЕНЩИНА
(воскресенье)

«**Х**олодно, очень холодно». Холод — единственное, в чем она абсолютно уверена.

Мало-помалу тьма становится проницаемой. Глаза различают штабеля, укрытые рубероидом. Дальше — темный соседский дом, крыша проросла ветками. Там, где орудует Человек-дерево, может случиться что угодно. «А вдруг?..» — она представляет себе тело, безжизненное, заваленное обрубками деревьев. Щелкает зажигалкой. Едва затеплившись, свечка гаснет, будто ее задули. Она зажигает снова, прикрывает ладонью. Разгораясь, огонек тянется вверх. Проще — напрямик, в зазор между штабелями. Идет — торопливо, насколько позволяет тьма. Надо проверить, убедиться, что с ним все в порядке.

Обогнув угол соседского дома, она движется вдоль стены. Под ногами хрустят ветки. Споткнувшись, взмахивает руками. Не упала, но огарок исчез, выронила. В хвойном месиве рыться бесполезно: во тьме, навалившейся с новой силой, не различить ни земли, ни неба; ни травы, ни деревьев.

Где-то тут должно быть крыльцо. Выставив вперед руки, она делает шаг. Под пальцами — колючая преграда. Жаль, что сдалась на милость тьме: надо было встать на колени, пошарить под ветками. Огарок — не иголка. Ветки тычутся в лицо. «Почему так мокро?» — она ощупывает себя: волосы, лицо, грудь... Пытаясь найти лазейку в еловой изгороди, отступает вправо, но ветки, караулящие подступы к дому, — начеку: их не возьмешь голыми руками.

На мгновение ей становится страшно: что делать, если он не ответит, не выглянет, не откликнется? Тонкие дождевые струйки, проникающие сквозь колючий полог, вьются невидимыми змейками. «Простужусь... — хочется вернуться к себе, сменить одежду, спрятаться в сухую постель. Она оглядывается: такое чувство, будто *оно* шевелится. Большое и темное, как огромный панцирь. — Камень, это просто камень. Я помню, там была клумба...»

Тень, сидящая на скамейке, поднимает голову. Смотрит, но не видит, будто кто-то навел на него сон.

— Жив? — странный вопрос, если учесть, что тот, к кому она обращается, в двух шагах, можно коснуться. Тень поворачивается медленно, словно прислушиваясь. Это называется: шок, так бывает, когда всё вокруг рушится... —

В непроглядной тьме, залившей землю, он различает силуэт: кто-то вторгся на его территорию, может быть, даже злоумышленник. Во всяком случае, незваный гость — в темноте не разобрать, мужчина или женщина. Незваный гость спрашивает:
Жив?

Он ошарашен. Злоумышленники так не разговаривают, у них другие голоса: грубые. «Они?» — сколько лет угадывал их присутствие. Еще вчера принял бы за галлюцинацию, но уж если лес сошел с места...

— Жив. А вы?
Более или менее.

Наркоз отошел. Он чувствует боль в спине. Нет, не они. Здесь нет отцовского голоса. Только мать — протянешь руку, коснешься невидимого платья. Но если мать, значит, и отец: в его памяти они всегда вместе.

— Там, у вас... — ему хочется спросить: светло?

Даже в Марленовой комнате стоит печь — источник тепла и света; что уж говорить о пространстве, откуда явились родители, которые возделывали свой райский сад...

Почему она медлит, не торопится с ответом? Но главное, *как она пришла? Оттуда* один путь — изгнание...

Не знаю. Да. Нет, не так... —

Она рада, что ответила уклончиво, не вдаваясь в подробности. Утром он и сам увидит: по сравнению с тем, что делается на его участке, ее обошло стороной. Одна упавшая береза — не в счет. Она делает шаг назад. Под ногой что-то хрустит.

Осторожно, посуда! Голос звенит испуганно, будто принадлежит не взрослому мужчине, а мальчику, который боится, что ему влетит от родителей.

Она отдергивает ногу: когда-то на этом месте была клумба. Теперь чашки и тарелки — фарфоровые цветы.

Ну вот, ты уже разбила, — мальчик произносит упавшим голосом. Его мать поделилась с ней живыми цветами. Теперь ее черед.

— Прости. Я... У меня много. Я дам...

Он молчит. Если *так* страдать из-за чашек, что же будет завтра, когда увидит разбитую крышу... Надо как-то подготовить, рассказать, что она видела, когда сидела в машине, поводя светом фар... —

Ему неловко. Во-первых, это — ее посуда. Но главное: она может обидеться, исчезнуть. Он торопится все исправить:

— Ну что ты! Пустяки. Посуда бьется к счастью, — последний довод особенно удачный: так она говорила, когда роняла чашку или тарелку.

Все разрушено.

Он видит руку, точнее, тень руки, которая указывает на лес.

— Нет-нет, — возражает торопливо. — Многое, но не все. Это не катастрофа, мы просто заблудились. Рано или поздно эти книги сгорят...

Какие... книги?..

Он недоумевает: зачем переспрашивать, делать вид, что ей непонятно? Там, откуда она явилась, нет закрытых дверей. Если нельзя проникнуть, можно заглянуть в щелку. Хочет сбить его с толку? Но он-то помнит, что сказал Марлен, может повторить слово в слово:

— Папашины. А заодно его коллег... —

Она вздрагивает: откуда он узнал? И — черт побери! — почему: папашины? Даже она, говоря об отце, не позволяет себе панибратства.

— Послушай, — она говорит тихим голосом, так, как разговаривала бы с сыном, который не имеет права обобщать. — Он... он... ничего ужасного. Не убивал, не расстреливал...

Ей хочется объяснить: всё, что они подписывали своими именами, принадлежит перу другого автора — инженера советских душ. Теперь, когда их автор умер, их корреспонденции тоже мертвы. Страх — пытка. Отец просто боялся. Его статьи написаны под пыткой. В этом смысле атеизм ничем не отличается от религии.

Да, это правда, да...

— Да, это правда, да... — Какое счастье, что мать его понимает. Во всем виноваты французы, задурившие Марленову голову. Это они нашептывали: Автор умер. На самом деле — жив. Труд его друга — лучшее тому доказательство: если бы Автор умер, с какой стати Марлену тащить этот проклятый камень? Он спохватывается: для родителей сизифов труд — не довод. Всю жизнь строили, копали, сажали, пололи, не имея понятия ни о какой истории!

Надо зайти с другой стороны. В математике это называется доказательством от противного.

— Положим, Автор умер. Но если так, значит, нельзя разбирать: сжигать мертвые, но спасать живые — ставить на отдельную полку, — он спохватывается. В разговоре с матерью надо выбирать другие примеры. Не книги. Лучше сказать: растения. Бывают разные: культурные и сорняки. Сорняки полагается выпалывать, сбрасывать в компостную яму. Пройдет время, и вонючее месиво сгниет — превратится в подкормку для нового урожая.

Жить так, будто он не умер?..

Он кивает. Наконец поняла.

— Жить так, будто он не умер? — В разговоре со взрослым человеком она не решилась бы *так* сказать. Но с сыном — душой от ее души, которого выкормила горьким молоком, — ей не надо подбирать слова. В отличие от нее сын не ищет оправданий, не прячется за фигуры, одетые в костюмы своего времени. В этом есть и ее заслуга. Когда мальчик вырос, она свозила его в Испанию, нашла смешного старика. В первый раз она его поправила, сказала: это ошибка, надо говорить *в костюмы своего времени*. Колченогий старик прав: время непрерывно — оно не бывает ни своим, ни чужим. Главное — научиться отличать живое от мертвого. Как мать она может гордиться: если сын станет писателем, он напишет живые книги.

300

Вглядываясь во тьму, она слушает лепетанье ручья. Отец за все заплатил. Всю жизнь перед его глазами стояли мертвые буквы, подписанные его именем. Его расплата — бездарный роман. Гиря, рвущая мышцы и сухожилия. Человек, с которым она разговаривает как с сыном, нашел правильные слова. Книги живы, пока у них есть читатели. В этом смысле отцовский роман сгорел. Что касается всего остального... Утром, когда свет снова отделится от тьмы, она разберет, вырвет страницы с дарственными надписями. В конце концов, это — семейное дело, которое никого не касается...

Мужчина встает. Она видит только силуэт, но этого достаточно, чтобы почувствовать свое тело. Вселенная ее тела оживает, будто снова вдохнули душу. Еще не свет, не волны — только их предчувствие. Ей не нужны ни губы, ни руки. *Оно* рождается само. С каждой секундой подступает все ближе. Она смотрит широко раскрытыми глазами, будто умеет видеть во тьме: двор, заваленный упавшими деревьями, еловые ветки усеяны плодами — жесткими, несъедобными, кому придет в голову попробовать шишку? Она делает шаг навстречу: «Мне». Она — единственная женщина, которую кто-то взял за руку и привел к этому мужчине, любит его как будущего сына, потому что она — Ева. Мать, обращенная в будущее.

Еще мгновение, и они оба будут изгнаны... Но это потом, а сейчас она — женщина, приносящая горький плод... —

———————

Затылок, шея, голое плечо: человек, лежащий на боку, уткнулся в стену. Она чувствует его тело. Кровать слишком узкая, никак не отодвинуться. Лежа на спине, она пытается вспомнить: что же было вчера? Почему она решилась на это?.. Оглядывает комнату: окно, задернутое чужой занавеской, кровать с латунными шариками... Трехстворчатый шкаф. Дверца заперта, из личинки торчит ключ. Взгляд ползет осторожно, будто опасается соскользнуть с полированной створки. Взобравшись на самый верх, цепляется за край. На крышке шкафа стоит фарфоровая статуэтка — целая и невредимая: «О, Господи... — Отчего-то кружится голова. Завершив пируэт, фарфоровая балеринка приходит в исходное положение. Она вздрагивает, отводит глаза. Скорей всего, просто пожалела. К тому же случилась катастрофа. Можно сказать, форс-мажорные обстоятельства. — Если бы не это... — она прислушивается к себе. — Нет, никогда».

Тот, с кем оказалась в одной постели, шевелится. Она чувствует напряжение — ожившее одеяло ползет в его сторону. Снаружи осталась ее нога, голая — от бедра до кончиков пальцев. И рука, затекшая, — она сжимает и разжимает пальцы, словно восстанавливая кровообращение. Опавший сосок вздрагивает рефлекторно, как лапка лягушки, сквозь которую пустили ток. Ватный край одеяла делит тело пополам. Голая половина покрылась мурашками. Значит, в комнате холодно. Затаив дыхание — лишь бы он не проснулся, — спускает ногу, приподнимается, опираясь на пятку и локоть, переносит тяжесть на левую сторону. Скрипнув пружинным матрасом — этого избежать не удается, — встает. Мурашки захватывают другую половину. Она думает: хоть так, лишь бы тело соединилось, срослось, склеилось — стало целым и невредимым.

Под ногами ежится покрывало — ночью его сбросили на пол. Судя по всему, ее одежда там. Она наклоняется, приподнимает толстую тряпку: так и есть, вперемешку с чужими шмотками. Она ощупывает влажный комок, вытягивает по очереди: брюки, вышитую кофту, трусы, лифчик... Мужчина, лежащий под одеялом, может проснуться в любую секунду. Его пробуждение — лишние слова, которые придется говорить, вместо того чтобы...

Голое тело уязвимо: улитка, с которой сорвали раковину. Свободной рукой она тянет покрывало, набрасывает на плечи — оборачивает вокруг себя.

Чужое тело, защищенное ватным одеялом, не шевелится. Не слышно даже дыхания.

Тряпка слишком большая, у самого пола сбилась складками. Толстые складки наползают друг на друга. Прежде чем сделать шаг, она поддергивает покрывало — только этого не хватает: наступить, растянуться на дощатом полу. На цыпочках, даже не скрипнув дверью... —

Страшно открыть глаза. Он поводит кончиками пальцев, в которых осталось ощущение колкости. Щека, прижатая к подушке, вспотела. Он слышал: встала, зашуршала тряпками. Счастье, что эта женщина ушла. Ушла? Он не слышал скрипа.

Затаив дыхание — «А вдруг она еще...», — отрывает голову от подушки: дверь закрыта, в комнате никого. Если не считать фарфоровой балеринки, которая смотрит на разоренную кровать: простыня сбита, вторая подушка примята. На ней остался след женщины. Ночью он разговаривал с ней, как с матерью...

Сбрасывает одеяло, садится: «Сон. Это просто сон?..» Ночной кошмар, из которого ничего не стоит вынырнуть: просто выйти на крыльцо, вдохнуть тихий мирный воздух... Сует ноги в тапки, но в то же мгновение сбрасывает, едва не вскрикнув: ай! Мокрые тапки отняли последнюю надежду. Окончательно разлепив глаза, двинулся босиком, прилипая к полу.

Уже в дверях обернулся, оглядывая родительскую комнату. Только теперь почувствовал, осознал свою наготу. «Здесь, на их кровати... О, господи...»

Кинулся к себе, распахнув платяной шкаф, нащупал чистую рубашку, трусы, брюки. Так и не обнаружив свежих носков, обулся на босу ногу. «О чем я думаю, когда... когда?..»

Картина, открывшаяся его глазам, превосходит самые страшные ожидания. Вековые ели, еще вчера стоявшие за времянкой, привалились к дому, обхватив его густыми лапами. Прижимаясь к стене, он спускается с крыльца. То и дело ныряя под ветки, движется в направлении ванной, считая стволы. Их вершины лежат на крыше. Крайний ряд шифера щербится, будто его выгрызли. Добравшись наконец до угла, смотрит вниз. Там, где раньше были террасы, на которых росли кусты и яблоневые деревья, зеленеет хвойное месиво: ели и сосны, сцепившиеся ветками. Лес, сошедший с места, разрушил родительский рай — пространство, обихоженное их руками.

Поворачивает голову, обозревая чужой участок, лежащий по ту сторону ручья. Раньше его закрывали ели, теперь — всё как на ладони. Ласковое солнце обливает нетронутые кусты, траву, деревья, ровные террасы, засаженные цветами. Никаких следов разрушений — только тихий нежный свет. До их забора метров пятьдесят, но даже против света он ясно видит блики на синей пожарной бочке, пятна на их машине, похожие на подпалины. Кажется, будто там — другой мир. Граница идет по ручью. Собирая остатки разума, он мотает головой: этого не может быть. Но вот же оно, прямо перед глазами: рукотворный рай нижних соседей цел и невредим.

Ныряя под ветки, он плывет обратно. Огромная ель — верхушка лежит на крыше, комель наполовину вывернут — навалилась на времянку с тыльной стороны. Оглядев упавший забор — повредило штакетник и поперечины, но столбы стоят, — он подходит к времянке. Дверную коробку перекосило под тяжестью ствола. Эту дверь больше не закрыть. Но это не он, он ничего не трогал — не двигал штыри.

Он идет к скамейке — медленно, на ватных ногах. «За что?! Почему — меня?» — в глубине души он знает: запустил, не красил, не заботился, не обрабатывал. Даже замо́к — и тот не починил вовремя.

Посуда, расставленная на камне, белеет, как ни в чем не бывало. Если не считать чашки, расколовшейся на две половинки. Ее разбила женщина. «Она. Это *всё* — она...»

Он прислушивается, надеясь, что они встанут на его сторону, поймут: их сын не виноват. Виновата она, женщина, с которой он разговаривал как с матерью, а потом...

«Нет-нет, — торопится оправдаться, — как с матерью — это сначала. Потом-то уже нет».

Родители молчат. Он сидит, повесив голову: после того, что натворил, их отклик был бы чудом, но в глубине души он все-таки надеется. Пусть хотя бы отец: откликнется, придет на помощь.

Взгляд ловит острые обломки сосен: там, за забором... Как же он мог забыть! «Да, катастрофа. Но *не только* моя». Здесь, на территории рая, созданного родителями, ответственность на нем, но *там*, за участком — совсем другое дело. Он чувствует прилив бодрости. Учитывая масштаб разрушений, случилось именно то, что показывают по телевизору, когда на помощь пострадавшим приходят все, *включая...*

Мотнул головой, будто отогнал слепня: тут уж, бесспорно, хватил! Но должно же быть местное начальство, отцы района.

Откуда-то издалека доносится вой пилы. Он вскакивает, бежит к калитке. Наверняка уже приехали. Надо остановить, сказать: вот — я, пострадавший... Мне нужна ваша помощь...

На улице никого. Только ее машина. Он чувствует холод, бегущий по позвоночнику. Холод, от которого бросает в жар. Поворачивает назад, бредет к калитке. Перед глазами путаница ветвей: тропинка, ведущая к ручью, завалена кронами — их сорвало с сосен, чьи обломки пронзают небо. Хвойное месиво, ветки, которыми все завалено. Чтобы двинуться дальше, он должен вступить — в *это*, колючее и шипастое. Он вздрагивает, будто иглы уже вонзились в щиколотки. По сравнению с *этим* сломанный замок — хвоинка, попавшая в ботинок, колющая голую пятку: всего-то и дел, что снять и вытрясти. Но даже на это нет сил. Изнеможение, полное.

Чашки и тарелки толпятся, облепляя камень. Казалось бы, самое хрупкое, что только можно себе представить, но вот же они. То, что именно их обошла стихия, красноречивее любых слов изобличает ее капризный норов, женственную природу — бессмысленную: что хочу, то и ворочу.

В свете наступающего утра чашки и тарелки кажутся бледными, как поганки. Впрочем, он поправляет себя, настоящие поганки — коричневатые, покрытые желтыми дрыздочками. Он помнит тот заросший пень.

Подняв глаза, оглядывает пустое небо. Молчат. Так пусть хотя бы послушают. Он готов признать: да, виноват. Действовал необдуманно и опрометчиво. Ошибся. Не ошибается только тот, кто ничего не делает. Разве это не их слова? Он знает, о чем они думают: поддался, пошел у нее на поводу. «А позвольте поинтересоваться: по-че-му?» Уж если на то пошло, он даст исчерпывающие объяснения, лишь бы они поняли, подсказали, пришли на помощь. Один он все равно не справится. Кому как не им знать.

Он оглядывает ветки, усыпанные шишками — терпкими плодами ели. Во все времена рождались сыновья, идущие против отцов. Родись Марлен в девятнадцатом веке, наверняка стал бы нигилистом, каким-нибудь Базаровым. Тоже мечтали разрушить. Потому что в глубине души верили: сколько ни разрушай — не рухнет. Наоборот. Жизнь разумна, надо только разгрести, отринуть старые предрассудки, нажитые поколениями, взглянуть свежим глазом.

— Да, разговаривал как с матерью, — он слышит свой крепнущий голос. — Но что же делать, если здесь, у нас, все давно перепуталось, выбилось из суставов: отцы — не отцы, матери — не матери...

Он замолкает, отводит глаза. Для них — пустые рассуждения.

Там, в родительской кровати: конечно, не мать. Только голос. И руки, нежные, — будто материнские. До сегодняшней ночи не оставлял своих родителей, не прилеплялся к жене. Не говоря уже о женщине, с которой встречался время от времени, но так и не стал единой плотью. Не мог обнажить своего сердца — не знал наготы. Это трудно объяснить, тем более понять, но пусть хотя бы попытаются: вчера, когда она заговорила с ним как с сыном, вдруг показалось, еще не все потеряно... —

———————————

Домашний телефон занят. Мобильник домработницы тоже. Она нажимает на кнопки — наугад, лишь бы кто-нибудь откликнулся. Короткие гудки. Перегрузка на линии? Или повредило станцию? Если б знать, что не завалило дорогу, уехала бы немедленно. «А, черт! Документы. Наверняка еще не проснулся, лежит под одеялом...» — мысль о чужом теле кажется невыносимой: дома легла бы в ванну, с головой, в горячую воду — все что угодно, только смыть. Здесь, где нет элементарных удобств... Еще вчера можно было нагреть на плитке — но сегодня, когда электричество отрублено...

Ночью разговаривала с ним как с сыном. Она ходит по комнате, прислушиваясь к обрывкам сна. Сказал: рано или поздно эти книги сгорят. У нее нет привычки полагаться на время — только на себя. Тем более работы на полчаса, максимум на час. Нужен пустой мешок или хотя бы наволочка. Она направляется к кровати: «Плевать, больше не понадобится», — торопливо расстегивает пуговицы. Снимает, разоблачая подушку, покрытую застарелыми пятнами. Зажав наволочку в пальцах, идет к стеллажу.

Влезает на стул. Снимая книгу за книгой, открывает на титульных страницах. В сущности, механическая работа: открыть, вырвать, пихнуть в наволочку. Но когда стоишь на колченогом стуле, даже это требует ловкости. Думает: счастье, что не уехала вчера. Чем черт не шутит, а вдруг новые хозяева окажутся библиофилами: оставят себе или сдадут в библиотеку... Верхняя полка обработана. Сунув руку в наволочку, она приминает вырванные листы. Сквозь ветхую ткань просвечивают слова, написанные выцветшими чернилами. Четыре черненьких чумазеньких чертенка следят из каждого угла.

Где-то, может быть, на соседней улице, воет бензопила. Она торопится, будто счет идет на минуты. На самом деле у нее уйма времени: покончить с книгами, потом сходить на разведку, поглядеть своими глазами. Может, все не так страшно, как представлялось ночью...

Колченогий стул качается, ходит под ногами. Она косится на наволочку, в которой шевелятся проклятые страницы — улики с дарственными надписями. Пока они не сгорели, ее легко уличить, бросить ей в лицо: ты — дочь, крапивное семя. Но в отсутствие улик одно не вытекает из другого: ее сын — НЕ ВНУК ПАЛАЧА. *Это* останется на ее совести. Придерживаясь рукой за полки, она слезает со стула. Можно перевести дух. Еще минут пятнадцать, и опасность останется позади.

Наволочку уже вспучило. Ничего, потерпит... Она должна завершить то, что не догадался сделать отец: своим бездействием поставил под удар ее сына. Руки ходят как заведенные: снять, открыть, вырвать, сунуть, пихнуть.

Осталась нижняя полка. Она встает на колени. Открыть, вырвать... снова открыть...

Теперь действительно всё. Почти... Она ползет к кровати, шарит под одеялом. Одно движение, и никаких друзей и соратников, ничего совместного: ни памяти, ни общего прошлого... Последняя улика корчится в руке. Между обложкой и первой страницей зияют клочки оторванной бумаги. Следы, по которым можно понять: что-то вырвано, но даже самый прозорливый читатель не поймет — *что*?

Она поднимается с колен: нелепо и смешно, но ей хочется танцевать, кружиться и — раз-два-три! — застыть в фарфоровом арабеске.

«Так», — останавливает себя: танцы — после. Надо решить — *где*? Проще всего на улице — но там соседи, могут увидеть. Значит — в печь. Подхватив набитую наволочку, она идет на теплую половину. С трудом —

пришлось приложить силу — выдвигает печную заслонку: под ноги сыплется пыль. Другой вопрос: вынимать или прямо так, в наволочке?..

«Да гори оно!» — она запихивает комком. Зажигалка осталась в другой комнате, надо сходить, но сверху, на печке, вечно болтались коробки. Она встает на цыпочки. Пальцы нащупывают металлический край. Тянет на себя осторожно — кто знает, что там?.. Господи, грибы! В смысле, их останки, иссохшие как мумии: разложила и уехала — сто лет назад. Она пихает лист на прежнее место: лежали и пусть лежат. Нашарив коробок, трясет над ухом: есть. Одна-единственная, но больше и не надо.

Чиркает. Прикрыв рукой, подносит к уголку. Огонек расползается черным пятнышком — все шире и шире... Бумажное нутро шевелится, проклевываясь огненным ростком. Черные пятна захватывают беловатый плацдарм. Не дожидаясь их окончательной победы, она закрывает дверцу на засов, выходит на крыльцо.

Поперек дорожки лежит упавшая береза. Чтобы выйти, надо перешагнуть.

За калиткой — никого. Она идет, заглядывая за чужие заборы: этих соседей не затронуло, все цело, основной удар пришелся на его участок и, конечно, на лес — до сих пор там хрустит и потрескивает, будто павшие всё еще шевелятся. В прорехах видны стволы: навалились друг на друга, сплелись ветками как корнями. Со стороны березовой поляны доносится звук пилы: ноющий, будто сверлят зубы.

Дойдя до крайнего дома, выходящего на Еловую улицу, она различает голоса.

— Кругом, кругом — так и легли. Ну чисто как в кино. Знаете, когда эти — пришельцы: только в кино трава, а тут березы — прямо как бритвой срезало. И, главное, закрутило.

— А какое у нас число?

— Да какая разница! Считай, лето кончилось.

— Петр и Павел час убавил, Илья Пророк два уволок. И купаться больше нельзя...

Она подходит ближе, останавливается в двух шагах. Соседи — этих она совсем не знает, наверняка новые, — одеты по-осеннему: брюки, куртки — будто не первое августа, а начало октября. Мужчины, женщины. У одной на руках ребенок.

— Нет, у нас-то слава богу! А у соседей — сарай. Прям угол снесло. Еще хорошо — ночью. Днем-то коляску ставили, там же тенек.

Поперек дороги — не пройти, не проехать, — лежит сосна. Пила всё ноет и ноет.

— По радио сказали: эпицентр в Соснове. Там, вообще ужас: крыши посрывало.

— А у нас ничего — ни радио, ни телевизора. Сплошные помехи.

— Так я в машине слушал.

— А магазин? Там же у них продукты.

— Так а чего, генератор привезут. Я вот думаю — и нам бы. Съездить в Сосново. Там должны быть.

— Думаешь, ты один умный — сейчас все понаедут, расхватают.

— Метеоролог по радио выступал: говорит, стечение разных факторов — по их расчетам, раз в четыреста лет...

Она прикидывает: это что ж, при Борисе Годунове? Ну точно. Лжедмитрий и все прочее. Короче, средневековье.

— Надо этим сказать: пусть сосну распилят.

— И так распилят — им же вывозить. Машина-то не пройдет. Теперь на всю зиму запасутся: дрова хорошие, березовые. Это ж вон, которые под красной крышей.

— Молодцы... Быстро сориентировались: кому горе, а кому...

— Ладно, не завидуй. Я утром прошлась — там на всех хватит. Был лес — и нету. Одна видимость осталась.

— А чего мне завидовать, я зимой не живу.

— Тут такое начнется, правда, Васенька? Скажи: конечно правда. Под это дело всё порубят. Где мы будем гулять? Скажи: теперь только на участке...

Младенец пускает пузыри.

Она считает: последний раз началось девятого. Плюс пять — это четырнадцатое. Самые опасные дни. Надо было фарматекс, раньше таскала в косметичке...

— Интересно, приедет кто-нибудь?

— В смысле, начальство? Ага, жди. У них своих дел...

— Да были уже, утром, бригада из Соснова. Совсем обалдели: говорят, двадцать пять.

— Это что — за одно дерево?!

— А ты как думала!

— Ладно тебе... Всю жизнь — семь, ну, восемь тысяч.

— Да я своими ушами. Сергей соседский разговаривал, я как раз вышел.

— И что, согласился? Я бы на его месте послала.

— У него выхода нету. Крышу пробило — крыша-то дороже. По-любому надо снимать.

— Вот-вот... И будем их кормить. Правда, Васенька? Скажи: правда. Скажи: кормить этих бандерлогов...

Младенец икает. Видимо, замерз. Она думает: надо было хотя бы свитер. Если б знала, захватила. И свитер, и фарматекс. «Ладно, может, и пронесет...»

— А электричество? По радио-то не говорили?

— Да какое там... Столбы. Половину свалило.

— А электрички?

— Ну а что электрички… Стоят. До Васкелова уж точно. Вот я и думаю: валить надо. И холодно, и без электричества. Газ кончится — считайте, в каменном веке. Костры будем жечь.

— Главное — холодильник. Правда, Васенька? Скажи: правда, правда, все испортится: и мяско, и курочка, и маслице…

Она поворачивает обратно: в общих чертах понятно. Дело обстоит так: дорогу расчистят сами, своими силами. Иначе никому не выехать. «Двадцать пять за дерево — круто. У него стволов шесть-семь — если считать только те, что лежат на крыше…» — она переступает через березовый ствол.

Из теплой половины тянет гарью. Она открывает, заглядывает: кучка черного пепла. Через час остынет. «А если все-таки залетела?.. — Об этом не хочется думать. — Значит, он — отец…» —

Пила ноет где-то поблизости впечатление такое, что на Еловой.

Наверняка, побило шифер. Он ходит по чердаку, оглядывая потолок: изнутри незаметно, но кто его знает, что там снаружи. Счастье, что нет дождя. «Приготовить тазы — так, на всякий случай…» Небо чистое, но если хлынет — чердак уж точно затопит. Спохватывается: рукопись надо снести вниз.

«Ну и где мне тогда работать? На веранде? Значит, и пишущую машинку…» Запястья ноют, будто уже чувствуют неподъемную тяжесть. Поднять-то он сможет, а дальше? Поставить на край люка, спуститься самому — ступеньки на четыре… Чем держаться, если руки заняты машинкой? Нет, одному не справиться. Сунув книгу под мышку, он сходит вниз.

«Еще и посуда... Перетаскать на веранду?.. — чашки и тарелки, которые вынес, расставил на камне. Он садится на скамейку, открывает книгу — Потом. Нет сил».

Пролистал вперед, пропуская подробности, связанные с посадкой.

...Группа разведки, возглавляемая капитаном, приближалась к озеру. Время от времени капитан оборачивался — проверял, все ли на месте. На чужих планетах приходится держать ухо востро. Высокие зеленоватые фигуры двигались слаженно, с легкостью перепрыгивая через препятствия. Невольно он позавидовал своим коллегам: вот что значит молодость! Сам он уже не способен на этакую прыть.

Остановившись на высоком берегу, капитан повел глазными отростками, воздев их на максимальную высоту, обусловленную физиологическими возможностями организма. Сколько хватало глаз, все было завалено деревьями. Гигантские членистые стволы лежали толстым слоем — один на одном. Как тела героев, павших в неравной битве с обезумевшей стихией, если позволительно говорить о разуме стихий. На планете случилась катастрофа. Теперь, когда они отошли от корабля на значительное расстояние, этот факт не вызывал сомнений. Ясно и другое: никакой разумной жизни. «Как, впрочем, — капитан усмехнулся, вспомнив ученых-теоретиков, которых ожидает разочарование, — нет и грибов». Сколько ни вглядывался, так и не обнаружил. Вот они — капризы эволюции: некоторые формы исчезают бесследно...

Дождавшись, пока последний астронавт выйдет на гладкое место, он дал команду отдохнуть. Члены экспедиции сели на плоский камень. Капитан не спешил присоединиться — смотрел на огромный комель, вы-

вернутый из грунта. Рядом зияла глубокая яма. Он заглянул и подал знак. Члены команды подошли ближе. Ловко перебирая конечностями, астробиолог спустился на дно. Вытянув глазные отростки, остальные следили с любопытством. Упираясь в боковые стены, астробиолог выбирался наверх.

Теперь, словно включили громкую связь, их голоса стали слышны. Члены команды обсуждали находку: остов птичьего крыла. Судя по их реакции, находка выглядела странно: по одним признакам — крыло; по другим — плавник. Похоже, речь шла о переходной форме, которая под влиянием каких-то чрезвычайных обстоятельств выползла на берег, но так и не сумела расправить зачатки крыльев, сформировавшиеся каких-нибудь пару миллионов лет назад...

Он слышит шум машины. Всё ближе и ближе... Чьи-то голоса. Приехали? Кто? Или почудилось? Отложив книгу, он идет. Торопливо, почти бежит. Перед соседским забором — «рафик» или микроавтобус, черт знает как это называется... Какие-то парни — стоят, разговаривают... Среди них — она: женщина, с которой он... —

———————

Парня она узнала сразу: тот самый, которого послала подальше. Поверх футболки накинул кургузую курточку. Крайние буквы закрыты:

ОСИ И ЗАБИВА

Полы курточки — шоры, сужающие поля зрения.

— Здра-аствуйте, хозяйка, — ее недавний знакомец улыбается. — Вот, ездим, осматриваем. Как говорится, спешим на помощь людям. Я гляжу, — он показывает пальцем на бывшую тропинку, заваленную ветками, — у вас тут — ваще... Фронт, как говорится, работ.

— Не у меня. В лесу. А еще вон там — у соседа.

Она думает: чего я лезу? Пусть сам разбирается.

— У этого, что ли? Так я у него был, позавчера, — он оглядывается на парней, которые успели вылези из «рафика». Стоят в сторонке. — А сам-то он где, дома?

— Не знаю. Сходите.

— Да мы-то схо-одим, — парень выпячивает подбородок, чешет, будто сомневается. — Сходить, как говорится, недолго. Только подумать надо, — возвращается к «рафику». Что-то говорит своим — вполголоса, слов не слышно.

Она не вслушивается. «"Рафик" проехал, значит, дорога чистая...»

— Стойте, я сейчас, — уходит в дом, возвращается. — Ну вот, теперь пошли.

Идет, прижимая к груди папку с документами. Парни — следом. «Все лучше, чем одна... При них в любом случае...» Она уверена, он подпишет и так, но в их присутствии проще.

— Ух ты! — парень в красной футболке смотрит ошарашенно. — Это ж ни хрена себе... Сколько тут!.. — вертит головой. Шевелит губами. — Раз, два, три... — сквозь месиво веток проглядывают темные стволы. — Гляди, гляди, а там-то, вон, еще и на крыше..

Она говорит:

— Мне глядеть нечего. Это ты гляди. Упустишь оптового клиента. Чего застыл, давай, заходи.

Она пропускает их вперед.

— Ну и где?.. — ее знакомец озирается. — Хозяин!

— Я здесь, — он стоит у калитки, за кустом сирени. Сирень давно отцвела.

Парень в футболке приосанивается:

— Ну чё, договариваться будем? Если с вывозом, каждый ствол — пятнадцать, ну, ветки — тоже, сжечь или отволочь в лес. И учтите, другие запросят больше, хорошо если двадцать, а то и двадцать пять. Те еще рвачи, особенно черные. Сами видите, работа ювелирная, ну, это, снять, которые на крыше, — тут одни влезли, отпилили, а дерево — ух! Крыша — в хлам, и шифер, и стропила. А у нас все с собой — и лестница, и веревки. Ну чё, считать?..

— Я... Не знаю, — он смотрит на нее, будто ждет совета. Так и не дождавшись, кивает. — Да.

— Короче, считаю, — парень ныряет под ветки, скрывается в густой хвое. — Раз, два, три... ага, вон еще, и эта, шесть, семь, восемь, вроде все... А там, дальше, тоже считать? — из-под веток выныривает голова. — Ну там-то, за домом, у вас ваще... Штук восемь, это уж к бабке не ходи, а остальное — когда разгребем, как говорится, по факту... — раздвигая ветки, плывет обратно.

Она уже сосчитала: 120 тысяч — без тех, что за домом.

— Эй, друг ситный, — она останавливает парня. — Совесть-то где? Ты чего думаешь, все идиоты? Сам говорил: покраска дома — полтинник. В два слоя. Старую краску счистить, пройтись харчоткой. Неделя как минимум. А тут?

— Так это — когда?.. Вчера. Нынче — другая петрушка. Форс-мажорные обстоятельства, — произносит важно.

Она усмехается: не на ту нарвался. Ишь ты, сосновский самородок. Ничего, видали и покруче.

— Ну, молодец. Слова выучил. А теперь давай по-человечески: семь, максимум семь с полтиной. 110 тысяч за пару дней — неплохо, а? Вот и я говорю: такой зарплате и президент с премьером позавидуют.

Парень поднимает глаза.

— Дак чё? И пусть завидуют. У них там нефть, а у нас, — он щерится, открывая мелкие мышиные зубки, — лес. Ты, тетенька, тоже, небось, не бедствуешь. Машинка-то — а? — не жигуле-ек. А нам, — он оборачивается к остальным, — типа выкуси? Раньше надо было — по-человечески. А теперь-то не-ет... Короче. Или по-нашему, или — вон вас таких, до Васкелова, только успевай поворачиваться.

Она снова усмехается, на этот раз *плохой* усмешкой:

— Ты, птица моя, когда с дерева слез? Думаешь: раз! — и всё на тарелочке — на гоп-стоп, голыми ручонками? А я бы на твоем месте ох как призадумалась. Тетенька, говоришь? Так вот, племянничек: я телефон-то возьму, звоночек сделаю — один, но правильный. Будет тебе и машина, и лестница с веревочкой.

— Дак давай, — он передергивает суставами. — Звони. Как приедут, так и отъедут. А дачки ваши останутся: сухие, деревянные... Поехали, ребята. Тут хозяева строгие, несговорчивые... Счастливо оставаться. Простите, коль что не так, — кланяется дурашливо, смотрит на небо. — Ух ты! Никак снова собирается? Ничего, до вечера долго, поработаем...

Она смотрит, как они идут к «рафику».

«Ну да. Это вам не генетика — 1700 спермин. Забирай выше, — она оглядывает стволы, стоящие на краю леса, — косо срезанные, похожие на колья. — По Сеньке и шапка, по создателю — и души...»

Они идут медленно, ждут, когда их окликнут.

Она оборачивается, ловит отчаянный взгляд. В его глазах — страх.

«Страх — пытка. Хватит. Я не позволю...»

— Послушайте! Но так же тоже нельзя. Обдерут как липку. Раз уж я... Сейчас я уеду. В Репино. Там у меня бригада. Договорюсь... Сейчас сколько? Часам к пяти успеют — во всяком случае, очистят крышу. Переночуют, а завтра остальное.

— А они, ваши, за сколько? Потом-то я, конечно, но тут у меня... Тысяч пятьдесят — да, но ведь те, ваши, тоже...

Она прикидывает: даже если по шесть, а меньше не получится, все равно выходит под сотню. Надо сказать: потом подъедете, отдадите. Но она говорит:

— Пятьдесят?.. Это что — *все* ваши деньги?

Он кивает, смутно припоминая какой-то недавний разговор... Вот только с кем? Не успел вспомнить. Она говорит:

— Полтинник я пришлю. С бригадиром. Потом отдадите, когда сможете.

Он смотрит молча.

Она тоже молчит, не понимая, зачем? Может так случиться, что он — отец ее будущего сына. Наверняка не отдаст. «Тоже мне, благотворительница...» Мотнула головой: нет. Благотворительность ни при чем. Какая разница, кому платить — ему или там, в Соснове. Уж там-то полный бардак. Контора наверняка закрыта. Ублюдок советской инженерии прав: форс-мажор. Местные деятели не растеряются, выкатят по полной...

— Да, — он наконец оживает. — Спасибо, я отдам. Подвезу куда скажете. Не сразу, мне надо сдать работу...

— А кем вы работаете? — она открыла папку. Усмехнулась: «А вдруг захочет узнать, кем работал его отец?»

— Переводчик. — Он смотрит, недоумевая: «Странно. Над чем она смеется?..»

Она вынула лист:

— Что переводите?

Он затрудняется с ответом:

— Разное. Книги.

— Хорошая профессия, творческая. Вот, — указала пальцем. — Здесь.

— А это, — он прочел шапку, — ваша фамилия?

— Да, — она кивнула.

Он хотел сказать: «Был один писатель, давно. В "Юности" или в "Новом мире". Потом куда-то исчез». Подумал: да нет, при чем здесь? Просто совпадение...

— Ничего, — улыбнулся благодарно. — Просто редкая.

Она подула на его подпись и убрала в папку.

— Да, чуть не забыла, — оторвала клочок бумаги, нацарапала. — Мой телефон. Когда сеть восстановят, позвоните, у меня высветится. Всё, — оглянулась напоследок. — Пора.

Он смотрел, как она идет к калитке — мимо чашек и тарелок — за границу поверженного рая. «Нет, кажется, все-таки в "Новом мире"... Замечательный роман — особенно по тем временам, — вспомнил свое тогдашнее ощущение: читаешь, вроде бы ничего особенного, вполне себе расхожая стилистика, конфликт хорошего с лучшим, но в глубине, вторым слоем, не сразу, надо вчитаться, — ощущение бессмысленности существования, будто герой, простой советский парень, знает о себе больше, чем позволено. Удивительно, что вообще напечатали».

Вспомнил: про деньги говорил парень, этот, которого она выгнала. Сказал: займите у соседки. Будто заранее знал... —

———————

В трубе, которую только что перекрыла, что-то шуршит. Она наклоняется, ловит ухом. Все ясно: входной кран провернулся не до упора. Она сует металлический прут, затягивает, сколько хватает сил. Теперь шуршания не слышно, но она уверена — подтравливает. «Сказать Василию Петровичу. Поедет за стиралкой, пусть купит еще и кран. Привезет и заменит. Заодно сольет трубы. Если не заменить, за зиму прорвет».

Обходя дом, проверяет: окна, печная заслонка, холодильник — приоткрыть дверцу, — теперь электричество... Внимательно, словно сверяясь с невидимым списком. Шарит в сумке, проверяя, всё ли на месте: деньги, косметичка, мобильник...

Фарфоровые статуэтки, несущие караульную службу, сияют первозданной чистотой. Хоть сейчас — в музей.

— Ну вот, — она останавливается напротив, как экскурсант, которого привели в этот зал, но тотчас же уведут. — Не поминайте лихом. Что могла — сделала.

Контуры расплываются, будто уходят под воду. Не давая им времени опомниться, она выходит на веранду. Напоследок оглядывает стол, за который больше никто не сядет. Спохватывается: репродукции. Что-то должно остаться на память. Снять, захватить с собой?.. Прислушиваясь к скрипу ступеней, спускается с крыльца. Одна ступенька качается.

— Хватит. Сколько можно. Я и так... — Перед глазами плывет трава, тощие кустики, березовый ствол. Она перешагивает, запирает за собой калитку. Так и не подняв глаз, идет мимо чурбака. Жаль, что не сожгла их в печке: и рай, и ад, и сестрицу Аленушку. Спалить — и концы в воду.

Садится в машину. Разворачивается, осторожно объезжает яму. Окажись на ее месте другая девочка — талантливая, не обманувшая родительских ожиданий, — наверняка бы оглянулась... В зеркале заднего вида шевелятся ветки, завалившие тропинку. Машина движется медленно, но это не ее вина. По такой дороге не больно-то разгонишься.

Машина сворачивает на Еловую. Дерево, лежавшее поперек улицы, успели распилить. Краем глаза отмечает поваленный забор, столб, рухнувший на яблоню, усыпанную мелкими яблоками, — ее любимый сорт. Созревает осенью. Осенью она будет далеко.

Из леса выползает машина с прицепом. И к бабке не ходи: дрова.

«*Кру́гом, кру́гом... Пришельцы. Березы как бритвой срезало.* — Вспоминает женщину, державшую на руках младенца. — *Правда, Васенька?..*»

Старуха, копошащаяся за забором, разгибает спину, приложив ладонь козырьком, смотрит вслед.

«Как же его?.. Вася, Петя... Смешно, но так и не вспомнила. Ничего. Европа — не Россия. Там отчеств нет...»

Вниз уходит тропинка, та самая, где чуть не сбила коляску — свернула вовремя. Спасла.

Снова дрожат руки.

— Да что ж это!.. — Она перехватывает вспотевший руль. Выезжая на асфальтовую дорогу, притормаживает, пропуская раздолбанную «семерку». Пристраивается в хвост. Чертова «семерка» еле плетется.

— Ну давай, милый, давай... — включает поворотник. По встречной движется «рафик». За ним какой-то придурок на мотоцикле: в прицепе свежие чурки. Кому горе, а кому праздник — бесплатных дров.

«Семерка» уходит в боковую улицу. Столб, стоящий на самом углу, перекосило. С забора свисают рваные провода.

Машина приближается к ДЭКу. Даже издалека заметно шевеленье. Воскресный рынок, всегда полно людей: покупатели, продавцы. «Конец света, а всем хоть бы хны!» Мясной ряд — красноватые комки плоти.

322

Овощи. Свежие: картошка, морковь, пузатые кабачки. Прошлогодние огурцы в стеклянных банках. Стекло играет на солнце. «Жаль, что нет яблок... Местных — белый налив. Я бы купила». У самого входа расположился мужик с корзинкой. Она притормаживает: белые, подосиновики, опята. «Чем-чем, а грибами сыта по горло. С меня хватит», — раздраженно, будто во всем виноваты грибы.

Водонапорная башня завалена упавшими деревьями. Два мужика тащат длинную лестницу. Тот, что сзади, сует руку в карман, вынимает телефон.

«Неужели наладили?.. — не сбавляя скорости, она роется в сумке. Сжимает в кулаке. Ни с того ни с сего загадывает: если одна — ничего нет. Если две... — На телефонном дисплее светятся две рисочки. Она закрывает глаза. В руках невыносимая дрожь. — Значит, все-таки...» Съезжает к обочине. Кладет локти на руль, утыкается лбом. Со стороны может показаться, что водителю джипа стало плохо — мало ли, спазм или сердечный приступ.

«Совсем сдурела, хоть в цирке показывай...» — снова смотрит на телефон, будто боится, что вторая рисочка исчезнет... Торопливо лезет в бардачок, вставляет зарядку — одно движение, и...

«Ну вот... Теперь порядок». — Включает поворотник:

— Ладно, поехали, — вслух, будто она уже не одна.

Мимо станции, мимо помойных баков. Отсюда до ореховского шлагбаума километра три. Самый опасный отрезок. Сплошные повороты. Асфальт — серая змея. «В смысле, змей. Учитывая сложившиеся обстоятельства...» Она едет, не глядя по сторонам, не обращая внимания на поваленные деревья. «Тойота», мелькающая сзади, идет на обгон, проскакивает, едва разминувшись со встречной «Шкодой». Водитель,

счастливо избежавший столкновения, газует, уходя
вперед.

Подъезжая к шлагбауму, она ворчит:

— Видали, гонщик хренов...

Метрах в ста от платформы загорает пустая электричка. Переезжая рельсы, надо оглянуться: налево, направо. Всюду, куда ни глянь, упавшие стволы. Со стороны Соснова катится дрезина: мужики в ватниках. Не
иначе бригада дровосеков. Сворачивая на грунтовку,
она слышит вой бензопилы. Там, где стоял лес, — сплошные проплешины. В прорехах виднеется небо — серое
и пустое. Перевалив через камень, вросший в дорогу,
джип нащупывает асфальт, приосанивается, будто чуя
приближение трассы.

— Молодец, — она подбадривает — не то себя, не то
верную машину. Считай, почти выбрались. А ведь могли и застрять.

Джип поводит боковыми зеркалами, прислушиваясь недоверчиво: с его-то лошадиными силами...

— А представь — поезд. Не в ста метрах, а прямо
у шлагбаума. И что б мы делали — прыгали?

Очень хочется закурить. Она шарит в бардачке, вытаскивает пачку. Покосившись на телефон, выбрасывает в окно.

Правая полоса свободна, на встречной — сплошная
сосиска. Похоже, пробка до самого Соснова: владельцы дач наслушались радио, кинулись проверять. Ба-
клажановый жигуленок притормаживает. Она кивает
благодарно, въезжает на свою полосу.

— Ну все, теперь отдохнем.

Джип рычит недовольно. Рычи не рычи, по такой
дороге и захочешь, не обгонишь. «Форд-фокус», идущий впереди, подмигивает, съезжая на обочину. Перед
ней открытая фура, груженная бревнами: огромные
стволы. Она увеличивает интервал: если что, будут вы-

скребать из асфальта — никакие подушки не помогут. «Форд-фокус» — за рулем крашеная блондинка — пристраивается сзади.

«Ну ты и сучка, — она поднимает руку, шевелит пальцами. Блондинка с искусственными волосами — и где они берут такие мертвенные оттенки? — улыбается виновато. — Ладно, — она кивает. — Живи».

Легковые машины, идущие по встречке, нагружены тяжелой поклажей: обрезки досок, брус, старый холодильник. Не автомобили, а ишаки.

По обочине мелькает щитовая реклама: продажа участков, домов, стройматериалов. Некоторые щиты перекосило. Особенно этот, на синем фоне:

> СЕГМЕНТЫ
> ПАЛЬЦЫ
> НОЖИ

«О господи!..» Скорей бы доехать, вырваться из этого пространства, искаженного, где все шиворот навыворот: ножи — не ножи, пальцы не пальцы, а черт знает что, нормальному человеку не догадаться. Под мостом, перекинутым через овраг, — заросли белых зонтиков. Толстые стебли — высокие, в человеческий рост, — карабкаются по склону. Этим ничего не страшно — ни бури, ни ураганы... Два парня у самой дороги. Скинули рубахи. Один сложил ладони лодочкой. Другой наклоняет пластиковую бутылку, сливает ему на руки. Она не видит лиц.

> ЭЛИТНЫЙ КОТТЕДЖНЫЙ ПОСЕЛОК.
> ПРОДАЖА ЗЕМЛИ

На щите — улыбчивое семейство: отец, *Егор Петрович*, мать, *Нина Федоровна, их дети, Сергей и Наталья...*

«Главный инженер советских душ может спать спокойно. Его дело не пропало. Расплодились и размножились, наполнили землю. — Щиток мигает красным — бензин почти на исходе. Надо заехать на заправку. Лесовоз, ползущий впереди, закрывает обзор. Такое чувство, будто бревна слегка покачиваются. — Плохо закрепили? Не может быть. Они же не идиоты. Если бревна покатятся...»

Поворот на Лемболово обозначен гигантским щитом:

ВАША ДАЧА БЕЗ ВАС ПЛАЧЕТ

Правый глаз снова слезится. Она протягивает руку, жмет на кнопку. Прохладный воздух льется свежей струей. Она вдыхает глубоко, с наслаждением, будто не воздух, обработанный кондиционером, а чистый кислород.

Поворот на Васкелово. Ее дорога прямо. Знак «40».

У забора — скамейка, на скамейке — старик со старухой. Мужик — наверняка их сын — тащит сноп соломы. Спиной, лица не видно. Зачем им солома — в такую-то жару?

Дальше — пост ГАИ.

Тяжело качнувшись на повороте, лесовоз забирает вправо. Прижимается к обочине. Гаишник идет вразвалочку, направляясь к кабине. Водитель открывает дверь, спрыгивает на землю — маленький и тощий. Она думает: кожа да кости. Даже странно, что доверили такую огромную машину. Смотрит в зеркало, подмигивает крашеной блондинке: «Ну? А ты, дурочка, боялась». Девица отворачивается, прячет бессмысленные глазки — делает вид, что ничего не помнит. Щелкнув поворотником, она жмет на педаль.

Левая часть дороги свободна. Мгновенно набрав скорость, джип вырывается вперед — с легкостью, как на крыльях, обгоняет тихоходов. Впереди пустая полоса. Знак «Обгон запрещен», но ей и некого, на этом отрезке она — первая.

По сторонам дороги лежат поля, заросшие цветами. Желтые пятна, будто разлили краску. Вдали, за краем поля, — сплошная лесополоса. Похоже, женщина с ребенком — *Правда, Васенька?* — права: дальше Васкелова *это* не дотянулось. Граница условна, но она чувствует облегчение. Все-таки вырвалась. *Оно* — искаженное пространство, которое прикидывается инобытием, — осталось там.

Справа, на выезде с боковой дороги, загорает грузовик, доверху груженный сеном — стог на колесах. Водителя не видно — не иначе пошел отлить.

Вот наконец и заправка. «Петербургская топливная компания». Она оглядывает с сомнением: эти всегда разбодяживают. «Возьму литров десять, до города хватит».

— Здравствуйте. Вам до полного? — парень в спецовке улыбается дежурной улыбкой.

— Десять. Евро. У вас есть кофе?

— Да, — он кивает услужливо, — там, внутри.

«Тоже маленький и тощий... Недоедают они, что ли?»

— Будет мешать — отгоните, — она протягивает ключи.

— Я... это... не умею, — он смотрит растерянно.

«Понабирают подростков...»

— Ну скажите кому-нибудь. Вы же тут не один.

Девица, стоящая за стойкой, тоже улыбается.

Она садится за столик, закрывает глаза, будто несколько шагов отняли последние силы. Под веками деревья — спутанные ветки, упавшие стволы. *Это* никуда

327

не делось. Словно что-то подступает — необоримое, от которого нет спасения, давит на плечи, сжимает голову.

— Вам чай или кофе?

Она вздрагивает: девица. Не заметила, как подошла.

— Даже не знаю... — слышит свой голос, будто со стороны. — Чай. Таблетку анальгина.

Девица смотрит изумленно:

— Но мы... у нас... Вам плохо? Может быть, скорую?

Она смотрит пустыми глазами.

Девица бежит за стойку, выносит стакан воды.

— Вы *оттуда*? Знаете, сегодня один мужчина, тоже, с сердцем плохо. Там, говорит, кошмар. Просто ужас. Говорит, есть человеческие жертвы. Там, говорит, озеро. Люди не знали, поехали кататься на лодках, а тут такое! Воду прямо вспучило. Человек десять смыло, а может, и больше. Выловят — скажут...

Она поднимает глаза:

— Тебя как зовут?

— Меня? Настя.

— Красивое имя.

— Ой, — вспыхивает. — Не знаю. Обыкновенное, русское.

— Нет, — она настаивает, — не обыкновенное.

— Ой, — девочка всплескивает руками. — У меня же в сумке «Спазмалгон» — ничего? — бросается к стойке. — Это хорошее. У меня тоже бывает. Знаете, болит голова. Вот. — На ладони две белые таблетки. — Съешьте обе — вмиг полегчает. А хотите, — девочка оглядывается, — я с вами посижу? Пока никого нету.

— Говоришь, вмиг полегчает? — она улыбается с нежностью. Странное чувство.

«Почему — странное? Когда женщина ждет ребенка...»

— Чай-то! — девочка тоже улыбается. — Забыла — из головы вон.

— Не надо. Посижу и поеду. Мне уже лучше. Твои таблетки действуют.

— Вот видите, я же говорила! Хорошие. Анальгин хуже.

Она думает: «Надо что-то... — тянется к сумке: кошелек... — Нет, деньги — неловко. — Ключи, документы. Телефон?.. Телефон — хороший подарок. — Ах, да, — вспомнила. — В машине, на зарядке...»

Девочка стоит, сжимая в руке сумочку, китайскую, из кожзама.

В юности у нее была похожая, только еще хуже.

— У тебя красивая сумочка.

— Красивая?! Ой, ну что вы... Вам правда нравится? Это у нас, в Токсове. Перед вокзалом ларьки.

— Ты живешь в Токсове? — она смотрит на свою сумку, последнюю, купленную к Новому году: ее собственный календарь — ориентир во времени. У женщины, которая ждет ребенка, другие ориентиры.

— Да. А вы — в Петербурге?

Она улыбается:

— В Репине. На Финском заливе. Бывала когда-нибудь?

— Нет, — девочка качает головой. — Я только в городе бывала. Больше нигде. А там у вас что, — кивает в сторону Соснова, — дача?

— Там? — она смотрит на свою сумку, но теперь уже уверенно. — Знаешь, что я придумала? Давай поменяемся.

— Чем? — девочка смотрит недоуменно.

— Сумками. Мне твою, а тебе мою.

— Но у вас... Что вы! — щеки заливаются нежной краской. — Это же «ГУЧЧИ»! Я видела, в одном журнале...

— Послушай, — она останавливает. — Я уезжаю, далеко. Понимаешь?

— Да, — девочка поднимает руку, отводит челку. — Далеко, значит — навсегда? — Смотрит испуганно, будто сказала лишнее.

— Вот видишь, какая ты умная. И добрая. Но главное — умная, — она улыбается через силу. — Буду смотреть и думать: как там Настя?

Она вынимает, выкладывает на стол: кошелек, ключи, папку с документами, какие-то бумажки, мятые салфетки. «Ничего, это все пройдет. Не вмиг, но не может же вечно. Главное — вырвалась».

Девочка смотрит завороженно, тянется к своей сумке. Переворачивает, вытряхивает на стол:

— Ой, извините, я сейчас... А она правда настоящая?

— Правда, — она берет пустую сумку, складывает вещи. Вынимает три сотенные бумажки. — Вторая колонка. Десять литров.

Идет к двери. Прежде чем выйти на улицу, прислушивается к себе. Действительно помогло. Голова как новенькая.

Оборачивается:

— До свидания... — Ей хочется сказать: *доченька*. В мире, в котором все изменилось, она — мать.

Девочка ее не слышит. Смотрит на сумку, будто не верит своим глазам... —

―――――――

Он боялся, что провозится до обеда, но этот этап сизифова труда занял сорок минут. Главная препона — крыльцо. Когда руки держат таз, нечем отодвигать ветки. Хорошо хоть куртка с длинными рукавами.

Сквозь стекла веранды виден голый камень.

«А если не приедут?..» Одергивает себя: нельзя думать о плохом. Пошарив в кармане куртки, достает телефон: в левом верхнем углу — голый стволик антенны, с которого срезали ветки.

Подойдя к люку, задирает голову. Пока не приехали, можно поработать. Мысль о работе кажется странной, будто пришла из другой жизни. Через силу, ноги совсем ослабли, взбирается по лестнице. Дверь в кабинет закрыта. Зато распахнута другая, та, за которой собственно чердак, набитый рухлядью. Он заглядывает: драповые пальто, спинки кроватей, колченогие стулья...

Стоит на пороге — опешив, не веря своим глазам: из потолка торчит здоровенный сук. Еловая ветка пропорола шифер. В гипсокартоне зияет рваная дыра. Он подходит на цыпочках, заглядывает в прореху, пытаясь разглядеть стропила. Ничего не видно. На полу лужица, присыпанная хвоей.

«Приедут — починят. Я не строитель. Я...»

Спускается по лестнице. Раздвигая проклятые ветки, сходит с крыльца.

Под холодильником тоже лужа. Открыв дверцу, вынимает пакет, нюхает. Молоко успело скиснуть. Морщась, ставит на место. Неприятно сосет под ложечкой. Яйца. Сырые есть опасно. Макароны — и те не сваришь. Можно сходить на горку, купить каких-нибудь консервов. Раньше, по привычке, всегда держал про запас. «Уйдешь, а они приедут. Хлеб, огурцы, помидоры. Ничего, — подбадривает себя. — До утра продержусь».

На скамейке осталась книга. Чтение всегда отвлекает.

«Что там у нас? Ага...»

Командир корабля оглянулся и, сдвинув вверх лючок гермошлема, вдохнул уже тихий, уже мирный воздух.

В горловой трубке неприятно запершило: сказывалась жирная азотная струя. Азот — вещество, способствующее росту и развитию растений.

«Дело не в упавших стволах. Время от времени случаются и не такие эксцессы...» Окончательные выводы сделают ученые, но даже его опыта достаточно, чтобы понять: плавники, так и не ставшие крыльями, свидетельствуют о том, что подлинная катастрофа произошла давно. Эволюция, на которую ученые традиционно возлагают надежды, в данном случае зашла в тупик. Точнее, не сумела из него выбраться.

Жалости в нем нет: это — чужая планета, от которой их отделяют месяцы — если не годы — пути. Не жалость — капитан прислушался к себе, — скорее, разочарование. Мимолетное чувство. Пройдет. Теперь, когда пробы взяты, он должен принять решение: ограничиться ли этим районом или взлететь и приземлиться где-нибудь в другом месте? Проблема в том, что они израсходовали слишком много топлива — может не хватить на обратный путь.

Он смотрит в небо, будто надеясь проникнуть взглядом за толстый слой атмосферы — туда, где господствует кромешный мрак. Включает общую связь, понимая: решение принято. Зеленоватые фигуры направляются к кораблю.

«Эту планету ожидает вырождение. После катастроф такого масштаба жизнь не восстанавливается. Во всяком случае, в полной мере», — дожидаясь, пока члены команды поднимутся на борт, капитан подбирает слова, с которых начнет свое выступление на летучке. Потом, после ужина, когда разговор плавно перейдет в неформальную фазу, он — с известной долей иронии — посетует, что на планете, которую они только что покинули, замысел бога не исполнился

332

в полной мере: замер на той точке, где еще нет ни птиц, ни животных. Не говоря уж о разумных существах...

Слова бежали, как полая вода. Послюнив палец, он перевернул залипшую страницу. Нет, чтение не спасает. Ему не отвлечься от тягостных мыслей. Еще вчера сходил бы к ручью. Он встает, выходит за калитку. Дорога к ручью завалена еловыми ветками. «Ну что ж... Значит, в лес».

Поперек тропинки лежит огромный ствол. «Ну и как мне теперь?.. — Острые обломки топорщатся. Он поддергивает брючину, заносит ногу. Обломок ветки вцепляется в штаны.

— Вперед или назад?.. — Ноги растопырены. В таком положении долго не продержишься. Сделав над собой усилие, неловко переваливается на ту сторону. Выбравшись на пустое место, ощупывает брючину. Все-таки вырвало клок. «Ладно, все равно старые».

Там, где стояли деревья, — одна сплошная прореха, поле битвы великанов, поваленные стволы. Те, что лежат внизу, тихи и недвижны. Верхние тянут ветки к небу — в последней мольбе. Он смотрит на то, что когда-то было его лесом, родным и привычным. «Ничего, снова привыкну. Надо как-то приспособиться...» За спиной — протяжный скрип. Он оборачивается. Сосна, судорожно вздрагивая и перебирая ветками, клонится в его сторону. Он стоит, будто приросли ноги. Дерево падает, сминая вершины маленьких елок. Ударяется о землю, с отчаянным всхлипом испускает дух.

Он смотрит зачарованно: сосна упала в двух шагах.

Впереди, за кустами, мелькает что-то пестрое. Перемогая запоздалый ужас, он идет напрямик, не разбирая дороги: кто бы ни был, все-таки — человек. Можно поделиться радостью, сказать: только что упало дерево, чуть не прибило, не знаю, как и спасся.

Старуха сидит на корточках к нему спиной. Цветной платок — что-то белое с красным, углы топорщатся как заячьи уши. Она поворачивает голову. Издалека доносится птичий крик — резкий, как уханье совы.

«Да какая сова!.. Откуда?..»

Кряхтя и держась за спину, старуха встает, подтирается юбкой. Только теперь заметил: пень. Трухлявый, окиданный грибами: коричневые шляпки в желтоватых дрыздочках. Она собирает, складывает в лукошко.

«С ума, что ли, сошла... Это же... Нет, надо сказать».

— Послушайте, это — поганки. Вы отравитесь...

Старуха поднимает голову, загораживается ладонью от солнца:

— Иди, иди, — ворчит недовольно. — Сам ты поганка.

Конечно, надо уважать старость, но эта ведьма позволяет себе слишком много. Будто она — хозяйка леса. Вспомнил: та самая, с котом. Вчера была без платка. Сегодня покрыла голову, спрятала седые патлы.

— На поляне был? — Спрашивает, как ни в чем не бывало. Будто и не нахамила. — Не был, так сходи. Точно инопланетяне. Я и по телевизору видела. Когда садятся, траву приминают. Улетят, а круги остаются. Ровные. Думала, ну ладно траву. Дак, оказывается, еще и березы. Видно, тарелка у них огромная. Хорошо хоть лес выбрали. А ведь могли и на дома.

«Инопланетяне... Круги... Сущее безумие». — Он поворачивается, собираясь вернуться на тропинку. Снова кружится голова.

Старуха окликает:

— Туда иди. Там-то не пройдешь, завалило, — тычет пальцем.

Он идет, не ведая: зачем? Будто повинуясь старушечьей воле. Со стороны березовой поляны доносится вой пилы. С каждым шагом пила голосит все громче. Перейдя дорогу, ведущую к линии Маннергейма, он останавливается, выглядывая из-за куста. На поляне, заваленной беловатыми стволами, работают мужики. Один пилит, другой собирает чурки, подтаскивает к прицепу. Парень лет пятнадцати обламывает березовые ветки, пихает в мешок. Не отвлекаясь от дела, мужики поглядывают в его сторону — бросают косые взгляды. Будто он — нежелательный свидетель или незваный гость, отрывающий хозяев от важных дел.

Глаза обегают поляну: там, где еще вчера росли березы, за которые садилось солнце, зияет пустота. Спеша воспользоваться плодами урагана, пила заходится в отвратительном вое. Он смотрит в небо: солнце, как же оно будет садиться, уходить за голую землю?

Мужики о чем-то переговариваются. Он не слышит. Только шевеленье губ. Вой, изнуряющий душу, смолкает.

— Вам чего? — мужик постарше оборачивается, но как-то криво, не разгибая спины. Глаза не то чтобы враждебные — настороженные. Парень, который возится с ветками, опускает мешок.

— Просто хожу, смотрю.

По тому, как ему *не ответили*, понял: лучше уйти. Убраться подобру-поздорову.

Уже ничему не удивляясь, вышел из леса — у самого крайнего дома. Свернул в пустую улицу.

— Ну чего, завалило тебя? — Старуха с корзинкой выходит из леса.

Он думает: да провались ты пропадом!

Все-таки кивает через силу.

— А ведь я говорила, — она ставит корзинку. — Царствие небесное родителям-то твоим. Не берите у ручья. Плохой участок, опасный. Елки одни. Дак все же умные. Думают, не из того места родились, — усмехнулась, обтерла морщинистые губы, похожие на куриную гузку — вот-вот вылезет яйцо. — Ну, и чего делать будешь?

Он смотрит в ее глаза. Там стоит что-то темное — влечет и завораживает, как болото, за которым никогда не был. Оглядев полную корзинку, думает: «Мне-то какое дело? Хочет травиться — пусть...»

— Бригада приедет. Скоро.

— Брига-ада? — старуха оглядывается, будто бригада, которую он упомянул, должна выйти из леса. — Она, что ли, вызвала? — куриная гузка сморщилась еще больше — теперь не пролезет и горошина, не то что яйцо.

Он кивнул молча, не вдаваясь в подробности, стараясь не глядеть в болотную бездну, поросшую ресницами — жидкими, как всё, что растет на болоте: хоть трава, хоть дерево, хоть гриб. Но все-таки удивляясь: откуда она узнала? Ведьма и есть ведьма. Поганками питается.

— Вот-вот, — старуха пихнула ногой корзинку. — Я и гляжу. Всем наобещала. А сама подписи наши выцыганила и — фьють... Ты-то подписал? Ага, вот и я тоже. Учит меня жизнь, учит: не верь, не верь — да где там! — так, видать, дурой и помру. Ты тоже — не думай, не мечтай. Оба в дураках останемся, — сняла платок — пригладить седые патлы. — А эти всё пилят! Кому горе, а кому прибыток. Тебе вот, гляжу, горе. Ладно, хоть опятами разжилась, — бросает взгляд на корзинку. — Мои-то не едут, сама буду есть.

«Опята? Неужели опята...» — Добрел до скамейки, сел, сложил на коленях руки.

Сидел, прислушиваясь к себе, пытаясь разобраться: «*Ты, не рожденный женщиной, мой недруг...* У Шекспира все ясно и просто. Макдуф: сначала друг, потом враг. Ведьмы — нежить: старухи, которых нет в реальности. Привидятся и исчезнут. А здесь, у нас?» — в груди под ребрами ноет, будто душу тянут в разные стороны. С одной стороны — она, старуха: темное знание, которое ничем не собьешь, никакими разумными доводами. С другой — Марлен с его непримиримостью. Две силы, безумные, с которыми ему не сладить. Растягивают на дыбе истории... —

———————

Еще неделю назад не пришло бы в голову. Выезжая с заправки, она косится на искусственное безобразие, которое получила взамен. Семь дней. Тяжкие, как камни — тащишь, тащишь, — жернова, перемоловшие душу. Сорвавшие покровы, в которые закутывалась, спасаясь. «Теперь всё будет иначе. Потому что — бог. Помог, вывел из тупика... Потом. Не сейчас. Приеду — всё обдумаю, — она протягивает руку, забрасывает сумочку на заднее сиденье. Перед глазами — список неотложных дел. — Бригадир, надо договориться, передать деньги. Да, стиральная машина — обещала, значит, сделаю, в понедельник созвониться с агентом, передать пакет документов...» Щиколотка снова ноет. Больно нажимать на педаль.

Девочка обрадовалась. «Я бы тоже на ее месте... Если бы мне подарили. Родители, или муж, или... — она усмехается, — далее по списку. Так и скажу: твой отец был интеллигентным человеком. Переводчики — особые люди. Талантливые. Можно сказать, не от мира сего. Не то что я...» Материальный мир — по правде говоря, для нее эти радости в прошлом. Последний раз в начале девяностых: ROZENLEV. Это сейчас легко — пошел, купил. А тогда... Не просто холодильник: первая вершина. Вершины, которые ей покорились, не такие уж высокие: не Арарат и даже не Пик Коммунизма. Но *все равно* ей есть чем гордиться: многие, с кем начинала, давным-давно сорвались — кто-то уехал, кого-то выдавили из бизнеса, кто-то ушел сам.

Снова поля, заросшие цветами. На обочине стоит женщина, рядом девочка — маленькая, лет восьми. У обеих — распущенные волосы. Длинные, как у русалок. Девочка надела венок — луговые цветы, пестрые. Сложись всё иначе — могла бы остановиться, нарвать букет. Фигурки, отражаясь в зеркале заднего вида, становятся маленькими — лиц уже не видно. Только волосы — их поднимает порывом ветра. Она прислушивается к щиколотке. Похоже, утихла.

«Девочка Настя будет меня помнить». Летит, чувствуя радость, нечаянную. Прошлое, темная книга, написанная графоманом, в котором всё не по-людски: солнце — не солнце, трава — не трава, дерево — не дерево, — отлетает назад со скоростью в двести восемьдесят лошадиных сил. Лошади идут рысью, прядают гривами — кортеж, растянувшийся на километры, бог знает сколько; ей трудно себе представить: двести восемьдесят белых лошадей. Плавно, не снижая скорости — дорога свободна, — кортеж вписывается в поворот. Лошадиные головы клонятся влево, белые гривы вьются волнами. Солнечные искры вспыхивают, выбиваясь из-под копыт. Она жмурится, опускает шторку. По встречной полосе движется фура. Издалека она кажется маленькой, почти игрушечной. Впереди, на обочине, человеческая фигурка... —

Старуха останавливается, смотрит налево. Искры солнца, отраженного в асфальте, слепят глаза. Она закрывается рукой. Ей надо перейти на ту сторону. Утром едва перебралась — вжик-вжик, машина за машиной, стоишь, стоишь, ждешь, пока пропустят, да куда там, едут и едут, разъездились. Она окидывает хозяйским глазом: трехлитровые банки, самые удобные. С литровыми сплошная морока и крышек не напасешься... Вроде никого. Она разворачивает коляску — вместительная, осталась от внука, везти-то легче, чем таскать на себе. За жизнь натаскалась — то одно, то другое. Вон, все руки скрючило. Эти-то, в машинах, нагрузились, сели и поехали, а тут стой и жди. Она смотрит направо, щурится. Тоже вроде не едут. «Ну, с богом!» — толкает коляску вперед... —

Он поежился и посмотрел на часы. Короткая стрелка подходит к шести.

В желудке снова ноет. Не поймешь, может, и не в желудке. Стараясь не обращать внимания на ветки, нависшие над участком, направился во времянку, отломил краюху хлеба, вынул из пакета огурец — толстый, слегка привядший на кончиках. Свежие огурцы надоели. Вспомнил материнские банки: трехлитровые, огурчик к огурчику. Мать солила с сельдереем — незабываемый вкус. Потянувшись к солонке, отметил: соль снова отсырела, как после зимы.

Хрустя водянистым огурцом, вернулся к скамейке. «Да ну его!» — размахнулся решительно, швырнул в кусты. Родители молчали. Думали: теперь, когда нашлась эта женщина, которой можно передать его из рук в руки, их дежурство закончилось, имеют право покинуть пост.

Дожевывая на ходу, вернулся в дом. Сел в продавленное кресло. Обхватил колени, будто снова стал маленьким мальчиком, который сидит, терпеливо дожидаясь матери: обещала — значит, спасет.

«Воскресенье. Наверняка пробки... Надо проверить телефон», — про телефон — так, не всерьез. Связи нет. С нашими темпами в лучшем случае восстановят завтра. Завтра понедельник. Новая неделя — новый круг, в который попадает каждый переводчик божьего замысла, если верит, что исполнение зависит и от него.

Неверный свет не достает до углов, в которые забилась напуганная мебель, чьи потомки, вырванные с корнем, лежат вповалку от Васкелова до Соснова, готовые стать чем угодно: хоть шкафами, хоть стульями, хоть вязанками хвороста, хоть дровами, хоть ящиками, хоть деревянными бушлатами — уж это в чьи руки попадут.

Вдруг подумал: если всё образуется, значит, нас — ее и меня — тоже изгонят. Только не из Рая, а из Ада. В обыкновенную жизнь.

Это случится. Надо набраться терпения. Рабочие приедут, спилят деревья, починят крышу. Он съездит в редакцию, сдаст готовый перевод. Скажет: мне срочно нужны деньги. Главный редактор выплатит, никуда не денется. «Потом позвоню, договорюсь о встрече».

Замер, будто услышал ее голос в трубке... —

————————

Старуха смотрела завороженно. Чего говорить, место тут гиблое, и раньше всякое случалось: то в кювет въедут, то железками своими друг в дружку. Стукнутся — идешь, а стекляшки по всему асфальту, но чтобы та-ак...

«Господи, воля твоя!» — перекрестилась тихонько. Огляделась, прикидывая: и чего теперь? Перебежать или ну его — от греха? Отступила назад на обочину, покрепче ухватила коляску. Толкая перед собой, двинулась в ихнюю сторону, заранее ужасаясь и восхищаясь, преодолевая сопротивление мелких камешков — так и норовят под колеса. Шла, позвякивая пустыми банками. Машина огромная, морда забрызгана грязью. Вон он, выпрыгнул. Ходит, ходит — дергает, а чего тут дергать? Дергай — не дергай. Ага, и сам, видно, понял. Звонит. Если б не коляска, подойти хоть поближе, а так чего-то белеется, а больше не разглядишь. Ну теперь понае-едут!.. Если с Васкелова — ничего, недолго. А если с города? Да нет, воют уже — нынче с телефонами быстро. Не успеешь разбиться — явятся.

И машин откуда-то набралось, стоят с обеих сторон, а куда денешься, жди, пока растащат, тогда уж...

Подъехали. Один тощенький. Другой тоже вылезает, никак не вылезет: пузо-то отъел. И морда — поперек себя шире. А чего ему? Протяни руку — положат, да еще спасибо скажут, что отпустил подобру-поздорову. А тут живи от пенсии до пенсии, считай копейки. Обтерла рот, будто глотнула обиды. Только огород и выручает. И прадед, и дед ее — перекрестилась меленько, как положено, когда поминаешь покойников, чтобы души их без толку не обеспокоить, — и отец, пока не расстреляли. Все в их роду кормились от земли.

Этот, который с грузовика, машет руками — видали, ворона выискалась. Маши, маши — там-то, куда засадят, небось, не размахаешься. Сами махнут — не отмахнешься.

Опять куда-то звонят. Теперь, видно, в скорую или начальству своему докладываться. Сообразили, слава богу: подергали, подергали — этот, другой, который застрял в машине, молчит, ни гу-гу. Тощенький остался, а этот, в деревне говорили: морда как мамина жопа...

— Вы, мамаша, давно тут стоите? — вежливо так, обходительно. — Что конкретно видели?

— Дак чего видела? Что ты, сынок, то и я. Этот-то, который оттуда, ехал себе и ехал, а этот — кто ж его знает: я ведь к нему спиной. Иду себе, вон, везу банки. Вдруг — нечистая сила! — вжик над ухом и прямо в того. Охнуть не успела.

— А вы, мамаша, где шли? По обочине или по дороге?

Ишь, морда хитрая, прищурился. По обочине или по дороге?.. Так ему и скажи...

— Да, господь с тобой, сыночек! Разве ж тут можно. Мы во-он где переходим, там, против колонки.

— Вы, мамаша, пока не уходите. Может, вопросы появятся. По этому ДТП вы — единственный свидетель, данные ваши перепишем.

Свидетель, и ладно. Покивала.

Отошел... —

Боль, рвет в разные стороны. Белые лошади — туда-сюда — вспышками. Белое на черном. Кто-то стонет. Увернулась в последний миг. Когда коляска. Снова черное. Сейчас разорвется. Младенец в коляске: живой, шевелится. Больше не могу. Шевельнешься — вонзаются. Жарко. Это — огонь. Развели под креслом. Старик, ее колченогий гид, с ними — садится на корточки. Крутит гайки, заверчивает. Россия — великая страна. Никто не знает почему. Что ж он такое бормочет... Какая страшная боль. Сводит, сжимает: от груди — к шее, сквозь руки, уже по ногам — значит, продернули. Почему? Почему? Этого никто не знает, только я: орудие пытки, *Дочь дворника*. Это — меня. Жгут каленым железом. Белые лошади — рвутся, высекают искры. Старик воет, визжит, тычет железным пальцем. Рвет мою кожу. Не надо, я не виновата, я же успела — крутанула руль. В последний миг — увидела. Коляска. Там — младенец. Белое облако, холодное. Развязали, поэтому не больно. Только сводит ноги. Колченогий гид больше не воет. Все-таки спасла...

Она закрывает глаза. Темнота. Потом слабый свет. Контуры прямоугольника, похожего на окошко. Нет, скорее на рамку. В рамке кто-то стоит. Она вглядывается: похож на человека. Невысокий, мелкие черты лица. Он тоже на нее смотрит. Внимательно, цепкими глазками. Что ему надо? Хочется прогнать, крикнуть: нечего на меня смотреть! Я не репродукция!

Мелкие черты оплывают, будто смыли краску. Свет гаснет. Снова непроглядная тьма... —

Ездиют, доездились, железо пришлось резать. Искры так и сыпались. Разрезали, подошла поближе. Гляжу — батюшки мои, девка. Пока тащили к обочине, присмотрелась: да нет, баба. Эти, в белых халатах, покрутились, да и уехали. Мордатый всё записал, опять звонит. Вон оно как бывает: и не старая, а нá тебе. Смерть дело знает, своих метит. А эта лежит. Тут только спохватилась: ведь не по-людски. Будто не человек — собака. Лицо голое — закрыть полагается. Хоть чем, хоть тряпкой, хоть передником.

Старуха сунула руку, пошарила под банками. Газета — хорошо, новая, не рваная. Там программка на будущую неделю, купила в ларьке.

— Ну, лежи, доченька. Отмучилась. — Расправила пальцами. Перекрестила как есть, через газету. Заплакать не заплакала, всхлипнула жалостливо, тоже положено. — Царствие тебе небесное, пусть земля будет пухом... —

343

Тело лежит на обочине, лицо прикрыто газетой. Старуха качает коляску, нянчит младенческие банки: вырастут — станут огромными стеклянными сферами. Всё выше и выше, старухи с коляской уже не видно...

Внизу раскинулось поле, поросшее цветами — васильки, лютики, колокольчики, — тонкие стебельки качаются на ветру. С высоты это похоже на разноцветные волны. По краю выросли яблони, усыпанные спелыми плодами — яблоки от яблонь падают далеко.

Вдоль дороги стоят осины, от которых родятся апельсины — на мячик похожие, но в середине не пусто, а сочно и вкусно.

На грядке у самой обочины расселись лук и чеснок — родные братья. Лук от семи недуг, стрелы к солнцу проросли — держит пластиковую бутылку. Из нее течет молоко — жидко, а не вода, бело, а не снег.

Оранжевая девица, сидящая в темнице, а коса на улице, шевелит пышной ботвой.

В тени пристроился генерал, всему голова — выросший в поле колоском, лежит куском. Бравые картофелины в коричневых мундирах — нет в мире овоща сытнее — маршируют поперек поля.

Мальчишки-стручки бегут за ними, лопаясь со смеха — рассыпаются бусинками-дробинками, сладкими горошинками. Следом катятся белые бочки, на них ни сучочка: разобьешь — никакой столяр не склеит.

Два мужика, упершись руками, катят огромный кочан. Из-под дощатого навеса слышен хруст. Тетки, закатав рукава и подбоченясь, шинкуют капусту длинными языками.

На пне, высоком, как обрубок дерева, стоит домик под четырехскатной крышей. Окна занавешены полотенцами. Перед домиком скамейка, на скамейке старик со старухой. Их сын тащит сноп соломы, бросает родителям в ноги. Чиркнув спичкой, разводит костер: пусть погреют старые косточки.

Мать и дочь — русалки с распущенными волосами, — обойдя поле краем, приближаются к озеру. С высоты, на которую успела подняться, оно похоже на блюдечко, кишащее голыми женщинами. Мать входит в воду, оставив дочь на берегу. Девочка срывает с головы венок, бросает на землю. Топает ножкой. Мать не оборачивается.

Мужчины, оседлавшие белых коз, скачут по кругу, голыми пятками пришпоривают животных, обросших шерстью. Самые смелые спешиваются, ныряют в стоячую воду. Плывут короткими саженками, настигая женщин.

Всё выше и выше...

Прозрачный шар, покачиваясь на мертвой глади, поворачивается красноватым боком. Сверху он похож на осеннее яблоко, в сердцевине голая человеческая фигурка — извивается, пытаясь выбраться наружу.

Гигантские огурцы, дома без окон, без дверей, лежащие в пряном рассоле, покачиваются зеленоватыми батискафами.

Из прозрачного помидора — по боку змеится рваная трещина — вырастает огромный гриб, шляпка в желтоватых дрыздочках.

Голые фигурки выходят на отмель, идут, раздвигая воду — карабкаются вверх по склону к огромной клубничине, исходящей соком, шевелят жадными губами.

По асфальтовой дороге катит стог на колесах: фигурки, бегущие сзади, подпрыгивают, тянут руки, рвут клочки травы. Клевер, львиный зев, куриная слепота — мелкие луговые цветы, пропитанные медвяной сладостью, проскакивают сквозь пальцы, засыпают дорогу — под колеса рыкающих машин.

Стеклянные сферы, выросшие из трехлитровых банок, плывут над русским садом земных наслаждений — в каждой замкнуты мужчина и женщина, готовые предаться безудержной страсти, беззастенчивым утехам любви.

Белые лошади, вырвавшиеся из жесткой упряжи, несущие голых всадников, сами собой сбиваются в кавалькаду жизни, сотканной из нежных сияющих красок, идущей по кругу в хаотичном беспорядке, в котором человеческое соединяется то с загадочным, то с обыденным; то с растительным, то с птичьим, то со звериным — как на картине средневекового художника, написанной пятьсот лет назад. Фантастический мир, собранный из разрозненных кусков реального, где люди объединены не столько логикой, сколько скрытыми смыслами, которые каждое поколение разгадывает по-своему, венчается голубым небесным сводом, похожим на купол: голые фигурки летают на крылатых рыбах или на собственных прозрачных крыльях.

Ее душа, расставшаяся с телом, приближается к облаку, где — вплоть до самого полета Гагарина — сидел Создатель земли и неба, травы и деревьев, животных и людей. Мужчины и женщины размножились и превратились в народы, с которыми Бог разговаривает на языке истории. Горе в том, что далеко не все народы понимают этот трудный язык. Но те, кто его постигли, знают: Время и Вечность — две равновеликие категории, которые уже не могут существовать друг без друга. Счастье, что Он терпелив. Готов повторять снова и снова, надеясь, что рано или поздно народу наскучит повторение — мать учения, и он перестанет кружить по широким полям шляпы Его извечного врага.

С высоты, на которую она взлетела, сад земных наслаждений кажется маленьким, меньше Бельгии или Нидерландов, не говоря о России. Да какой там сад — парник, покрытый полиэтиленовой пленкой. Пленка разорвана. Расправляя крылья, она шепчет: «Свободна... Наконец свободна... Теперь без меня...» —

Подойдя к трапу, капитан пошаркал по траве нижними отростками. «Не забыть: после дождя здешняя почва липнет к ногам».

На борт он поднялся последним. Прежде чем задраить входной люк, оглядел поверженные деревья. «Как же их?.. — вспомнил. — Древовидные папоротники...» Название сохранилось в отчете предшественников. С высоты, которую корабль наберет после взлета, их можно будет принять за членистые ноги пауков, свившихся в смертельном соитии.

Он смотрит, не веря собственным глазам: «Только что... Мы шли. Дождь. Их не было... — Но вот же они — огромные, проросшие между стволами. Одни — выпуклые, с отчетливо выраженной ножкой. Другие — вогнутые, похожие на чаши. Тысячи и тысячи особей. — Надо выйти, взять пробы...» Но он стоит, поводя глазными отростками. От грибов, подступивших к кораблю, исходит что-то зловещее. Такое впечатление, будто они движутся, шевелят влажными ртами. Его снедает ужас. Для этих существ — не животных, не растений — он сам — снедь...

Дернув люк на себя, приводит в действие запоры. Снаружи их невозможно открыть.

Под двойной защитой — обшивки и электронной системы — к нему возвращается спокойствие: «Просто не ожидал. *В лабораторных условиях грибы другие: маленькие... — Эти, стоящие за иллюминатором, кажется, растут на глазах. — Вырастут, заполонят все свободное пространство...» Слава богу, к тому времени его экспедиция будет далеко...*

Устроившись в своем личном отсеке, капитан объявил проверку готовности. Сидел, шевеля губными выпуклостями, дожидаясь, пока бортовые компьютеры проверят операционные системы. Прислушивался к себе. Страх ушел. Впрочем, даже не страх. Так... Минутная слабость. «Зловещее... С чего я взял? Те же грибы, только большие... огромные. Хорошо, что сделал несколько снимков».

На самом деле эффектная картина. Похоже на современные инсталляции. Художники смогут воспользоваться фотографиями, когда Ученый Совет, изучив обстоятельства дела, снимет гриф секретности. По опыту он знает: минимум года через два.

Впрочем, не исключено, что и раньше. Грибы — грибами, но если говорить в общем, его экспедиция не обнаружила ничего сенсационного. В терминах истории Вселенной — не более чем очередной эксперимент. Из тех, что имели все шансы стать великими, однако становятся архивной папкой в ряду прочих неудач, каждая из которых не опровергает первоначальный божий замысел, но вносит в него некоторые коррективы.

Дождавшись окончания проверки, отжал рычаг вертикального старта. Отзываясь на команду, корабль устремляется в небо, двигаясь быстро и бесшумно. Через несколько секунд они выйдут за пределы тяготения планеты, стремительно уходящей за край большого общекосмического времени. Тогда, действуя по инструкции, он откроет бортовой журнал и отметит дату отлета:

37 форьеля 20010 (воскресенье).

Передёрнув усталыми плечами, капитан принимает разумное решение: летучку можно перенести на завтра. В воскресенье вечером не грех и отдохнуть.

Литературно-художественное издание

16+

Чижова Елена Семеновна

ПЛАНЕТА ГРИБОВ
роман

Заведующая редакцией Е.Д. *Шубина*
Ответственный редактор Д.З. *Сергеева*
Технический редактор Т.П. *Тимошина*
Корректор Н.П. *Власенко*
Компьютерная верстка Е.М. *Илюшиной*

Подписано в печать 20.06.14. Формат 84х108/32
Усл. печ. л. 18,48. Тираж 9000. Заказ №4201
Общероссийский классификатор продукции
ОК-005-93, том 2; 953000 — книги, брошюры

 http://facebook.com/shubinabooks

 http://vk.com/shubinabooks

ООО «Издательство АСТ»
129085, г. Москва, Звездный б-р, д. 21, стр. 3, ком. 5

Отпечатано с готовых файлов заказчика
в ОАО «Первая Образцовая типография»,
филиал «УЛЬЯНОВСКИЙ ДОМ ПЕЧАТИ»
432980, г. Ульяновск, ул. Гончарова, 14

Редакция Елены Шубиной

Елена Чижова
ТЕРРАКОТОВАЯ СТАРУХА

Можно ли влить новое вино в старые мехи? В начале девяностых многим казалось — можно.

Татьяна, героиня нового романа «Терракотовая старуха», бывший вузовский преподаватель, резко меняет свою жизнь: устраивается менеджером в фирму успешного предпринимателя, «нового русского» и... становится его правой рукой. Дальше — на войне как на войне: фальшивая печать, подделка таможенных документов — обычное дело!.. Главное — деньги. Нужно кормить маленькую дочь.

Сейчас, двадцать лет спустя, Татьяна пытается понять — кто же она в результате — виннер (победитель) или лузер (проигравший)?

Редакция Елены Шубиной

Елена Чижова

ВРЕМЯ ЖЕНЩИН

Судьба главной героини романа «Время женщин» своего рода иронической парафраз на тему народного фильма «Москва слезам не верит». Тихую лимитчицу Антонину соблазняет питерский «стиляга», она рожает от него дочь и вскоре умирает, доверив девочку трем питерским старухам «из бывших», соседкам по коммунальной квартире — Ариадне, Гликерии и Евдокии. О них, о «той» жизни — хрупкой, ушедшей, но удивительно настоящей и ведет рассказ выросшая дочь героини, художница...

Премия «Русский Букер».